Nikolai Leskow

Der unsterbliche Golowan

und andere Geschichten

Übersetzt von Alexander Eliasberg

Nikolai Leskow: Der unsterbliche Golowan und andere Geschichten

Übersetzt von Alexander Eliasberg.

Der unsterbliche Golowan:
  Erstdruck unter dem Titel »Nesmertelny Golowan« in Heft 12 der Zeitschrift »Istorichesky Vestnik« (»Historischer Bote«), St. Petersburg, 1880.
Figura:
  Erstdruck in Band 3, Heft 13 der Zeitschrift »Trud« (»Werk«), St. Petersburg, 1889.
Pawlin:
  Erstdruck in der Zeitschrift »Niva« (»Die Flur«), St. Petersburg, 1874.
Der Waldteufel:
  Erstdruck unter dem Titel »Pugalo« in der Zeitschrift »Saduschewnoje slowo« (»Freundeswort«), St. Petersburg, 1885. Auf Deutsch auch erschienen unter den Titeln »Das Schreckgespenst« und »Die Vogelscheuche«.

Neuausgabe mit einer Biographie des Autors
Herausgegeben von Karl-Maria Guth
Berlin 2017

Der Text folgt der Ausgabe von 1923 aus dem Musarion-Verlag, München.

Umschlaggestaltung von Thomas Schultz-Overhage unter Verwendung des Bildes: Ivan Kramskoy, Bienenzüchter, 1872

Gesetzt aus der Minion Pro, 11 pt

Verlag: Henricus - Edition Deutsche Klassik GmbH
Mörchinger Str. 33, 14169 Berlin, info@henricus-verlag.de
Druck: Libri Plureos GmbH, Friedensallee 273, 22763 Hamburg

ISBN 978-3-7437-0371-1

Bibliografische Information der Deutschen Nationalbibliothek

Die Deutsche Nationalbibliothek verzeichnet diese Publikation in der Deutschen Nationalbibliografie; detaillierte bibliografische Daten sind im Internet über www.dnb.de abrufbar.

Inhalt

Der unsterbliche Golowan 4
Figura 53
Pawlin 77
Der Waldteufel 140
Biographie 190

Der unsterbliche Golowan

Die vollkommene Liebe kennt keine Furcht.

Johannes

1.

Er selbst ist fast ein Mythos, seine Geschichte aber eine – Legende. Man müßte Franzose sein, um von ihm zu erzählen, da es nur den Angehörigen dieser Nation gelingt, anderen das zu erklären, was sie selbst nicht verstehen. Ich sage dies alles, um bei meinen Lesern im voraus Nachsicht für die allseitige Unvollkommenheit meiner Erzählung zu erbitten, die der Mühe eines weit größeren Meisters als ich wert gewesen wäre. Aber Golowan wäre vielleicht bald ganz vergessen worden, und das wäre schade. Golowan ist der Beachtung wert, und obwohl ich ihn nicht genau genug kenne, um ein vollständiges Bild von ihm zu entwerfen, will ich doch einige Züge dieses sterblichen Menschen schildern, der ohne hohen Rang es verstanden hat, als unsterblich zu gelten.

Der Beiname des »Unsterblichen«, den Golowan erhalten hatte, war durchaus kein Spott und auch keine leere, sinnlose Redensart, sondern man nannte ihn unsterblich in der festen Überzeugung, daß Golowan wirklich ein besonderer Mensch sei, ein Mensch, der den Tod nicht fürchte. Wie konnte sich aber eine solche Meinung bei den Menschen bilden, die unter Gottes Himmel leben und sich stets ihrer Sterblichkeit bewußt sind? Gab es hiezu einen genügenden, in logischer Folgerichtigkeit entwickelten Grund, oder hat ihm eine der Dummheit verwandte Einfalt den Beinamen gegeben?

Mir schien das letztere wahrscheinlicher, wie aber die anderen darüber urteilten, weiß ich nicht: als Kind dachte ich darüber nicht nach, und als ich herangewachsen war und mancherlei Dinge begriff, war der »unsterbliche Golowan« nicht mehr am Leben. Er ist gestorben, und zwar auf eine nicht sehr appetitliche Weise: als er bei der sogenannten »großen Feuersbrunst« in Orjol fremdes Leben und Gut rettete, stürzte er in eine siedend heiße Mistgrube und ertrank. Indes »ein großer Teil von ihm war der Verwesung entronnen, und lebte in der dankbaren Erinnerung weiter«, und ich will versuchen, das zu Papier zu bringen, was ich über ihn weiß oder gehört habe, damit sein jede Beachtung verdienendes wertes Andenken der Welt erhalten bleibe.

2.

Der unsterbliche Golowan war ein einfacher Mensch. Sein Gesicht mit den außerordentlich derben Zügen hatte sich meinem Gedächtnis seit meinen frühesten Tagen eingeprägt und war in ihm für immer haften geblieben. Ich lernte ihn in einem Alter kennen, in dem Kinder, wie man behauptet, noch keine genügend festen Eindrücke erhalten, um aus ihnen Erinnerungen für das ganze Leben zu schöpfen. Mir ging es jedoch anders. Meine Großmutter hat den Vorfall folgendermaßen aufgezeichnet:

»Gestern (den 26. Mai 1835) kam ich aus Gorochowo zu Maschenjka (meiner Mutter). Ssemjon Dimitritsch (meinen Vater) traf ich nicht zu Hause an, er war nach Jelez zur Untersuchung einer schrecklichen Mordtat abkommandiert worden. Im ganzen Hause waren nur wir Frauen und die weibliche Dienerschaft. Der Kutscher war mit ihm (meinem Vater) fortgefahren, nur der Hausknecht Kondrat war dageblieben, und nachts schlief ein Wächter aus der Verwaltung (der Gouvernements-Verwaltung, an der mein Vater Rat war) im Vorzimmer.

Heutigen Datums ging Maschenjka um die Mittagsstunde in den Garten, um nach den Blumen zu schauen und die Frauenminze zu begießen, und nahm Nikoluschka (mich) mit, den Anna (ein jetzt noch lebendes altes Frauchen) auf den Armen trug. Als sie zurückkamen und Anna gerade die Gartentüre geöffnet hatte, riß sich der Kettenhund Rjabka los und stürzte sich gerade auf Annas Brust. Aber in dem Augenblick, als Rjabka die Pfoten gegen Annas Brust stemmte, erfaßte ihn Golowan am Kragen und warf ihn ins Kellerloch. Dort erschoß man ihn mit dem Gewehr, aber das Kind war gerettet.«

Das Kind war ich, und wie stichhaltig auch die Beweise dafür sein mögen, daß ein anderthalbjähriges Kind sich nicht erinnern könne, was mit ihm vorging, entsinne ich mich doch des ganzen Vorgangs.

Ich weiß natürlich nicht mehr, woher die wütende Rjabka gekommen war und was Golowan mit ihr gemacht, nachdem sie in seiner hocherhobenen eisernen Faust, sich mit dem ganzen Körper windend und mit den Pfoten zappelnd, geröchelt hatte; aber ich erinnere mich an einen

Moment, nur an einen Moment ... Es war wie beim Aufleuchten des Blitzes in dunkler Nacht, wo man plötzlich ungewöhnlich viele Gegenstände mit einem Male sieht: die Bettvorhänge, den Bettschirm, das Fenster, den auf seiner Stange erzitternden Kanarienvogel und das Glas mit dem silbernen Löffelchen, an dessen Griff sich das Magnesium in Flecken angesetzt hat. Das ist wahrscheinlich eine Eigenschaft der Angst, die große Augen hat. In solch einem Augenblick sehe ich, als ob es gegenwärtig wäre, die riesige gefleckte Hundeschnauze vor mir, das trockene Fell, die feuerroten Augen und den offenen Rachen voll trüben Schaumes in der bläulichen, gleichsam pomadisierten Tiefe. Das Gebiß wollte schon zusammenklappen, als sich die Oberlippe über ihm schloß, die Lefzen sich zu den Ohren zogen, und die vorgestreckte Gurgel, die einem bloßen menschlichen Ellenbogen glich, krampfhaft zuckte. Über all dem stand eine riesige Menschengestalt mit einem riesigen Schädel, die den wütenden Hund packte und forttrug. Während der ganzen Zeit hatte das Gesicht dieses Menschen gelächelt.

Die beschriebene Gestalt war Golowan. Ich fürchte, daß ich sein Porträt, gerade weil es so klar und deutlich vor mir steht, nicht zu zeichnen vermag.

Er war wie Peter der Große zwei Arschin und fünfzehn Werschok groß; er war breit gebaut, hager und muskulös; sein rundes Gesicht war braun, er hatte blaue Augen, eine sehr große Nase und dicke Lippen. Seine Kopfhaare und der gestutzte Bart waren dicht und pfeffer- und salzfarben. Sein Kopf war stets kurz geschoren, ebenso wie der Kinn- und Schnurrbart. Ein ruhiges und glückliches Lächeln wich für keinen Augenblick von Golowans Gesicht: es leuchtete in jedem seiner Züge und spielte vorwiegend um seinen Mund und in den guten und klugen, fast etwas spöttischen Augen. Einen anderen Gesichtsausdruck hatte Golowan nicht, ich entsinne mich wenigstens keines anderen. Zur Vervollständigung dieses wenig kunstfertigen Porträts muß ich noch eine Sonderlichkeit oder Eigenart Golowans erwähnen, die in seinem Gang bestand. Golowan ging sehr schnell, er hatte es immer eilig, aber er ging nicht gleichmäßig dahin, sondern hüpfend. Er hinkte nicht, sondern er »stolperte«, wie man es dort nannte, d. h., er trat mit dem rechten Fuße fest auf und hüpfte mit dem linken nach. Es schien, als biege sich dieser Fuß nicht, sondern federe in einem Muskel oder Gelenk. So gehen Leute mit einem künstlichen Bein, Golowan hatte aber keinen Stelzfuß; übrigens hatte er diese Eigenart nicht von Natur, er hatte sie sich vielmehr angeeignet, aber hierin lag ein Geheimnis, das nicht mit einem Male zu erklären ist.

Gekleidet war Golowan wie ein Bauer – er trug Sommer wie Winter, bei glühender Hitze und bei vierzig Grad Frost, einen langen nackten Schafspelz, der ganz verfettet und schwarz war. Ich habe ihn nie in einer anderen Kleidung gesehen, und ich entsinne mich, wie mein Vater oft über diesen Schafspelz scherzte und ihn den »ewigen« nannte.

Seinen Pelz umgürtete er mit einem eigenartigen Riemen, der wie Pferdegeschirr mit weißen Beschlägen verziert war; diese waren an vielen Stellen gelb geworden, an anderen ganz abgefallen und hatten nur Pechdraht und Löcher zurückgelassen. Aber er hielt seinen Pelz von allen kleinen Bewohnern frei –, das wußte ich besser als die anderen, da ich oft an seiner Brust gesessen, seinen Erzählungen zugehört und mich dabei immer sehr gemütlich gefühlt hatte.

Der breite Kragen des Pelzes wurde nie zugeknöpft und ließ die Brust bis zum Gürtel weit offen. Im Innern des Pelzes befand sich das »Verließ«, eine sehr geräumige Tasche für die Rahmflaschen, die Golowan für die Küche des Orjolschen Adelsklubs lieferte. Dies war sein Beruf seit der Zeit, wo er von der Leibeigenschaft befreit worden war und zu seinem Unterhalt die »Jermolowsche Kuh« erhalten hatte.

Die mächtige Brust des »Unsterblichen« bedeckte ein leinenes Hemd von kleinrussischem Schnitt, d.h. mit einem in der Mitte schließenden Kragen. Es war stets weiß wie Schaum und wurde vorn von einem langen farbigen Halstuch zusammengehalten. Dieses Halstuch war manchmal ein Band, manchmal auch einfach ein Stück Wolltuch oder gar Kattun, aber es verlieh der äußeren Erscheinung Golowans etwas frisches und ›gentlemanhaftes‹, was ihm sehr gut stand, da er in der Tat ein Gentleman war.

3.

Wir waren Golowans Nachbarn. Unser Haus in Orjol stand in der Dritten Adelsstraße und war vom Uferabhang des Flüßchens Orlik aus das dritte in der Reihe. Der Platz war recht hübsch gelegen. Um jene Zeit, vor den Feuersbrünsten, war hier das Ende der eigentlichen Stadt. Rechts vom Orlik standen die kleinen Häuschen der Vorstadt, die sich an das Stadtzentrum mit der Kirche Wassilij des Großen anschloß. Die eine Seite hatte einen sehr steilen und unbequemen Abstieg am Abhang, und hinter den Gärten befand sich eine tiefe Schlucht; jenseits von ihr breitete sich die Steppenweide aus, auf der sich irgendein Schuppen erhob. In den Morgenstunden wurden hier die Soldaten gedrillt und geprügelt: dies waren die frühesten Bilder, die ich sah und die ich am häufigsten beobachten konnte. Auf derselben Weide, oder besser, auf demselben schmalen Strich, der unsere Gärten mit Zäunen vom Abhang trennte, weideten die sechs oder sieben Kühe Golowans und auch der ihm gehörige schöne Jermolowsche Rassestier. Diesen Stier hielt sich Golowan für seine kleine, prächtige Herde, aber er führte ihn auch »zum Ausleihen« in die Häuser, wo ein wirtschaftliches Bedürfnis darnach bestand. Dies brachte ihm einiges ein.

Die Existenzmittel Golowans bestanden eben in seinen milchenden Kühen und ihrem kräftigen Gemahl. Golowan lieferte, wie ich schon oben bemerkt habe, Milch und Rahm, die durch ihre Qualität berühmt waren, in den Adelsklub. Natürlich machte dies das gute Rassevieh und die gute Pflege. Die von Golowan gelieferte Butter war gelb wie Eidotter, frisch und aromatisch, und sein Rahm »floß nicht«, d. h. wenn man die Flasche mit dem Hals nach unten kehrte, so ergoß der Rahm sich nicht in einem Strahl, sondern fiel wie eine dicke, schwere Masse heraus. Produkte minderer Qualität lieferte er nicht, und so hatte er auch keinen Konkurrenten; die Adligen aber verstanden damals nicht nur gut zu essen, sondern hatten auch die Mittel, zu bezahlen. Außerdem lieferte Golowan in den Klub auch ausgesucht große Eier von den besonders großen holländischen Hühnern, die er in Menge hielt; schließlich »bereitete er Kälber vor«, die er musterhaft mit Milch mästete und immer zur Zeit bereit hielt, z.B. zu der großen Adelsversammlung oder zu anderen besonderen Vorfällen in Adelskreisen.

Auf diese Weise bestritt Golowan seinen Lebensunterhalt, und es war für ihn sehr günstig, sich an die adligen Straßen zu halten, wo er die interessanten Persönlichkeiten versorgte, die die Orjoler seinerzeit in Panschin, Lawrezkij und anderen Helden und Heldinnen von Turgenjews »Adelsnest« wiedererkannten.

Übrigens wohnte Golowan nicht an der Straße selbst, sondern etwas abseits. Der Bau, der Golowans Haus hieß, stand nicht in der Häuserreihe, sondern auf einer kleinen Terrasse hinter der linken Straßenfront. Die Terrasse war sechs Klafter lang und ebenso breit. Es war ein Erdklumpen, der einmal abgerutscht, auf halbem Wege aber stehen geblieben war und sich wieder festgesetzt hatte; er erschien niemand fest genug und gehörte wohl auch niemand: damals war dies noch möglich.

Das Gebäude Golowans konnte man im eigentlichen Sinne weder als Haus, noch als Hof bezeichnen. Es war ein großer, niedriger Schuppen, der die ganze Fläche des abgerutschten Erdklumpens einnahm. Der formlose Bau war vielleicht schon viel früher, als der Klumpen erst daran dachte, abzurutschen, errichtet worden und hatte damals einen Teil des nächsten Hofes ausgemacht, dessen Besitzer ihm jedoch nicht nachjagte und ihn Golowan zu so billigem Preis überließ, wie ihn unser Ritter eben zahlen konnte. Ich erinnere mich sogar, daß man behauptete, die Scheune sei ihm für eine der Gefälligkeiten geschenkt worden, die Golowan zu erweisen meisterhaft verstand und die er auch sehr gerne erwies.

Die Scheune war zweiteilig: die eine Hälfte, die mit Lehm verputzt und geweißt war und drei Fenster auf den Orlik hinaus hatte, war der Wohnraum Golowans und der bei ihm befindlichen fünf Frauen, in der anderen aber waren Stände für die Kühe und den Stier eingerichtet. In dem niedrigen Bodenraum hausten die holländischen Hühner und der »Spanische Hahn«, der sehr lange lebte und als »Hexenvogel« galt. In ihm zog Golowan den Hahnenstein, der für eine Menge von Fällen nützlich ist: um Glück zu bringen, um das verlorene Reich von den Feinden zurückzuerobern und alte Menschen in junge zu verwandeln. Dieser Stein reift sieben Jahre und wird erst dann reif, wenn der Hahn zu trinken aufgehört hat.

Die Scheune war so groß, daß die beiden Abteilungen, der Wohnraum und der Stall, sehr geräumig waren, aber sie hielten, trotz aller aufgewandten Mühe, nur schlecht die Wärme. Übrigens war die Wärme nur den Frauen notwendig, Golowan selbst war gegen atmosphärische Umschläge unempfindlich und schlief Sommer wie Winter im Stall auf einem Weidengeflecht neben seinem Liebling Wassjka, dem stattlichen Tiroler Stier. Die Kälte machte ihm nichts, und das war eine der Sonderheiten dieser mythischen Persönlichkeit, dank welcher er seinen fabelhaften Ruf erhalten hatte.

Von den fünf Frauen, die mit Golowan lebten, waren drei seine Schwestern, die eine seine Mutter, die fünfte nannte man Pawla, oder hin und wieder Pawlagejuschka. Häufiger nannte man sie aber »Golowans Sünde«. So war ich es von Kindheit auf zu hören gewöhnt, als ich die Bedeutung dieser Anspielung noch nicht verstand. Für mich war diese Pawla einfach eine freundliche Frau, und ich erinnere mich wie heute an ihren hohen Wuchs, an ihr bleiches Gesicht mit den hellroten Flecken auf den Wangen und an ihre wunderbar regelmäßigen schwarzen Brauen. So schwarze Brauen in so regelmäßigen Halbkreisen sah man sonst nur auf Bildern, wo eine Perserin auf den Knien eines alten Türken ruht. Unsere Mädchen kannten übrigens das Geheimnis dieser Brauen und teilten es mir sehr frühzeitig mit; – die Sache war die, daß Golowan ein Hexenmeister war und Pawla, während sie schlief, die Brauen mit Bärenfett eingerieben hatte, damit sie niemand erkennen solle. Danach war natürlich nichts verwunderliches mehr an Pawlas Brauen, und sie hatte sich auch Golowan nicht aus eigener Kraft angeschlossen.

Unsere Mädchen wußten dies alles.

Pawla selbst war eine außerordentlich sanfte Frau und »schwieg immer«. Sie war so schweigsam, daß ich von ihr niemals mehr als die unumgänglich notwendigen Worte »guten Tag«, »setz dich«, »leb wohl« zu hören bekam. Aber in jedem dieser kurzen Worte lag ein Abgrund von Freundlichkeit, Wohlwollen und Liebe. Dasselbe drückte auch der Tonfall ihrer ruhigen Stimme, der Blick ihrer grauen Augen und jede ihrer Bewegungen aus. Ich entsinne mich auch, daß sie wunderbar schöne Hände hatte, was bei der arbeitenden Klasse eine große Seltenheit ist, und sie war doch gerade eine Arbeiterin, die sich durch ihre Rührigkeit in der arbeitsamen Familie Golowans auszeichnete.

Sie hatten alle sehr viel zu tun: der »Unsterbliche« selbst kochte vom Morgen bis in die späte Nacht vor Arbeit. Er war Hirte, Lieferant und Meier. Schon mit der Morgenröte trieb er seine Herde auf die tauigen Weiden hinter unseren Zäunen und führte sie von Hang zu Hang, wo er für seine stattlichen Kühe das saftigste Gras auswählte. In der Stunde, da man bei uns im Hause aufstand, kehrte Golowan schon mit seinen leeren Rahmflaschen anstelle der vollen, die er in den Adelsklub gebracht hatte, zurück. Er hackte eigenhändig in das Eis unseres Kellers Höhlungen für die Krüge mit der frischen Milch, unterhielt sich über irgendetwas mit meinem Vater, und wenn ich dann mit dem Lernen fertig war und im Garten spazieren ging, saß er schon wieder an unserem Zaun und hütete seine Kühe.

Hier war ein kleines Pförtchen im Zaun, durch das ich zu Golowan hinaustrat, um mich mit ihm zu unterhalten. Er konnte die einhundertundvier heiligen Geschichten so gut erzählen, daß ich sie alle von ihm wußte und sie niemals aus dem Buche lernte. Hierher kamen zu ihm auch einfache Leute, die ihn immer um Rat fragten. Es passierte hin und wieder, daß jemand kam und so begann:

»Ich habe dich gesucht, Golowanytsch, brauche einen Rat von dir.«
»Was ist es?«

Jener erzählte dann von diesem und jenem, daß die Wirtschaft in Unordnung gerate, oder daß in der Familie Zwistigkeiten herrschen.

Am häufigsten kam man zu ihm mit Fragen dieser zweiten Kategorie. Golowanytsch hörte zu, arbeitete an seinem Weidengeflecht weiter, schrie seine Kühe an und lächelte dabei stets, als höre er ohne Aufmerksamkeit zu; dann schlug er aber seine blauen Augen zu dem Fragenden auf und antwortete:

»Ich bin dir, Bruder, ein schlechter Berater. Rufe Gott um Rat an!«
»Wie soll man ihn anrufen?«

»Oh, Bruder, sehr einfach: bete und stelle dir vor, daß du sogleich sterben müßtest. Jetzt sage mir, wie du in diesem Falle handeln würdest?«

Jener dachte nach und antwortete dann.

Golowan war entweder einverstanden oder entgegnete:

»Ich würde, Bruder, wenn ich sterben müßte, es am besten so machen.«

Und dann sagte er es seiner Gewohnheit gemäß heiter und mit seinem ständigen Lächeln.

Seine Ratschläge müssen gut gewesen sein, da man sie immer anhörte und sich für sie sehr bedankte.

Konnte nun ein solcher Mensch eine »Sünde« haben, in der Person der sanften Pawlagejuschka, die um jene Zeit an die dreißig Jahre alt war, deren Grenze sie auch nicht weiter überschritt? Ich begriff diese »Sünde« nicht und blieb davor bewahrt, sie und Golowan durch die allgemeinen Verdächtigungen zu beleidigen. Aber Anlaß zur Verdächtigung war wohl vorhanden, ein sehr starker, ein sogar unwiderlegbarer, wenn man dem Anschein nach urteilte. Was war sie dem Golowan? – Eine Fremde. Das war aber noch wenig: er hatte sie früher gekannt, sie gehörten beide dem gleichen Herrn, und er hatte sie heiraten wollen. Das kam aber nicht zustande. Man gab Golowan in den Dienst des Kaukasushelden Alexej Petrowitsch Jermolow und verheiratete währenddem Pawla mit dem Bereiter Chrapon. Golowan war ein nützlicher und unentbehrlicher Diener, da er alles verstand: er war nicht nur ein guter

Koch und Konditor, sondern auch ein findiger und flinker Feldzugsdiener. Alexej Petrowitsch zahlte dem Besitzer Golowans, was jener für ihn verlangte, und streckte, wie man sich erzählt, ihm selbst das Geld zu seinem Loskauf vor. Ich weiß nicht, ob das wahr ist, aber in der Tat hatte sich Golowan bald nach seiner Rückkehr von Jermolow freigekauft und nannte Alexej Petrowitsch stets seinen Wohltäter. Ebenso hatte Alexej Petrowitsch dem Golowan nach dessen Befreiung eine gute Kuh mit einem Kalb für seine Wirtschaft geschenkt, und von diesen stammte seine »Jermolower Zucht« ab.

4.

Wann Golowan in die Scheune an dem Abhang übergesiedelt ist, weiß ich nicht, aber es fiel in die ersten Tage seines »freien Menschentums«, als vor ihm noch die große Sorge um seine Verwandten stand, die in der Leibeigenschaft zurückgeblieben waren. Golowan war losgekauft, aber seine Mutter, seine drei Schwestern und seine Tante, die in der Folge meine Amme wurde, verblieben noch in der Knechtschaft. In derselben Lage befand sich auch die von ihm zärtlich geliebte Pawla oder Pawlagejuschka. Golowans erste Sorge war, sie alle loszukaufen, dazu aber war Geld notwendig. Seiner Fertigkeit nach konnte er als Koch oder Konditor arbeiten, aber er hatte etwas anderes vorgezogen: die Milchwirtschaft, die er auch mit Hilfe seiner »Jermolower Kuh begann. Es bestand die Meinung, daß er dieses Geschäft gewählt habe, weil er selbst Molokane[1] war. Vielleicht bedeutete es einfach, daß er mit Milch zu tun hatte, vielleicht wies diese Bezeichnung aber auch auf seinen Glauben hin, der seltsam schien wie viele seiner Handlungen. Es war gut möglich, daß er im Kaukasus Molokanen kennen gelernt und von ihnen manches angenommen hatte. Aber dies gehört zu seinen Sonderbarkeiten, auf welche ich später zu sprechen komme.

Seine Milchwirtschaft ging prächtig: nach drei Jahren hatte Golowan schon zwei Kühe und einen Stier, dann drei und vier, und damit verdiente er so viel Geld, daß er zuerst seine Mutter und dann in jedem folgenden Jahre eine seiner Schwestern freigekauft hatte, die er alle in seiner geräumigen, aber kühlen Behausung unterbrachte. So hatte er

---

[1] Moloko – Milch; Molokanen (Milchesser) – eine Sekte

im Laufe von sechs bis sieben Jahren seine ganze Familie losgekauft, aber die schöne Pawla war ihm entflogen. Als er sie hätte auslösen können, war sie schon weit fort. Ihr Mann, der Bereiter Chrapon, war ein schlechter Mensch; er hatte seinem Herrn etwas nicht recht gemacht und war dafür von diesem zur Warnung für die anderen außer der Reihe unter die Rekruten gegeben worden.

Beim Militär kam Chrapon unter die »Reiter«, d. h. unter die Berittenen des Feuerwehrkommandos in Moskau, wohin er seine Frau nachkommen ließ. Bald hatte er auch hier etwas Schlimmes angestellt und war geflohen. Seine verlassene Frau, die stillen und schüchternen Sinnes war, fürchtete den Strudel des großstädtischen Lebens und kehrte nach Orjol zurück. Hier fand sie an ihrem alten Platze keinerlei Unterstützung und kam, von der Not getrieben, zu Golowan. Dieser nahm sie selbstverständlich gleich auf und brachte sie in demselben geräumigen Zimmer, in dem seine Mutter und seine Schwestern wohnten, unter. Was die Mutter und die Schwestern Golowans zum Einzug Pawlas sagten, weiß ich nicht authentisch, aber es führte jedenfalls zu keinerlei Zwistigkeiten. Alle Frauen lebten sehr freundschaftlich miteinander und liebten die arme Pawlagejuschka sehr. Golowan erwies allen die gleiche Aufmerksamkeit, doch mit besonderer Achtung begegnete er nur seiner Mutter, die schon so alt war, daß er sie im Sommer auf den Händen hinaustrug und wie ein krankes Kind in die Sonne setzte. Ich entsinne mich ihrer schrecklichen Hustenanfälle, und wie sie stets betete, der Herr möge sie »zu sich nehmen«.

Die Schwestern Golowans waren alle schon ältere Mädchen, die ihrem Bruder in der Wirtschaft halfen. Sie versorgten und molken die Kühe, gingen den Hühnern nach und spannen ein ganz ungewöhnliches Garn, aus welchem sie dann ebenso ungewöhnliche Gewebe herstellten, wie ich sie später nirgends mehr gesehen habe. Das Garn nannte man recht unschön »Spucke«. Golowan brachte das Material dazu von irgend woher in Säcken. Ich habe dieses Material gesehen, und ich erinnere mich noch daran: es bestand aus kleinen knotigen Stücken verschiedenfarbiger Baumwollfäden. Jedes dieser Enden war ein Werschok bis dreiviertel Arschin lang und hatte einen mehr oder weniger dicken Knoten. Woher Golowan diese Enden nahm, weiß ich nicht, augenscheinlich waren es Fabrikabfälle. So erzählten mir auch seine Schwestern.

»Siehst du, Liebling«, erzählten sie mir, »wo die Baumwolle gesponnen und gewoben wird, reißen sie, wenn sie zu solch einem Knoten kommen, das Ende ab, werfen es auf den Boden und spucken aus, weil er nicht durch den Webstuhl geht. Unser Bruder sammelt sie, und wir machen aus ihnen diese warmen Decken.«

Ich sah zu, wie sie alle die Fadenstücke geduldig ordneten, Stück mit Stück zusammenknüpften und den auf diese Weise entstandenen bunten Faden auf lange Spulen wickelten. Darauf wurden sie doppelt genommen, noch stärker verknotet und vermittelst Stäben an der Wand langgezogen; dann sortierten sie sie, um die einfarbigen für die Kanten zu verwenden, und woben schließlich aus dieser »Spucke« auf einem besonderen Webstuhl die »Spuckendecken«. Diese Decken ähnelten den jetzigen Friesdecken, jede hatte zwei Säume, aber die Decke selbst war stets marmoriert. Die Knötchen, die natürlich noch bemerkbar waren, wurden geglättet und beeinträchtigten die Decken nicht, die warm, leicht und manchmal sogar recht hübsch waren. Außerdem wurden sie sehr billig verkauft, für weniger als einen Rubel das Stück.

Diese Hausindustrie ging in der Familie Golowans ohne Stocken vor sich, und er vertrieb seine Spuckendecken wahrscheinlich ohne Schwierigkeit.

Pawlagejuschka spann und knotete ebenfalls die Spucken und wob auch Decken. Außerdem verrichtete sie aus Eifer für die sie beherbergende Familie die allerschwersten Arbeiten im Hause: sie stieg das steile Orlikufer hinunter, um Wasser zu holen, sammelte Brennmaterial usw.

Das Brennholz war in Orjol schon damals sehr teuer, und die armen Leute heizten mit Buchweizenstoppeln oder auch mit Mist, aber letzteres erforderte große Zubereitungen.

Alles dies verrichtete Pawla mit ihren feinen Händen in ewigem Schweigen und betrachtete dabei die Welt Gottes unter ihren persischen Brauen. Ob sie wußte, daß man sie »Sünde« nannte, – darüber kann ich keine Auskunft geben, so hieß sie aber unter dem Volke, das an dem von ihm erdachten Spitznamen hartnäckig festhält. Ja, wie sollte dies auch anders sein: wo eine liebende Frau im Hause eines Mannes lebt, der sie geliebt hat und sie heiraten wollte – dort ist gewiß Sünde. Und in der Tat: in der Zeit, als ich als Kind Pawla sah, wurde sie einstimmig als »Golowans Sünde« angesehen, Golowan selbst aber büßte dadurch nicht im geringsten die allgemeine Achtung ein und behielt die Bezeichnung des »Unsterblichen«.

5.

Den »Unsterblichen« begann man Golowan gleich im ersten Jahre zu nennen, als er sich mit seiner »Jermolower« Kuh und dem Kälbchen allein jenseits des Orliks ansiedelte. Als Anlaß hiezu diente folgender völlig glaubwürdiger Umstand, auf den sich während der noch nicht lange zurückliegenden »Prokofjewer Pest« niemand mehr besann. In Orjol war ein schweres Notjahr gewesen, und im Februar am Tage der heiligen Agafja der Kuhmagd lief die »Kuhpest« durch die Dörfer. Das kam, wie es immer zu kommen pflegt und wie es im Universal-Handbuch »Der kühle Garten« folgendermaßen beschrieben ist: »Wenn der Sommer zu Ende ist und der Herbst beginnt, fängt bald die Pestluft an zu wehen. Und zu dieser Zeit muß dann jeder sein Vertrauen auf den Allmächtigen Gott und seine Allerreinste Mutter setzen und sich durch die Kraft des heiligen Kreuzeszeichens schützen, muß sein Herz von Trauer, Schrecken und schweren Gedanken frei halten, weil sonst das menschliche Herz zusammenschrumpft und die Pest und die Seuche rasch anhaftet, Hirn und Herz ergreift, den Menschen überwältigt und ihn schnell sterben läßt.« Das alles ereignete sich auch bei unserer gewöhnlichen Witterung, »wenn im Herbst die dichten und dunklen Nebel schweben, der Wind vom Süden her weht, worauf Regen folgt und in der Sonne ein Dunst von der Erde aufsteigt. Dann ist es nicht ratsam, in den Wind zu gehen, man soll vielmehr in der geheizten Stube sitzen und die Fenster nicht öffnen, es wäre auch gut, nicht in einer solchen Stadt zu leben, sondern aus der Stadt fortzugehen in reine Ortschaften.« Wann, d.h. in welchem Jahre die Seuche auftrat, durch die der Golowan den Ruhm des »Unsterblichen« erhielt, weiß ich nicht. Mit solchen Kleinigkeiten beschäftigte man sich damals wenig und machte auch wenig Aufhebens davon. Das Unglück beschränkte sich auf den einen Ort und endete auch dort, einzig und allein besänftigt durch das Vertrauen auf Gott und seine Allerreinste Mutter; nur wenn im Orte ein müßiger »Intelligent« die Oberhand hatte, wurden eigenartige sanitäre Maßnahmen ergriffen: »in den Höfen wird ein helles Feuer aus Eichenholz entzündet, damit sich der Rauch verbreite, und in den Hütten wird mit Wermut geräuchert, mit Wacholderholz und Rautelaub«. Dies alles konnte sich aber nur der »Intelligent« leisten, und auch das nur, wenn er über genügende Mittel verfügte; der Tod raffte aber nicht den »Intelligenten« dahin, sondern den, der keine Zeit hatte, in der geheizten Stube zu sitzen, und auch keine Mittel, um den offenen Hof mit Eichenholz zu heizen. Der Tod ging Hand in Hand mit dem Hunger, und die beiden unterstützten einander. Die Kranken starben »flink«, d.h. rasch, was für den Bauern auch angenehmer ist. Es gab keine langen Qualen, und auch von Genesenden hörte man nichts. Wer da erkrankte, der starb auch bald, *außer einem*. Was es für eine Krankheit war, ist wissenschaftlich nicht festgestellt; im Volke nannte man sie »die Kleienbeulen« oder sogar einfach »Beulen«. Die Krankheit brach in den getreideärmsten Kreisen aus, wo man aus Mangel an Brot Hanfkleie aß. Im Karatschewer und Brjansker Kreis, wo die Bauern eine Handvoll ungesiebten Mehls mit gestoßener Rinde mischten, war die Krankheit eine andere, zwar auch todbringend, aber nicht »die Beulen«. Die Beulen traten zuerst beim Vieh auf und übertrugen sich dann auf die Menschen. »Beim Menschen setzt sich unter der Brust oder am Halse eine rote Beule fest; der Kranke fühlt Stiche im Körper und im Inneren eine unstillbare Hitze, oder Kälte in den Schläfen, er atmet schwer und kann nicht mehr ausatmen, dann überkommt ihn so der Schlaf, daß er nicht mehr aufhören kann zu schlafen; er hat einen bittern und sauren Geschmack im Munde und muß erbrechen. Der Mensch verändert sich im Gesicht, wird lehmfarben und stirbt schnell dahin.« Vielleicht war es die sibirische Pest, vielleicht eine andere, jedenfalls war sie verderblich und schonungslos, am verbreitetsten war aber für sie die Bezeichnung »die Beulen«, wie ich schon vorher bemerkt habe. Am Körper entsteht ein Pickelchen, das ein gelbes Köpfchen erhält und ringsherum rot wird. Innerhalb eines Tages beginnt das Fleisch zu faulen, und bald darauf tritt der Tod ein. Der schnelle Tod stellte sich übrigens »gutartig« ein. Das Ende war still und ohne Qual, ein echt bäuerliches Ende, nur wollten alle Sterbenden bis zum letzten Augenblick trinken. Darin bestand auch die ganze, zwar nicht lange, aber ermüdende Pflege, die die Kranken verlangten, oder besser gesagt, um welche sie flehten. Aber auch diese Form der Pflege war nicht nur gefahrvoll, sondern fast unmöglich, denn der Mensch, der heute den erkrankten Verwandten pflegte, erkrankte morgen selbst an den Beulen, und es kam nicht selten vor, daß in einem Hause zwei oder drei Verstorbene nebeneinander lagen. Die übrigen Mitglieder der verwaisten Familie starben ohne Hilfe, ohne die einzige Hilfe, um die sich unser Bauer sorgte, daß jemand da sei, der ihm den Durst stillen könne. Zu Anfang stellte sich solch ein Verwaister einen Eimer mit Wasser an das Kopfende des Bettes und schöpfte mit einem Kruge, solange er den Arm noch heben konnte, dann drehte er sich aus einem Ärmel oder Hemdsaum einen Sauger, tauchte ihn ins Wasser, steckte ihn sich in den Mund und erstarrte so.

Die große eigene Not ist ein schlechter Lehrer der Barmherzigkeit. Jedenfalls wirkt sie schlecht auf Menschen von gewöhnlicher, durchschnittlicher Moral, die sich nicht über das Maß des einfachen Mitleides erhebt. Sie stumpft die Empfindung des Herzens ab, das selbst schwer leidet und voll des Gefühles eigener Qual ist. Dafür erstehen in Zeiten solch allgemeiner, schwerer Heimsuchungen mitten aus dem Volke Helden an Großmut, furchtlose und selbstverleugnende Menschen. In gewöhnlichen Zeiten sieht man sie nicht, und sie heben sich auch durch nichts von der Menge ab. Kommt aber eine Seuche, so tritt der Auserwählte aus dem Volke hervor und vollbringt Wunder, die ihn als eine mythische, fabelhafte Person, als einen »Unsterblichen« erscheinen lassen. Golowan war einer von solchen, und gleich bei der ersten Seuche stellte er den anderen bemerkenswerten Menschen an diesem Orte, den Kaufmann Iwan Iwanowitsch Androssow in der Vorstellung des Volkes in Schatten. Androssow war ein edler Greis, den man wegen seiner Güte und Gerechtigkeit liebte und verehrte, da er sich in allen Nöten des Volkes stets hilfsbereit zeigte. Er half auch während der Pest, da er sich »die Behandlung der Krankheit« abgeschrieben hatte und sie immer wieder vervielfältigte und verbreitete. Man ließ sich von ihm diese Abschriften geben, las sie auch vielerorts, konnte sie aber nicht verstehen, und wußte nicht, »wie die Sache anzupacken«.

Es stand nämlich in der Anleitung folgendes: »Wenn sich die Beule am Kopfe oder an einer anderen Stelle oberhalb des Gürtels zeigt, so lasse man viel Blut aus der Mediane; wenn sie sich auf der Stirne zeigt, so lasse man unter der Zunge zur Ader, zeigt sie sich hinter den Ohren oder unter dem Barte, so öffne man die Kopfader; wenn sie sich dagegen in der Achselhöhle zeigt, so bedeutet das, daß das Herz krank ist, und dann öffne man an der betreffenden Seite die Mediane.« Für jede Stelle, »wo du Beschwerden spürst«, war angegeben, welche Ader zu öffnen sei, entweder »die Sathenische«, oder die am Daumen, die Spatica, die Polumatica oder die Basica, mit der Vorschrift, »das Blut so lange laufen zu lassen, bis es grün wird und sich verändert«. Zu behandeln ist die Krankheit außerdem »mit Leukar und Antel, mit Siegelerde und Armenischer Erde; mit Malvasier-Wein und Buglos-Schnaps, Venezianischem Baldrian, Mitridat und Monus-Christi-Zucker«; der die Kranken Besuchende muß »im Munde Erzengelwurz und in den Händen Wermut halten, die Nasenlöcher mit Sworbonin-Essig befeuchten und einen mit Essig getränkten Schwamm bei sich haben«. Niemand konnte etwas davon verstehen, ähnlich wie in einem Regierungsukas, dessen Sinn schwankend ist und in dem ein »darum« dem andern folgt. Man fand weder solche Adern, noch den Malvasier-Wein, noch die Armenische Erde, noch den Buglos-Schnaps, und so lasen die guten Leute die Abschriften des wackeren Alten Androssow wohl mehr, um ihr Leid darüber zu vergessen. Nur die Schlußworte wußte man anzuwenden: »Die Orte, an denen die Pest herrscht, soll man meiden und von ihnen fortgehen.« Das wurde auch in der Mehrzahl der Fälle beobachtet, und auch Iwan Iwanowitsch selbst hielt sich an diese Regel; er saß in seiner geheizten Stube und gab seine Abschriften zum Türspalt hinaus, hielt dabei den Atem an und hatte im Munde den Erzengelwurz. Ohne Gefahr konnten nur die zu den Kranken gehen, die im Besitze von Hirschtränen, oder des Bezoarsteines waren, Iwan Iwanowitsch besaß aber weder das eine, noch das andere. Die Apotheken auf der Bolchowskaja-Straße hatten vielleicht diesen Stein, aber die Apotheker, von denen der eine ein Pole, der andere ein Deutscher war, hatten nicht das gehörige Mitleid mit den russischen Menschen und behielten den Bezoarstein für sich. Das schien durchaus glaubwürdig: als der eine der beiden Apotheker von Orjol unterwegs seinen Bezoarstein verlor, wurden seine Ohren gelb, das eine Auge wurde kleiner als das andere, und er begann am ganzen Leibe zu zittern. Obgleich er sich zu Hause, um in Schweiß zu geraten, glühende Ziegel an die Fußsohlen legen ließ, geriet er doch nicht in Schweiß und starb in trockenem Hemd. Viele suchten den von dem Apotheker verlorenen Bezoarstein, und jemand wird ihn auch gefunden haben, nur war es nicht Iwan Iwanowitsch gewesen, da auch er starb.

Und in dieser schrecklichen Zeit, in der sich die Gebildeten mit Essig wuschen und es nicht einmal wagten, ihre Nasen in die armen Vorstadthäuschen zu stecken, breiteten sich die »Beulen« noch grausamer aus. Die Menschen begannen »haufenweise und ohne jegliche Hilfe« zu sterben, als plötzlich Golowan mit bewunderungswürdiger Furchtlosigkeit auf dem Acker des Todes erschien. Wahrscheinlich glaubte er ein Heilmittel zu kennen, da er auf die Beulen der Kranken ein eigens von ihm zubereitetes »kaukasisches Pflaster« legte. Freilich half sein kaukasisches oder Jermolowsches Pflaster schlecht. Die Beulen heilte Golowan ebensowenig wie Androssow, aber sein großes Verdienst Gesunden wie Kranken gegenüber bestand darin, daß er furchtlos in die verpesteten Hütten trat und die Angesteckten nicht nur mit frischem Wasser tränkte, sondern auch mit abgerahmter Milch, die ihm von seinem »Klubrahm« übrig blieb. In aller Frühe, noch vor der Morgenröte setzte er auf einem aus den Angeln gehobenen Scheunentor über den Orlik, auf dem es keine Boote gab, und eilte mit seinen unversiegbaren Flaschen aus der einen Hütte in die andere, um die trockenen Lippen der Sterbenden zu netzen, oder um mit Kreide das Kreuzeszeichen auf die Türe zu malen, wo das Drama des Lebens zu Ende war und der Vorhang sich über den letzten der Akteure gesenkt hatte.

Seit der Zeit begann man den bisher noch wenig bekannt gewesenen Golowan in allen anliegenden Dörfern zu kennen, und er wurde im Volke ungemein populär. Seinen Namen, den früher nur die Dienerschaft in den adeligen Häusern gekannt hatte, sprach man jetzt im Volke mit Achtung aus; man sah in ihm einen Menschen, der »nicht nur den verstorbenen Iwan Iwanowitsch Androssow zu ersetzen vermochte, sondern der sogar bei Gott und bei den Menschen noch mehr bedeuten könne«. Man versäumte auch nicht, der Furchtlosigkeit Golowans eine übernatürliche Erklärung zu geben. Golowan hatte offensichtlich irgendein Wissen, und kraft seiner Zauberkunst war er eben »*unsterblich*« …

Später stellte es sich heraus, daß es sich buchstäblich auch so verhielt. Der Hirte Fanjka konnte das allen erklären, da er bei Golowan unglaubliche Dinge gesehen hatte; es wurde auch durch andere Umstände bestätigt.

Die Pest berührte Golowan nicht. Während der ganzen Zeit, als sie in den Vorstädten wütete, erkrankte er weder selbst, noch seine Jermolowsche Kuh, noch der Stier. Aber das hatte noch wenig zu sagen: das Wichtigste jedoch war, daß er die Pest selbst betrog und nasführte, oder, wie man sich dort ausdrückte, »sie vernichtete«, ohne für das Volk sein Blut zu schonen.

Golowan besaß den Bezoarstein, den der Apotheker verloren hatte. Wie er ihn erhalten hatte, wußte man nicht. Man nahm an, daß Golowan, als er dem Apotheker Rahm für die »gewöhnliche Salbe« brachte, den Stein erblickt und sich angeeignet hatte. Ob es ehrlich oder unehrlich gewesen war, sich den Stein anzueignen, darüber gab es keine strenge Kritik und durfte auch keine geben. Wenn es keine Sünde ist, etwas Eßbares zu nehmen, weil Gott es allen gegeben hat, dann ist doch noch weniger zu verurteilen, wenn jemand ein Heilmittel nimmt, das zur allgemeinen Rettung gegeben ist. So urteilte man bei uns, und so gebe ich es auch wieder. Golowan ging mit dem Stein des Apothekers, den er an sich genommen hatte, großmütig um, indem er ihn zum allgemeinen Nutzen der ganzen Christenheit im Umkreise gebrauchte.

Dies alles hatte, wie schon oben gesagt, Panjka entdeckt, und der Volksmund hatte es aufgeklärt.

6.

Panjka, ein Bursch mit verschiedenfarbigen Augen und ausgeblichenen Haaren war Unterhirte bei einem Hirten und hatte außer seiner allgemeinen Hirtentätigkeit die Pflicht, die Perekreschtschiwaner Kühe des Morgens auf die Tauwiese zu treiben. Bei seiner Früharbeit hat er einmal die ganze Sache, die den Golowan zur Volksgröße erhoben hatte, erblickt.

Es war im Frühling, wohl bald nachdem der herrlich kühne, junge Jegorij, die Arme bis zu den Ellenbogen in rotem Golde, die Füße bis zu den Knien in weißem Silber, auf der Stirne die Sonne, auf dem Rücken den Mond und rechts und links die ziehenden Sterne, über die smaragdenen russischen Felder gezogen war und das rechtschaffene Gottesvolk ihm das kleine und große Vieh entgegengetrieben hatte. Das Gras war noch so nieder, daß Schaf und Ziege sich kaum sattfressen konnten, und die Kuh mit ihren dicken Lippen noch kaum etwas zu fassen bekam. Aber im Schatten der Flechtzäune und den Gräben entlang grünten schon Wermut und Nesseln, die im Tau zur Not genießbar waren.

Panjka hatte die Perekreschtschiwaner Kühe ganz frühe, noch in der Dunkelheit, herausgelassen und am Ufer des Orlik entlang hinter die Vorstadt auf die Wiese getrieben, die dem Ausgang der Dritten Adelsstraße gegenüber lag, wo sich auf der einen Seite der Böschung der sogenannte »städtische Garten« hinzog, während auf der linken Seite das Nest Golowans am Abhange klebte.

Es war kalt, besonders morgens vor der Dämmerung, und einem, der schlafen wollte, erschien es noch kälter. Panjka war, wie sich versteht, nur schlecht bekleidet und hatte so ein zerrissenes Waisenzeug, das aus lauter Löchern bestand, an. Der Junge dreht und wendet sich von der einen Seite auf die andere und betet, daß der heilige Fjedul ihn mit Wärme anhauchen möge, aber es blieb doch immer kalt. Kaum schließt er die Augen, als das Windchen um ihn herumtanzt, ihm durch die Löcher fährt und ihn wieder aufweckt. Schließlich aber erweist sich seine junge Kraft als stärker: Panjka zieht das Mäntelchen wie ein Zelt über den Kopf und duselt ein. Er hat auch keine Stunde schlagen hören, da der grüne Bogojawlensker Glockenturm weit entfernt ist. Und um ihn herum ist nirgends eine Menschenseele, man hört nur, wie die dicken Kühe des Kaufmanns schnaufen, oder wie im Orlik ein mutwilliger Barsch aufspringt. Der Hirt duselt in seinem durchlöcherten Mäntelchen, als ihn mit einem Male etwas in die Seite stößt, wahrscheinlich hatte Zephir irgendwo ein neues Loch entdeckt. Panjka fährt auf, reibt sich im Halbschlaf die Augen und will eben rufen: »Wohin denn, du Hornlose?«, als er plötzlich innehält. Es scheint ihm, daß jemand den jenseitigen Uferabhang heruntersteigt. Vielleicht ist es ein Dieb, der dort im Lehm etwas Gestohlenes vergraben will. Panjka beginnt sich dafür zu interessieren: vielleicht wird es ihm gelingen, dem Dieb aufzulauern, oder er wird ihm zurufen: »Wir machens zusammen«, oder, was noch besser wäre, er wird versuchen, sich den Ort, wo der Dieb das Gestohlene einscharrt, zu merken und dann am Tag hinüberschwimmen und sich alles holen, ohne mit jemandem zu teilen.

Panjka beobachtet jetzt scharf den Abhang jenseits des Orliks. Eben beginnt es zu tagen.

Da steigt jemand drüben den Abhang herunter, kommt unten an, tritt auf das Wasser und geht darauf. Geht auf dem Wasser ganz einfach wie auf festem Boden, plätschert nicht, sondern stützt sich nur auf einen Krückstock. Panjka bekommt es mit der Angst zutun. Man erwartete damals in Orjol einen Wundertäter aus dem Männerkloster, und manche gaben vor, daß sie ihn schon nahen hörten. Es hatte dies gleich nach »Nikodims Beerdigung« begonnen. Der Erzbischof Nikodim war ein böser Mensch gewesen, der sich am Ende seiner irdischen Laufbahn dadurch auszeichnete, daß er, um noch einen hohen Orden mehr zu bekommen und sich bei der Obrigkeit einzuschmeicheln, zahlreiche Söhne aus dem Popenstande unter die Soldaten gab, darunter einzige Söhne ihrer Väter, ja sogar verheiratete Küster und Diakone. Weinend zogen sie in ganzen Partien aus der Stadt. Die ihnen das Geleit gaben, weinten ebenfalls, und selbst das Volk weinte, trotz seiner Abneigung gegen die vollgemästeten Popenbäuche, und spendete ihnen Almosen. Selbst dem Offizier, der die Partie führte, taten sie so leid, daß er, um den Tränen ein Ende zu machen, die neuen Rekruten ein Lied singen ließ, und als sie laut und harmonisch das von ihnen selbst gereimte Lied:

»Ein erzgrausames Krokodil
Ist Erzbischof Nikodim ...

anstimmten, begann angeblich auch er zu weinen. Alles versank in einem Meer von Tränen, und den gefühlvollen Seelen erschien es als eine himmelschreiende Übeltat. Und ihre Klagen erreichten wirklich den Himmel, denn bald darauf begann man in Orjol »Stimmen« zu vernehmen. Anfangs waren die »Stimmen« unverständlich, man wußte auch nicht, woher sie kamen, als aber kurz darauf der Erzbischof Nikodim starb und unter der Kirche beigesetzt wurde, vernahm man deutlich die Stimme des vor ihm dort begrabenen Erzbischofes, ich glaube, er hieß Apollos. Der vor ihm dahingegangene Erzbischof war mit seiner neuen Nachbarschaft unzufrieden und sagte ungeniert: »Schafft dieses Aas von hier fort, es ist mir schwül, neben ihm zu liegen!« Er drohte sogar, daß, wenn man dieses »Aas« nicht wegbringe, er selbst »fortgehen und in einer anderen Stadt erscheinen« werde. Viele hatten das gehört. Sie waren wie gewöhnlich zur Abendmesse gegangen, und als sie nach Schluß des Gottesdienstes die Kirche verließen, hörten sie den alten Erzbischof stöhnen: »Nehmt das Aas fort!« Allen erschien es sehr wünschenswert, daß die Forderung des guten Dahingeschiedenen erfüllt werde, aber da die Obrigkeit, die den Nöten des Volkes nicht immer ihr Ohr leiht, Nikodim nicht hinauswarf, konnte nun der offensichtlich als Wundertäter erwiesene fromme Erzbischof jeden Augenblick »das Lokal verlassen«.

Und das war es, was sich jetzt ereignete: der Wundertäter geht fort, und nur das arme Hirtlein sieht es, das davon so in Verwirrung gerät, daß es ihn nicht aufhält, ja nicht einmal bemerkt, daß der Heilige schon seinen Augen entschwunden ist. Nun beginnt es auch hell zu werden. Mit dem Lichte hebt sich der Mut des Menschen, und mit dem Mute verstärkt sich die Neugier. Fanjka wollte zum Wasser hinunter, über das erst eben das geheimnisvolle Wesen gezogen war. Er war kaum an die Stelle herangekommen, als er auch schon den nassen Torflügel und die Stange am Ufer befestigt erblickte. Die Sache klärte sich auf: es war also nicht der Wundertäter fortgezogen, sondern der unsterbliche Golowan über den Fluß gefahren. Er war gewiß zu irgendwelchen verwaisten Kindern gegangen, um sie mit seiner Milch zu versorgen. Fanjka war sehr verwundert: wann schlief denn dieser Golowan eigentlich? ... Ja, und wie konnte er, dieser schwere Bauer, auf solch einem Gerät schwimmen, auf so einem halben Tor? Der Orlik ist zwar kein großer Strom, und sein Gewässer ist unten eingedämmt, so daß er ruhig wie eine Pfütze ist, aber immerhin, wie war es möglich, auf so einem Tor zu schwimmen?

Fanjka wollte es selbst versuchen: er stellte sich auf den Torflügel, nahm die Stange und setzte zum Scherz auf die andere Seite hinüber. Dort ging er ans Ufer, um sich Golowans Haus zu besehen, da es inzwischen schon ganz hell geworden war. Aber im selben Augenblick kam Golowan drüben an das Ufer und rief: »Wer hat mein Tor fortgenommen? Fahr es zurück!« Fanjka war keiner von den Mutigsten, und da er auch nicht gelernt hatte, mit jemandes Großmut zu rechnen, erschrak er und beging eine Dummheit: statt Golowan das Floß zurückzugeben, versteckte er sich in einer der vielen Lehmgruben. Panjka legte sich in die Grube und zeigte sich nicht, so viel Golowan auch vom anderen Ufer herrufen mochte. Golowan sah ein, daß er auf diese Weise sein Floß nie bekommen werde, warf seinen Pelz ab, zog sich nackt aus, band seine ganze Garderobe mit einem Riemen zusammen, nahm das Bündel auf den Kopf und schwamm über den Orlik. Das Wasser war aber noch sehr kalt.

Panjka hatte nur die eine Sorge, daß ihn Golowan nicht erblicke und verprügele. Bald aber wurde seine Aufmerksamkeit auf etwas anderes gelenkt. Golowan war über den Fluß geschwommen und begann sich anzuziehen, plötzlich aber setzte er sich hin, schaute unter sein linkes Knie und verharrte so.

Dies geschah so nahe an der Grube, in der Panjka versteckt lag, daß er alles unter den Erdschollen, unter denen er sich verborgen hatte, sehen konnte. Nun war es auch schon ganz hell geworden, und im

Osten stand die Morgenröte. Die Bürger schliefen meist noch, aber unten am Stadtgarten war ein junger Bursche aufgetaucht, der mit einer Sense die Nessel mähte und in ein Körbchen legte. Golowan bemerkte den Mäher, richtete sich, nur mit dem Hemd bekleidet, auf und schrie ihm laut zu: »Junge, bring mir schnell die Sense her!«

Jener brachte sie ihm, und Golowan sagte: »Geh und reiß' mir ein großes Klettenblatt ab!« Als der Junge ihm den Rücken gewandt hatte, nahm er die Sense vom Stiel, hockte sich wieder hin, spannte mit der einen Hand seine Wade und hieb sie mit einem Schwung ganz ab. Den abgeschnittenen Fleischfetzen, der so groß wie ein Bauernfladen war, warf er in den Orlik; dann hielt er mit beiden Händen die Wunde fest und fiel um.

Als Panjka das sah, vergaß er alles, sprang aus seinem Verstecke heraus und rief den Mäher herbei.

Die Jungen faßten Golowan und schleppten ihn zu seiner Hütte. Dort kam er wieder zu sich und befahl den beiden Jungen, aus einem Körbchen zwei Handtücher zu nehmen und die Wunde so fest wie möglich abzubinden. Sie zogen sie mit aller Kraft zusammen, bis sie zu bluten aufhörte.

Darauf befahl Golowan den Jungen, neben sich einen Eimer Wasser und einen Krug hinzustellen, an ihre Arbeit zu gehen und niemand etwas über das Vorgefallene zu sagen. Die Jungen zogen zitternd vor Angst ab und erzählten es allen. Die davon vernahmen, errieten sogleich, daß Golowan das nicht ohne Grund getan, sondern auf diese Weise für die Menschen gelitten habe, indem er der Pest ein Stück seines eigenen Körpers hingeworfen, damit es als Opfer durch alle russischen Flüsse ziehe, aus dem kleinen Orlik in die Oka, aus der Oka in die Wolga, und dann durch das ganze große Rußland, bis zum weiten Kaspischen Meer. Damit habe Gojowan für alle gebüßt, er selbst aber würde nicht daran sterben, weil sich in seinen Händen der lebenspendende Stein des Apothekers befinde und er ein unsterblicher Mensch sei.

Dieses Gerede sagte allen zu, und die Prophezeiung erfüllte sich auch: Golowan starb nicht an seiner schrecklichen Wunde. Die arge Krankheit aber hörte in der Tat nach diesem Opfer auf, und es folgten Tage der Ruhe: Felder und Wiesen bedeckten sich mit dichtem Grün, der strahlend kühne und junge Jegorij konnte in Ruhe übers Land ziehen, die Arme bis zu den Ellenbogen in rotem Golde, die Füße bis zu den Knien in weißem Silber, auf der Stirne die Sonne, auf dem Rücken den Mond und rechts und links die ziehenden Sterne. Das Leinen bleichte im frischen Tau, und an Stelle des Helden Jegorij zog der Prophet Jeremias mit einem schweren Joch übers Feld, hinter sich Pflüge und Eggen schleifend. Am Boristage sangen die Nachtigallen dem Märtyrer zum Tröste; dank den Bemühungen der heiligen Mawra ergrünten die kräftigen Kohlsetzlinge; dann kam der heilige Sossima mit dem langen Stabe, in dessen Knaufe er die Bienenkönigin trug; der Tag Iwans des Theologen, des Vaters des heiligen Nikola, ging vorüber, auch der Tag des Nikola selbst war gefeiert, und es kam Simon Silot, an dessen Tage die Erde ihren Namenstag feiert. An diesem Tage setzte sich Golowan zum erstenmal ins Freie und begann dann allmählich wieder zu gehen und sich an die Arbeit zu machen. Seine Gesundheit hatte anscheinend gar nicht gelitten, nur begann er mit dem linken Fuß zu stolpern.

Über das Ergreifende und Kühne seiner blutigen Handlung hatten die Leute wohl eine hohe Meinung, aber sie urteilten darüber, wie ich schon sagte, ohne den natürlichen Ursachen auf den Grund zu kommen; sie umwoben vielmehr alles mit ihrer Phantasie und machten aus dem natürlichen Vorgang eine fabelnde Legende und aus dem einfachen, großmütigen Golowan eine mythische Person, in der Art eines Hexenmeisters oder Zauberers, der im Besitze eines unüberwindlichen Talismans alles wagen könne, ohne dabei umzukommen.

Ob Golowan es wußte, was ihm der Volksmund angedichtet hatte, ist mir nicht bekannt. Ich nehme jedoch an, daß er es wußte, da man oft mit Bitten und Fragen zu ihm kam, mit denen man sich nur an einen guten Zauberer wenden konnte. Auf viele solcher Fragen gab er nützliche Ratschläge und war nie über irgend eine Bitte erbost. In den Vorstädten galt er als Kuh- und Menschenarzt, als Ingenieur, Sterndeuter und Apotheker. Er verstand, die Räude und die Krätze mit einer »Jermolower Salbe« zu vertreiben, die einen Kupfergroschen kostete und für drei Menschen reichte. Mit einer Salzgurke nahm er das Fieber aus dem Kopfe, er wußte, daß man die Kräuter vom Johannistage bis zum »halben Peter« sammeln müsse, und verstand es ausgezeichnet, »Wasser zu zeigen«, d. h. den Ort anzugeben, an dem man einen Brunnen graben konnte. Das konnte er übrigens nicht jederzeit, sondern nur von Anfang Juni bis zum Tage des heiligen Fjodor des Brunnenmanns, »wo man das Wasser in den Erdadern fließen hört«. Golowan konnte auch alles übrige, was dem Menschen von Nöten ist, aber darauf hatte er vor Gott verzichtet, damit die Beulenpest einhalte. Damals hatte er es mit seinem

Blute bekräftigt und hielt seitdem auch fest daran. Dafür liebte ihn Gott und war ihm gnädig, und auch das in seinen Gefühlen immer taktvolle Volk ging Golowan niemals um etwas an, was nicht unbedingt not tat. So will es unsere Volksetikette.

Golowan empfand übrigens die mystische Wolke, in die ihn die Volksphantasie gehüllt hatte, so wenig als Last, daß er sich keinerlei Mühe gab, zu widerlegen, was über ihn berichtet wurde. Er wußte, daß es vergeblich sein würde.

Als ich damals mit Gier Victor Hugos Roman »Travailleurs de la mer« verschlang und dort der Gestalt Gilliats mit seiner genial gezeichneten Strenge gegen sich selbst und seiner Nachsicht gegen die anderen, die bis zur völligen Selbstlosigkeit ging, begegnete, staunte ich nicht nur über die Majestät seiner Erscheinung und die Kraft der Darstellung, sondern gerade auch über die Identität des Romanhelden mit jener lebendigen Persönlichkeit, die ich unter dem Namen Golowan kannte. In ihnen lebte ein und derselbe Geist, pochten in selbstaufopferndem Schlage gleiche Herzen. Und auch ihre Schicksale gingen nur wenig auseinander: während ihres ganzen Lebens umschwebte sie ein Geheimnis, gerade weil sie allzu rein und klar waren und wie dem einen, so auch dem anderen kein Tropfen persönlichen Glückes zufiel.

7.

Golowan war wie Gilliat »zweifelhaft im Glauben«. Man nahm an, daß er irgendeiner Sekte angehöre, aber das hatte nicht viel auf sich, da es damals in Orjol zahlreiche Andersgläubige gab. Es gab um jene Zeit (und gibt wahrscheinlich auch jetzt noch) einfache Altgläubige, besondere Altgläubige: Fedossejewzen, Piliponen, Wiedertäufer, ja sogar Flagellanten und »Skopzen«, die das weltliche Gericht in ferne Gegenden verbannte. Alle diese Menschen hielten fest zu ihrer Herde und mißbilligten streng jeden anderen Glauben; sie unterschieden sich voneinander im Gebet und in den Speisen und glaubten sich allein auf dem »rechten Weg«. Golowan benahm sich so, als wisse er nichts von einem wirklichen »rechten Wege«: er brach sein Brot ohne Wahl mit jedem, der darum bat, und setzte sich an jeden beliebigen Tisch, an den er gebeten wurde. Sogar dem Garnisonsjuden Juschko gab er Milch für dessen Kinder. Aber auch diese unchristliche Handlungsweise Golowans wurde vom Volke, das ihn so sehr liebte, entschuldigt: die Leute hatten ergründet, daß Golowan den Juden unterstütze, um von ihm die von den Juden sorgfältig bewahrten »Judaslippen« zu bekommen, vermittels welcher man sich vor Gericht durchschlagen kann, oder auch das »haarige Gemüse«, das den Juden den Durst stillt, ohne daß sie Wein zu trinken brauchen. Was aber an Golowan ganz unbegreiflich schien, war, daß er auch mit dem Kupferschmied Anton verkehrte, der den schlechtesten Ruf genoß. Dieser Mensch war selbst in den heiligsten Fragen anderer Meinung als alle, er verfertigte geheimnisvolle Zodiakalkreise und hatte sogar etwas verfaßt. Anton lebte in der Vorstadt in einem leeren Dachzimmerchen, für das er einen halben Rubel im Monat zahlte, und hielt sich darin so schreckliche Dinge, daß ihn niemand außer Golowan aufsuchte. Es war bekannt, daß er hier einen Zodiakalkreis hatte und ein Glas, »mit dem er aus der Sonne Feuer gewann«. Außerdem hatte er dort ein Loch zum Dache hinaus, durch das er nachts hinauskroch, sich wie ein Kater auf den Schornstein setzte, sein »Pläsierrohr« richtete und zur Schlafenszeit nach dem Himmel schaute. Antons Anhänglichkeit an dieses Instrument hatte keine Grenze, besonders in Sternennächten, wenn der ganze Tierkreis zu sehen war. Kaum kehrte er von seinem Meister, bei dem er als Kupferschmied arbeitete, heim, als er auch gleich in seinem Zimmerchen verschwand und durch das Klappfenster auf das Dach hinauskroch; wenn die Sterne am Himmel zu sehen waren, saß er die ganze Nacht dort oben und schaute. Man hätte es ihm verzeihen können, wenn er ein Gelehrter oder ein Deutscher gewesen wäre, weil er aber ein einfacher russischer Mensch war, versuchte man lange, ihn davon abzubringen: man stieß ihn mehr als einmal mit einer Stange, bewarf ihn mit Mist und toten Katzen, aber er schenkte dem keine Aufmerksamkeit und merkte nicht einmal, wenn man ihn stieß. Alle nannten ihn zum Spaß den »Astronomen«, und er war auch in der Tat einer.

Er war ein stiller, sehr ehrlicher Mensch, aber ein Freidenker: er versicherte, daß die Erde sich drehe und daß wir mit den Köpfen nach unten stünden. Für diesen letzten offensichtlichen Unsinn wurde er oft geschlagen und zum Narren erklärt, aber er begann als Narr Gedankenfreiheit zu genießen, die bei uns ein Privilegium dieses vorteilhaften Standes ist, und verstieg sich zu den unglaublichsten Behauptungen. Er wollte die »Jüngste Woche«, die Daniel für das russische Zarenreich prophezeit hat, nicht anerkennen, behauptete, daß das Tier mit den zehn Hörnern nur eine Allegorie sei und der große Bär eine astronomische Figur wäre, die auf seinen Plänen stehe. Ebenso ketzerisch faßte er »den Adlerflügel«, die sieben Schalen und das Siegel des Antichristen auf. Als Schwachsinnigem wurde ihm aber das alles verziehen. Er war Junggeselle, weil er keine Zeit zum Heiraten hatte und auch nichts besaß, womit er eine Frau hätte ernähren können, und schließlich, welche Närrin hätte sich auch entschließen können, den Astronomen zu nehmen? Golowan aber war bei vollem Verstande und verkehrte nicht nur mit dem Astronomen, sondern spottete nicht einmal über ihn. Man sah sie sogar nachts zusammen auf dem Astronomendache sitzen und abwechselnd durch das Pläsierrohr nach dem Sternenkreis schauen. Man kann sich vorstellen, welche Gedanken diese beiden nachts auf dem Schornstein stehenden Gestalten einflößen mochten, um die schwärmerischer Aberglaube, medizinische Phantasie, religiöser Wahn und Zweifel webten … Schließlich versetzten diese Umstände Golowan selbst in eine etwas sonderbare Stellung: man wußte nicht, welcher Kirchengemeinde er zugehörte … Seine kalte Hütte lag auf dem Erdrutsch, den kein geistlicher Stratege seinem Ressort hätte zusprechen können, und Golowan selbst machte sich darüber keine Sorgen. Wurde ihm jemand mit Fragen über seine Gemeinde lästig, so antwortete er:

»Ich gehöre zur Gemeinde des Schöpfers und Allerhalters.« Aber eine solche Kirche gab es in ganz Orjol nicht.

Gilliat hatte auf die Frage, wo seine Kirche sei, nur mit dem Finger nach dem Himmel gewiesen und gesagt »Dort!« Der Sinn dieser beiden Antworten war der gleiche.

Golowan hörte gern über jeden Glauben erzählen, aber er hatte anscheinend in dieser Hinsicht überhaupt keine eigene Meinung, und wenn man ihn zudringlich fragte, woran er glaube, so gab er zur Antwort:

»Ich glaube an den einigen Gottvater, den allmächtigen Schöpfer alles Sichtbaren und Unsichtbaren.«

Aber das war natürlich eine Ausflucht.

Im übrigen wäre es falsch anzunehmen, Golowan sei ein Sektierer oder fliehe die orthodoxe Kirche. Nein, er ging sogar zum Geistlichen P. Pjotr in die Boris- und Gljeb-Kathedrale, um ihm »sein Gewissen anzuvertrauen«. Er kam hin und sprach:

»Beschämen Sie mich doch, Väterchen, ich gefalle mir schlecht.«

Ich erinnere mich noch an diesen P. Pjotr, der uns oft besuchte. Einmal hatte mein Vater bei irgendeiner Gelegenheit gesagt, daß Golowan anscheinend ein Mensch mit einem prächtigen Gewissen sei, worauf P. Pjotr antwortete:

»Zweifeln Sie nicht daran; sein Gewissen ist weißer als Schnee.«

Golowan liebte die erhabenen Gedanken. Er kannte den englischen Dichter Pope, aber nicht wie man gewöhnlich einen Schriftsteller kennt, wenn man seine Werke gelesen hat. Nein, Golowan, der den »Versuch über den Menschen«, den ihm ebenfalls Alexej Petrowitsch Jermolow geschenkt hatte, schätzte, kannte das ganze Poem auswendig. Ich erinnere mich, wie er manchmal am Türpfosten stehend, die Erzählung über ein neues trauriges Ereignis anhörte und plötzlich seufzend zitierte:

»Liebwerter Bolinbrocke, der Hochmut ist allein
Der Quell der Irrungen und unsrer ganzen Pein.«

Der Leser wird sich wohl wundern, daß ein Mensch wie Golowan mit Popes Gedichten um sich warf. Es war damals zwar eine harte Zeit, die Poesie jedoch war Mode, und ihr mächtiges Wort war sogar den Männern vom blutigen Handwerk teuer. Von den Herrschaften ging das bis zu den Plebejern hinunter.

Ich trete jetzt an den größten Kasus in der Geschichte Golowans heran, einen Kasus, der zweifelsohne ein doppeldeutiges Licht auf ihn wirft, selbst in den Augen derer, die nicht geneigt sind, jeden Unsinn zu glauben. Es stellte sich nämlich heraus, daß in der weit zurückliegenden Vergangenheit Golowans ein dunkler Punkt war. Das erwies sich mit einem Male, und zwar in der allerkrassesten Form. In den Straßen Orjols tauchte eine Person auf, die in niemands Augen irgendeine Bedeutung zu haben schien, die aber gewaltige Rechte in bezug auf Golowan bekundete und mit ihm geradezu unglaublich frech umging.

Diese Person und die Geschichte ihres Auftauchens ist eine reichlich charakteristische Episode aus der Chronik der damaligen Zeit und ein Sittenbild, dem man ein grelles Kolorit nicht absprechen kann. Deshalb bitte ich die Leser, mir mit ihrer Aufmerksamkeit in einige Entfernung von Orjol zu folgen, in wärmere Gegenden, an einen ruhig dahinströmenden Fluß, mit Ufern wie Teppiche, zu einem volkstümlichen »Gastmahl des Glaubens«, wo das alltägliche Leben keinen Platz hat, wo alles von einer eigenartigen Religiosität durchwoben ist, die auch allem besondere Plastik und Lebendigkeit verleiht. Wir müssen der Hebung der Gebeine eines neuen Wundertäters beiwohnen, was für die verschiedensten Vertreter der damaligen Gesellschaft ein Ereignis von allergrößter Bedeutung darstellte. Für das Volk war es eine Epopöe, oder wie sich ein damaliger Redner ausdrückte, »es wurde ein heiliges Gastmahl des Glaubens abgehalten«.

8.

Keine der damals gedruckten Schilderungen kann die Bewegung zu Beginn der Feierlichkeit wiedergeben. Die lebensvolle, wenn auch niedere Seite der Erscheinung tritt in ihnen ganz zurück. Man reiste damals nicht so bequem wie jetzt in Postkutschen oder in der Eisenbahn, mit Stationen und guteingerichteten Gasthäusern, in denen alles Nötige zu mäßigen Preisen zu erhalten ist. Damals war eine Reise ein großes Unternehmen, und zwar in diesem Falle eine fromme und gottgefällige Tat, aber die zu erwartende kirchliche Feierlichkeit lohnte alle Mühe. Es lag darin viel Poesie, und zwar die eigenartige Poesie des bunten, mannigfaltig abgetönten kirchlichen Volkslebens, das von der Naivität des Volkes und der unendlichen Sehnsucht des lebendigen Geistes begrenzt wird.

Auch aus Orjol war eine Menge Volk zu dieser Feier gekommen. Den größten Eifer zeigte natürlich die Kaufmannschaft, auch die mittleren Gutsbesitzer gaben ihnen nichts nach, vor allem aber strömte das einfache Volk herbei. Das zog zu Fuß einher. Nur die, welche Kranke »zur Heilung« mitführten, fuhren mit irgendeinem Klepperchen. Übrigens wurden die Kranken manchmal auch getragen, was keine besondere Beschwerde für die Angehörigen bedeutete, da man für die Kranken in den Gasthöfen viel weniger, hin und wieder sogar nichts zu zahlen brauchte. Es gab auch viele, »die sich absichtlich krank stellten: sie rollten die Augen hinauf, und zwei schoben den dritten abwechselnd auf einem Karren, um Opfer für Wachs, Öl und andere Zeremonien einzusammeln«.

So las ich es in einer ungedruckten, aber wahrhaften Schilderung, die nach keiner Schablone abgeschrieben war, sondern von einem Menschen stammte, der die Wahrheit der tendenziösen Lügenhaftigkeit jener Zeit vorzog.

Es waren solche Menschenmassen in Bewegung geraten, daß in den Städten Liwny und Jelez, über die der Weg führte, weder in den Gasthöfen noch in den Wirtshäusern ein Platz zu finden war. Es kam vor, daß vornehme Personen und Leute mit Namen in ihren Kaleschen übernachteten. Hafer, Heu, Grütze, alles war auf den Landstraßen so sehr im Preise gestiegen, daß nach der Bemerkung meiner Großmutter, deren Erinnerungen ich hier folge, man in den Herbergen für ein Essen, bestehend aus Suppe, Hammelbraten und Grütze, zweiundfünfzig Kopeken verlangte, während es bisher fünfundzwanzig gekostet harte. Gewiß ist dies für die jetzige Zeit ein ganz unglaublicher Preis, es war indes so, und die Hebung der Gebeine des neuen Heiligen hatte in bezug auf die Preissteigerung der Lebensmittel in den umliegenden Ortschaften dieselbe Bedeutung, wie sie für Petersburg vor einigen Jahren der Brand der Mstinschen Brücke gehabt hatte. »Die Preise sprangen hinauf und blieben in der Höhe.«

Aus Orjol war unter den übrigen Pilgern auch die Familie der Kaufleute S-w zur Feier gekommen. Sie waren um jene Zeit große »Schütter« oder, um sich einfacher auszudrücken, große Wucherer, die das Getreide von den Bauern aufkauften, es in ihre Speicher schütteten und dann an die Großhändler in Moskau oder Riga verkauften. Dies war ein gewinnbringendes Geschäft, das später, nach der Bauernbefreiung, auch die Adeligen ohne Scheu betrieben. Aber diese schliefen gern lange und überzeugten sich durch bittere Erfahrung, daß sie selbst für das dumme Wuchergeschäft nicht taugten. Die Kaufleute S. zählten ihrer Bedeutung nach zu den ersten »Schüttern«, und ihr Ansehen war so groß, daß man ihnen anstelle ihres Familiennamens einen erhabenen Spitznamen beigegeben hatte. Ihr Haus war, wie es sich versteht, ein streng gottesfürchtiges, wo man des Morgens betete, den ganzen Tag die Leute bedrückte und ausplünderte, worauf abends wieder gebetet wurde. Nachts rasselten die Hofhunde an ihren Ketten, in allen Fenstern leuchteten die Heiligenlämpchen, man vernahm Schnarchen und irgendjemands bitteres Weinen.

Das Haus leitete, wie man jetzt sagen würde, »der Gründer der Firma«, aber damals sagte man einfach »er«. Er war ein hinfälliger Greis, den aber alle wie das Feuer fürchteten. Man sagte von ihm, er verstünde es, einen weich zu betten, aber man schliefe darauf hart; er begegnete einem jeden mit freundlichem Wort, gab ihn aber dann dem Teufel zum Fraße. Er war der bekannte und berüchtigte Typus des Handelspatriarchen.

Nun fuhr dieser Patriarch »in großer Aufmachung« zur Hebung der Gebeine: nämlich er selbst, seine Frau und seine Tochter, die an Melancholie litt und geheilt werden sollte. An ihr waren schon alle Heilmittel der Volkspoesie versucht worden: man hatte ihr kräftigenden Alant zu trinken gegeben, hatte sie mit Päonien bestreut, die gegen Darrsucht helfen, hatte ihr Majoran zu riechen gegeben, der im Kopfe das Gehirn erfrischt, aber nichts hatte geholfen. Nun fuhr man sie zu dem Heiligen und beeilte sich, als die ersten anzukommen, bevor die »erste Kraft« des Wundertäters nachgelassen hatte. Der Glaube an den Vorzug der »ersten Kraft« war sehr stark, und der Grund hierzu war die Erzählung vom Teich Bethesda, wo ebenfalls der erste geheilt wurde, der nach dem Wallen des Wassers hineinstieg.

Die Orjoler Kaufleute fuhren über Livny und Jelez, hatten große Schwierigkeiten zu überwinden und waren schon ganz erschöpft, als sie beim Heiligen ankamen. Aber es stellte sich heraus, daß es unmöglich war, in der »ersten Reihe« beim Heiligen zu sein. Es hatte sich so viel Volk angesammelt, daß gar nicht daran zu denken war, sich zur Nachtmesse am Eröffnungstage in die Kirche durchzudrängen, wo von den neuen Gebeinen die größte Kraft ausgeht.

Der Kaufmann und seine Frau waren in Verzweiflung, am gleichgültigsten war die Tochter, die gar nicht wußte, was ihr entging. Es gab auch gar keine Hoffnung, dem Kummer abzuhelfen, denn es waren so viele vornehme Leute mit so großen Namen da, daß sie als einfache Kaufleute, die wohl an ihrem Orte etwas zu bedeuten hatten, hier bei dieser Versammlung christlicher Größe ganz verloren gingen.

Einmal sitzt der Patriarch vor seinem Fuhrwerke auf dem Gasthofe beim Tee und klagt seiner Frau, daß er schon jede Hoffnung aufgegeben habe, unter den ersten oder auch nur unter den zweiten zum Grabe des Heiligen zu kommen; es würde ihnen höchstens gelingen, mit den allerletzten, d. h. mit den Ackersleuten und Fischern, also dem einfachen Volke durchzudringen. Aber das wäre keine Freude mehr: die Polizei wird dann schon wütend und die Geistlichkeit müde geworden sein, sie wird einen nicht zur Genüge beten lassen und herumstoßen. Und überhaupt ist das alles nicht mehr das Richtige, wenn schon so und so viel tausend Lippen jeglichen Volkes die Gebeine geküßt haben. Unter solchen Umständen hätte man auch später fahren können, sie aber hätten doch nicht das erreichen wollen: sie waren gefahren, hatten sich bemüht, das Geschäft zu Hause den Angestellten überlassen, hatten auf dem Wege alles dreifach überbezahlt, und jetzt hatten sie für alles einen solchen Trost.

Der Kaufmann hatte ein-, zweimal versucht, zu den Diakonen zu gelangen, er war bereit, sich ihnen »erkenntlich zu zeigen«, aber daran war gar nicht zu denken: von der einen Seite wurde man von den weißbehandschuhten Gendarmen oder den peitschenbewehrten Kosaken, von denen man eine große Menge zur Hebung der Gebeine herangezogen hatte, gedrängt, und von der anderen Seite konnte einen, was noch gefahrvoller war, das rechtgläubige Volk selbst, das wie ein Ozean wogte, erdrücken. Solche Fälle waren schon vorgekommen, sogar mehrere gestern und heute. Die guten Christen prallten vor einer Kosakenpeitsche als eine Mauer von fünf und sechshundert Menschen zurück und drückten und preßten sich so fest zusammen, daß aus der Mitte sich ein Stöhnen und Gestank erhob; nachher sah man aber zahlreiche Frauenohren, von denen die Ohrringe gerissen waren, und Finger, von denen die Ringe abgedreht waren, und zwei oder drei Seelen hatten ganz die Körper verlassen.

Der Kaufmann berichtete beim Tee alle diese Schwierigkeiten seiner Frau und Tochter, für welch letztere es ganz besonders notwendig war, die »erste Kraft« zu erlangen. Während dessen ging aber irgendein »hergelaufener Mensch«, dem man nicht ansah, ob er ländlichen oder städtischen Standes war, in einem fort vor dem Schuppen zwischen den Fuhrwerken umher, als beobachte er mit irgendeiner Absicht die Orjoler Kaufleute.

Solche »hergelaufene Menschen« waren hier ebenfalls in großer Zahl zusammengeströmt. Sie fanden beim »Gastmahl des Glaubens« nicht nur ihren Platz, sondern sogar lohnende Beschäftigung. Und deshalb strömten sie hier im Überfluß zusammen; sie kamen aus verschiedenen Orten, aber vor allem aus den Städten, die durch ihre Diebe bekannt sind, d. h. aus Orjol, Kromy, Jelez und Livny, wo es große Meister gab, die wahre Wunder verrichteten. Das ganze zusammengelaufene Gesindel suchte sich hier zu betätigen. Die verwegensten unter ihnen arbeiteten gemeinsam, in kleinen Gruppen unter der Menge verteilt, wo es unter der Mitwirkung der Kosaken leicht war, Gedränge und Verwirrung hervorzurufen, um während des Tumultes fremde Taschen zu durchsuchen, Uhren und Gürtelschnallen abzureißen und Ohrgehänge aus den

Ohren zu ziehen. Gewiegtere gingen einzeln durch die Höfe, klagten ihre Not, deuteten Träume und Zeichen, boten Zaubermittel an und »Geheimmittel für alte Leute, aus Walfischsamen, Krähenfett, Elefantensperma« und anderen Ingredienzen, die »eine dauernde Kraft erzeugen«. Diese Mittel standen auch hier hoch im Preise, weil (zur Ehre des Menschentums sei es gesagt!) das Gewissen es nicht erlaubte, alle Heilungen beim Wundertäter zu suchen. Ebenso gern beschäftigte sich das hergelaufene Volk, das friedlich geartet war, mit gewöhnlichem Diebstahl und plünderte die Gäste, die infolge des Raummangels in und unter ihren Fuhrwerken hausten, bei günstiger Gelegenheit bis aufs Hemd aus. Überall war der Platz knapp, und die Fuhrwerke waren in den Scheunen der Gasthöfe untergebracht; andere standen hinter der Stadt auf offenem Felde in einem Wagenzuge. Dort war das Leben am buntesten und interessantesten und noch mehr erfüllt von allen Abarten religiöser und medizinischer Phantasie und von amüsantem Schwindel. Obskure Gewerbetreibende trieben sich hier überall herum, ihr Asyl war aber das zwischen Schluchten und elenden Hütten draußen vor der Stadt gelegene »Armenlager«, in dem ein wüster Schnapsausschank vor sich ging und zwei oder drei Fuhrwerke mit geschminkten Soldatenweibern standen, die auf gemeinsame Kosten hergefahren waren. Hier wurden Sargspäne hergestellt, »Siegelerde« aus dem Heiligen Lande, Stückchen von vermoderten Meßgewändern und sogar »Reliquien-Partikel«. Unter den Künstlern, die sich mit diesem Gewerbe befaßten, lieferten einzelne findige Köpfe manchmal Stückchen, die durch ihre Einfachheit und Kühnheit bemerkenswert und interessant waren. Einer von diesen war es auch, der die gottesfürchtige Familie aus Orjol bemerkt hatte. Der Schwindler hatte ihre Klagen gehört, daß es unmöglich sei, zum Heiligen zu gelangen, bevor die ersten Heilstrahlen von den Gebeinen ausgegangen wären. Nun ging er auf sie zu und sagte ganz unbefangen:

»Ich habe Ihr Leid gehört und kann helfen, und Sie haben keinen Grund, mir auszuweichen. Ohne mich werden Sie bei einer so großen und vornehmen Versammlung die Freude, die Sie sich wünschten, nicht bekommen; ich aber war schon öfter bei derartigen Begebenheiten und kenne die Mittel. Wenn es Ihnen beliebt, zur allerersten Kraft des Wundertäters zu gelangen, so lassen Sie es sich zu Ihrem eigenen Wohlergehen hundert Rubel kosten, und ich bringe Sie hin.«

Der Kaufmann betrachtete das Subjekt und antwortete:

»Hör auf zu lügen!«

Jener aber fuhr in seiner Rede fort: »Sie denken wahrscheinlich so, weil Sie nach meiner Unansehnlichkeit urteilen. Aber diese Unansehnlichkeit in menschlichen Augen kann vor Gott in ganz anderem Lichte stehen, und was ich übernehme, das führe ich auch bestimmt aus. Die irdische Macht, die hier zusammengekommen ist, bringt Sie vielleicht in Verwirrung, aber für mich ist sie Staub, und selbst wenn hier eine Menge von Prinzen und Königen versammelt wäre, so könnten sie uns nicht im mindesten daran verhindern, sie würden uns sogar den Weg frei machen. Wenn Sie also auf einem reinen und glatten Wege durch alles gehen, die allerhöchsten Persönlichkeiten sehen und dem Freunde Gottes die allerersten Küsse geben wollen, so lassen Sie sich das, was ich gesagt habe, nicht reuen. Wenn Ihnen aber die hundert Rubel zu viel sind, und Sie Gesellschaft nicht verschmähen, so werde ich schnell noch zwei Menschen ausfindig machen, auf die ich schon mein Augenmerk gerichtet habe; dann kommt es Ihnen billiger zu stehen.«

Was blieb den gottesfürchtigen Wallfahrern übrig? Es war gewiß riskant, diesem hergelaufenen Menschen zu glauben, aber man wollte auch die Gelegenheit nicht vorbeigehen lassen, und zudem forderte er nicht viel Geld, besonders, wenn man es in Gesellschaft machte.

Der Patriarch entschied sich, die Sache zu riskieren, und sagte:

»Bring' die Gesellschaft zusammen!«

Der Hergelaufene nahm die Anzahlung, trug der Familie auf, recht früh zu Mittag zu essen und ihn eine Stunde vor dem Läuten zur Abendmesse, ein jeder mit einem Handtuch in der Hand, vor der Stadt an einer bestimmten Stelle bei dem »Armenlager« zu erwarten; damit eilte er fort. Von dieser Stelle aus sollte dann unverzüglich der Feldzug beginnen, den, nach Versicherung des Unternehmers, weder Prinzen noch Könige aufhalten konnten.

Derartige »Armenlager« gab es in größerem oder kleinerem Umfange bei allen ähnlichen Ansammlungen. Ich selbst habe solche gesehen, wie ich mich erinnere auch auf dem großen Jahrmarkte bei Kursk; über das Lager, auf das ich nun zu sprechen komme, habe ich von Augenzeugen das im folgenden Beschriebene gehört.

9.

Der Platz, auf dem das Armenlager entstanden war, befand sich hinter der Stadt auf einer weiten Wiese zwischen dem Fluß und der Poststraße und grenzte an die große windungreiche Schlucht, die von einem Bächlein durchflossen und von dichtem Gestrüpp bewachsen war; hinten begann ein mächtiger Fichtenwald, über dem Adler schrien.

Auf der Wiese lagerte eine Menge elender Fuhrwerke und Karren, die in ihrer ganzen Armut die bunte Vielgestaltigkeit des nationalen Genies und der Erfindungsgabe darstellten. Es gab hier Wagen mit Dächern aus Bastmatten, solche mit Leinenzelten, mit »Lauben« aus wolligem Pfriemgras und ganz ungestalteten Bogen aus Baumrinde. Eine ganze breite Rinde von einer hundertjährigen Linde war gebogen und an das Wagengestell genagelt, und unter ihr lagen die Leute: sie lagen Sohle an Sohle im Innern des Fahrzeugs, die Köpfe vorne und hinten in der freien Luft. Über die Liegenden zog das Windchen und ventilierte, damit sie nicht in ihrer eigenen Luft erstickten. Neben den an der Deichselstange angebundenen Heusäcken standen die größtenteils mageren Pferde, alle im Kummet, und bei einzelnen vorsorglichen Leuten unter Mattendächern. Bei einigen Fuhrwerken waren auch Hunde, obwohl es eigentlich nicht angebracht war, solche auf die Wallfahrt mitzunehmen; aber es waren eben »eifrige« Hunde, die ihre Herren auf der zweiten oder dritten Futterstation eingeholt hatten und durch keine Prügel zu bewegen waren, umzukehren. Sie hatten hier bei der Wallfahrt eigentlich keinen Platz, aber sie wurden geduldet und benahmen sich, da sie ihre Lage als Konterbande wohl fühlten, sehr friedlich; sie drückten sich bei den Wagenrädern, unter den Eimern mit Wagenschmiere und bewahrten ernstes Schweigen; diese Bescheidenheit rettete sie vor dem Scherbengericht und dem für sie gefährlichen getauften Zigeuner, der ihnen im Nu »den Pelz auszog«. Hier in diesem Armenlager unter dem freien Himmel lebte es sich lustig und gut wie auf einem Jahrmarkt. Hier gab es mehr Abwechslung als in den Hotelzimmern, die nur besonders Auserwählte bekommen hatten, oder auch in den Schuppen der Gasthöfe, wo im ewigen Halbdunkel die Leute zweiten Ranges Unterkunft gefunden hatten. Allerdings wurde das Armenlager weder von Mönchen noch von Hypodiakonen besucht, auch ließen sich hier keine echten, erfahrenen Pilger sehen; dafür gab es hier Meister in allen Handfertigkeiten und eine ausgedehnte Hausindustrie von allerhand Heiligtümern. Als ich in den Chroniken den bekannten Kiewer Prozeß über die Fälschung heiliger Gebeine aus Hammelknochen las, staunte ich über die Kindlichkeit der Manier dieser Fabrikanten im Vergleich zu der Kühnheit jener Meister, von denen ich früher gehört hatte, die damit ein offenes, verwegenes Handwerk betrieben. Schon der Weg zur Wiese durch die Vorstadtstraße zeichnete sich durch unbeschränkte Freiheit und durch weitestgehende Unternehmungslust aus. Die Menschen wußten, daß solche Gelegenheiten nicht häufig sind, und verloren keine Zeit. Vor vielen Türen standen Tischchen, auf denen kleine Ikonen lagen, Kreuzchen, Papiertüten mit faulem Holzstaube, angeblich von dem alten Sarge und daneben solche mit Spänen von dem neuen. Dieses ganze Material war nach den Beteuerungen der Verkäufer von einer viel besseren Sorte, als an den heiligen Orten selbst, weil es durch die Tischler, Erdarbeiter und Zimmerleute, die die wichtigsten Arbeiten ausgeführt hatten, hergebracht worden war. Beim Eingang zum Lager drängten sich »sitzende und tragende Händler« mit Bildern des neuen Heiligen, die vorläufig mit einem weißen Papier mit einem Kreuz darauf verklebt waren. Diese Bilder wurden zu den billigsten Preisen verkauft, man konnte sie jeden Augenblick kaufen, durfte sie aber erst nach der Abhaltung des ersten Gottesdienstes öffnen. Bei vielen Unwürdigen, die die Heiligenbilder gekauft und vor der Zeit geöffnet hatten, erwiesen sie sich als leere Brettchen. In der Schlucht hinter dem Lager hauste am Flüßchen unter einem mit den Kufen nach oben gekehrten Schlitten ein Zigeuner mit seiner Zigeunerin und den Zigeunerjungen. Hier betrieben sie eine große medizinische Praxis. An einer der Schlittenkufen war ein großer stimmloser Hahn angebunden, der am Morgen die Steine von sich gab, die »die Bettstärke erhöhen«, und der Zigeuner hatte Katzengras, das damals als wichtiges Mittel gegen »Gesäßwunden« galt. Dieser Zigeuner war in seiner Art eine Berühmtheit. Man erzählte, daß, als man im Lande der Ungläubigen die Gebeine der sieben schlafenden Jungfrauen entdeckt hatte, er auch dort eine wichtige Person gewesen war: er verwandelte alte Leute in junge, heilte die Rutennarben der Leibeigenen und trieb den Militärs durch Wasserlaß die Rückenwunden von innen heraus. Seine Zigeunerin wußte anscheinend noch größere Naturgeheimnisse. Sie gab den Ehemännern zweierlei Wasser: das eine, um die Frauen zu überführen, die durch Unzucht sündigten, denn wenn man dieses Wasser solchen Frauen gibt, bleibt es nicht in ihnen, sondern kommt gleich wieder heraus; das andere Wasser aber war das Magnetwasser, welches bewirkt, daß die gleichgültige Frau ihren Mann im Schlafe leidenschaftlich umarmt; drängt sie jedoch danach, einen anderen zu lieben, so fällt sie aus dem Bett.

Mit einem Wort, das Geschäft kochte hier nur so, und die mannigfachen Nöte der Menschheit fanden nutzbringende Helfer.

Als der »hergelaufene Mensch« seine Kaufleute hier erblickte, sprach er gar nicht mit ihnen, sondern winkte ihnen, sie möchten in die Schlucht hinuntersteigen, und lief selbst voraus.

Das schien wieder besorgniserregend: man konnte darauf gefaßt sein, daß hier im Hinterhalte geschickte Leute saßen, die wohl geeignet sein mochten, die Wallfahrer bis aufs Hemd auszuziehen. Die Gottesfurcht aber überwand die Furcht, und nach einigem Überlegen entschloß sich der Kaufmann, nachdem er zu Gott gebetet und des Wundertäters gedacht hatte, drei Schritte abwärts zu machen.

Er stieg vorsichtig hinunter, hielt sich an den Sträuchern fest und befahl seiner Frau und Tochter, nötigenfalls aus allen Kräften zu schreien.

Es war hier tatsächlich ein Hinterhalt, wenn auch kein gefährlicher: der Kaufmann traf in der Schlucht zwei ebenso gottesfürchtige Menschen in Kaufmannstracht an, mit denen man »sich einigen« mußte. Sie alle mußten hier dem Hergelaufenen die vereinbarte Summe für das Geleit zum Heiligen bezahlen, dann wollte er ihnen seinen Plan eröffnen und sie sogleich hinführen. Es war nichts zu überlegen, und Starrsinn führte auch zu nichts; so legten denn die Kaufleute die Summe zusammen, gaben sie her, und der Kerl teilte ihnen seinen Plan mit, der ganz einfach, aber in seiner Einfachheit wirklich genial war. Er bestand darin: im Armenlager befand sich ein ihm bekannter gelähmter Kranker, den man nur zu dem Heiligen zu tragen brauchte, damit niemand sie aufhalte und ihnen den Weg versperre. Man müsse nur für den Kranken eine Tragbahre und eine Decke kaufen, ihn auf die Bahre legen und diese mittels der Handtücher zu sechst zum Heiligen tragen.

Der Gedanke schien in seinem ersten Teil vortrefflich; natürlich würde man die Träger mit dem Kranken durchlassen, aber welche Folgen konnten daraus entstehen? Daß es nur später keine Ungelegenheiten gäbe! Indes wurden sie auch in dieser Beziehung beruhigt, und der Führer sagte, daß diese Bedenken keine Beachtung verdienten.

»Wir haben solche Fälle schon öfter gesehen: Sie werden zu Ihrer Freude die Gnade haben, alles zu sehen und den Wundertäter während der Abendmesse küssen zu können. In bezug auf den Kranken geschehe der Wille des Heiligen: wenn er ihn heilen will, so heilt er ihn, und will er es nicht, so ist es wiederum sein Wille. Sie werden hier ein wenig auf mich warten, und dann machen wir uns auf den Weg.«

Nachdem sie miteinander gehandelt hatten, nahm er von jedem noch zwei Rubel für das Traggerät und lief davon. Nach zehn Minuten kehrte er zurück und sagte:

»Gehen wir, Brüder, aber nicht so flink und lustig, sondern schlagt die Augen andächtig nieder!«

Die Kaufleute senkten die Augen, gingen andächtig einher und traten im Armenlager an ein Fuhrwerk heran, vor dem ein fast krepierter Klepper stand; auf dem Bock saß ein kleiner skrophulöser Knabe, der sich damit beschäftigte, abgezupfte Fruchtknoten gelber Kamillen aus der einen Hand in die andere zu werfen. Auf diesem Fuhrwerk lag unter dem Lindenbast ein Mensch mittleren Alters, dessen Gesicht noch gelber war als jene Kamillen; ebenso gelb waren auch seine Hände, ganz ausgestreckt und kraftlos wie Peitschenschnüre.

Als die Frauen die entsetzliche Krankheit sahen, bekreuzigten sie sich; der Führer aber wendete sich an den Kranken und sagte:

»Onkel Fotej, hier sind gute Menschen gekommen, um mir zu helfen, dich zur Heilung zu tragen. Die Stunde Gottes ist dir nahe.«

Der gelbe Mensch wandte sich den Unbekannten zu, sah sie dankbar an und zeigte mit dem Finger auf seine Zunge. Sie errieten, daß er stumm war.

»Macht nichts«, sagten sie, »macht nichts, danke nicht uns, Knecht Gottes, danke Gott.« Dann hoben sie ihn aus dem Wagen, die Männer hielten ihn an den Schultern und den Beinen, die Frauen stützten nur seine schwachen Hände und erschraken noch mehr vor dem entsetzlichen Zustande des Kranken, da seine Arme sich an den Gelenken kaum noch hielten und notdürftig mit härenen Stricken festgebunden waren.

Die Bahre stand daneben. Es war ein kleines, altes Bettgestell, an den Ecken dicht mit Wanzeneiern besät. Auf ihm lag ein Bündel Stroh und ein Stück dünnen Baumwollzeugs, auf dem mit rohen Farben Kreuz, Lanze und Rohr dargestellt waren. Der Führer breitete mit geschickter Hand das Stroh aus, daß es von allen Seiten herunterhing, dann legte man den gelben Kranken darauf, bedeckte ihn mit dem Baumwollzeug und trug ihn fort.

Der Führer ging voraus und räucherte in kreuzförmigen Bewegungen mit einem tönernen Feuerbecken.

Kaum waren sie aus dem Lager herausgekommen, als sich auch schon das Volk vor ihnen zu bekreuzigen begann, und als sie die Straße entlang zogen, wurde die Aufmerksamkeit immer größer. Alle, die sie sahen, begriffen, daß man einen Kranken zum Wundertäter brachte, und schlossen sich an. Die Kaufleute beschleunigten ihren Schritt, da man schon das Läuten zur Abendmesse vernahm, und sie kamen gerade an, als man den Gesang: »Lobet den Namen des Herrn, ihr Diener Gottes« anstimmte. Die Kirche faßte selbstverständlich kaum den hundertsten Teil des vor dem Platze versammelten Volkes: unübersehbare Menschenmengen standen auf dem Platze vor der Kirche herum. Kaum aber hatte man die Bahre und die Träger erblickt, als sich das Gemurmel verbreitete: »Man trägt einen Gelähmten, es wird ein Wunder geben«, und die ganze Menge ihnen Platz machte.

Bis zur Kirchentür hatte sich eine lebende Gasse gebildet, und auch weiterhin geschah alles so, wie es der Führer versprochen hatte. Selbst seine feste Glaubenszuversicht erlitt keine Enttäuschung: der Gelähmte genas. Er stand auf und ging auf seinen eigenen Füßen, Gott lobend und preisend, hinaus. Jemand schrieb dies alles auf ein Zettelchen auf, wobei der geheilte Gelähmte auf Grund der Aussage des Führers ein »Verwandter« des Orjoler Kaufmanns genannt wurde, weshalb ihn viele beneideten; der Geheilte ging auch der späten Stunde wegen nicht in sein Armenlager zurück, sondern übernachtete in der Scheune bei seinen neuen Verwandten.

Dies alles war angenehm. Der Geheilte wurde zu einer interessanten Person, zu der viele kamen, um sie anzuschauen und auch ein »Opfer« zu spenden. Aber er sprach noch wenig und undeutlich, schmatzte infolge der langen Entwöhnung und wies meistens mit der geheilten Hand auf die Kaufleute: »Fragt sie, sie sind meine Verwandten, sie wissen alles.« Und diese bestätigten, wenn auch widerwillig, daß er ihr Verwandter sei. Aber plötzlich kam eine unerwartete Unannehmlichkeit dazwischen: in der Nacht, die der Heilung des gelben Kranken folgte, wurde bemerkt, daß von der Samtdecke über dem Sarge des Wundertäters eine goldene Schnur mit einer ebenfalls goldenen Quaste abhanden gekommen war.

Man stellte unter der Hand Ermittlungen an und fragte den Orjoler Kaufmann, ob er nichts bemerkt habe, als er am Sarge stand, und was für Leute ihm geholfen hätten, seinen kranken Verwandten zu tragen? Er sagte auf sein Gewissen aus, daß es unbekannte Leute aus dem Armenlager gewesen seien, die aus Eifer mitgetragen hätten. Man führte ihn hin, um den Platz, die Leute, den Klepper und den Wagen mit dem skrophulösen Knaben, der mit den Kamillen gespielt hatte, wiederzuerkennen, aber hier war nur noch der Platz auf seinem Platze, von den Leuten jedoch, dem Fuhrwerke und dem Knaben mit den Kamillen war keine Spur mehr zu entdecken.

Man stellte die Ermittlungen ein, »damit kein Gerede unter den Leuten entstehe«, und hängte eine neue Quaste hin; die Kaufleute aber machten sich nach dieser Unannehmlichkeit bald auf den Heimweg. Da beglückte sie der geheilte Verwandte mit einer neuen Freude: er verpflichtete sie, ihn mitzunehmen, widrigenfalls drohte er mit einer Klage und erinnerte an die Quaste.

Und so fügte es sich, als die Stunde der Abreise der Kaufleute gekommen war, daß Fotej neben dem Kutscher auf dem Bocke saß, und es war keine Möglichkeit, ihn vor dem am Wege liegenden Dorfe Krutoje los zu werden. Bei Krutoje befand sich damals ein sehr gefährlicher Abstieg von einem Hügel und ein sehr schwerer Aufstieg auf einen andern Hügel, und deshalb begaben sich hier allerlei Vorkommnisse mit Reisenden: Pferde stürzten, Kaleschen schlugen um und dergleichen. Man mußte das Dorf Krutoje unbedingt bei Tage passieren, oder im Dorfe übernachten, denn in der Dämmerung wagte niemand, den Abhang hinunterzufahren.

Auch unsere Kaufleute hatten hier übernachtet und am Morgen beim Aufstieg »in der Verwirrung« ihren geheilten Verwandten Fotej vergessen. Man sagte, daß sie ihn abends »tüchtig aus der Flasche bewirtet« und am Morgen nicht geweckt hätten und ohne ihn fortgefahren wären; es fanden sich aber andere gute Menschen, die diese Vergeßlichkeit wieder gutmachten und Fotej nach Orjol mitbrachten.

Hier suchte er seine undankbaren Verwandten, die ihn in Krutoje verlassen hatten, auf, ohne jedoch bei ihnen verwandtschaftliche Aufnahme zu finden. Er begann in der Stadt zu betteln und zu erzählen, der Kaufmann sei gar nicht der Tochter wegen zum Heiligen gefahren, sondern um zu beten, daß das Brot teurer werde. Niemand wußte es besser als Fotej.

10.

Kurze Zeit nach dem Auftauchen des verlassenen Fotej in Orjol fand im Kirchsprengel des Erzengels Michael beim Kaufmann Akulow eine »Armenspeisung« statt. Auf langen Tischen dampften im Hofe große Schüsseln aus Lindenholz mit Nudeln und Kessel mit Grütze, und auf der Freitreppe wurden Zwiebelfladen und Pirogen verteilt. Es hatten sich eine Menge Gäste eingefunden, ein jeder mit seinem Löffel im Stiefel oder im Gürtel. Die Pirogen teilte Golowan aus. Er wurde häufig zu solchen »Speisungen« als Speisemeister und Brotverteiler berufen, da er gerecht war, sich selbst nichts einheimste und genau wußte, was für eine Piroge einem jeden zukam – eine mit Bohnen, mit Mohrrüben oder mit Leber.

So stand er auch jetzt da und reichte jedem Herantretenden eine große Piroge, und wo er zu Hause Kranke wußte, gab er zwei und mehr »als Krankenportion«. Unter den Herantretenden war auch Fotej; er war hier fremd, auch Golowan schien über sein Auftauchen erstaunt. Als Golowan ihn erblickte, besann er sich gleichsam auf etwas und fragte:

»Wer bist du und wo wohnst du?«

Fotej runzelte die Stirn und sprach vor sich hin:

»Ich bin Gottes Knecht, frisch und munter wie ein Hecht, wohne unter Bastgeflecht.«

Die anderen aber sagten zu Golowan: »Kaufleute haben ihn vom Heiligen hergebracht ... es ist der geheilte Fotej.«

Golowan lächelte und sagte:

»Weshalb soll das der Fotej sein?« Aber in demselben Augenblick entriß ihm Fotej die Piroge, gab ihm mit der anderen Hand eine schallende Ohrfeige und schrie:

»Schwatz nicht zu viel!« Und mit diesen Worten setzte er sich an den Tisch. Golowan aber duldete es und sagte kein Wort zu ihm. Alle begriffen, daß dies wohl so sein müsse: anscheinend ist der Geheilte nicht ganz bei Trost, und Golowan weiß, daß er es dulden muß. Aber »aus welchem Grunde verdient Golowan eine solche Behandlung«? – das war ein Rätsel, das viele Jahre ungelöst blieb und die Ansicht bewirkte, daß Golowan etwas sehr Heikles auf dem Gewissen habe, da er den Fotej fürchtete.

Es war hier wirklich etwas Rätselhaftes. Fotej, der in der allgemeinen Meinung bald so weit gesunken war, daß man ihm nachrief: »Du hast beim Wundertäter die Quaste gestohlen und in der Schenke versoffen«, benahm sich gegen Golowan äußerst frech.

Wenn er Golowan irgendwo begegnete, vertrat er ihm den Weg und schrie ihm zu: »Zahl' deine Schuld!« Golowan erwiderte dann nichts und entnahm seiner Tasche einen kupfernen Groschen. Hatte er keinen Groschen bei sich, sondern nur weniger, so warf ihm Fotej, den man wegen der Buntheit seiner Lumpen »den Hermelin« nannte, die ungenügende Summe vor die Füße, spie ihn an, schlug ihn sogar und bewarf ihn mit Steinen, Kot oder Schnee.

Ich selbst erinnere mich, wie mein Vater einmal mit dem Popen P. Pjotr in der Dämmerung am Fenster seines Arbeitszimmers saß, während Golowan draußen vor dem Fenster stand, und die drei sich miteinander unterhielten, als der abgerissene Hermelin durch das offene Tor hereinstürzte und Golowan mit dem Schrei: »Hast es vergessen, Schuft?« vor aller Augen ins Gesicht schlug. Aber jener schob ihn nur still zur Seite, reichte ihm aus seiner Tasche Kupfergeld und führte ihn vors Tor.

Solche Vorfälle waren keine Seltenheit, und die Erklärung, daß der Hermelin etwas über Golowan wisse, war sicher ganz logisch. Es ist erklärlich, daß dies bei Vielen eine Neugierde wachrief, die, wie wir bald sehen werden, wohl begründet war.

11.

Ich war etwa sieben Jahre alt, als wir Orjol verließen, und für ständig aufs Land zogen. Seit damals habe ich Golowan nicht mehr gesehen. Dann kam die Schulzeit, und der originelle Mann mit dem großen Kopfe entschwand aus meinem Gesichtskreis. Ich habe dann später nur noch einmal zur Zeit der »großen Feuersbrunst« wieder von ihm gehört. Damals verbrannten zahlreiche Häuser und viel bewegliches Gut, aber auch viele Menschen kamen um, und unter ihnen – Golowan. Man erzählte, daß er in eine Grube gefallen, die unter der Asche nicht zu sehen gewesen war, und dort »verbrüht« sei. Nach seinen Angehörigen, die ihn überlebten, fragte ich nicht. Bald darauf zog ich nach Kiew und besuchte meinen Heimatort erst zehn Jahre später wieder. Es war unter der neuen Regierung, zu Beginn des neuen Regimes. Es wehte damals eine erfreuliche Frische durch das ganze Land, – man erwartete die Bauernbefreiung und sprach sogar schon von der Einführung der Schwurgerichte. Alles war neu, und die Herzen brannten. Unversöhnliche gab es noch nicht, wohl aber ließen sich schon Ungeduldige und Abwartende ahnen.

Auf der Reise zu meiner Großmutter hielt ich mich einige Tage in Orjol auf, wo mein Onkel, der das Andenken eines ehrlichen Menschen hinterließ, als Richter amtierte. Er besaß viele prächtige Eigenschaften, die selbst denen Achtung einflößten, die seine Ansichten und Neigungen nicht teilten. In seiner Jugend war er ein eleganter Husar gewesen, dann Pflanzenzüchter und Künstler, ein Dilettant, aber mit bemerkenswerten Fähigkeiten. Er war edel gesinnt, gerade und ein Adliger »au bout des ongles«. Er verstand die Pflichten dieses Standes auf seine Art und unterwarf sich natürlich den Neuerungen, wollte aber der Bauernbefreiung nicht kritiklos gegenüberstehen. Er wünschte sich eine solche Bauernbefreiung, wie sie in den Ostseeprovinzen durchgeführt worden war. Jungen Leuten gegenüber verhielt er sich freundlich und liebenswürdig, ihren Glauben jedoch, daß die Rettung nur in einer geregelten fortschrittlichen und nicht rückschrittlichen Bewegung liege, hielt er für einen Irrtum. Der Onkel liebte mich und wußte, daß auch ich ihn liebte und verehrte; in unseren Ansichten über die Bauernbefreiung und die übrigen Tagesfragen stimmten wir jedoch nicht überein. In Orjol machte er aus mir ein »Reinigungsopfer«, und so sehr ich mich auch bemühte, solchen Gesprächen aus dem Wege zu gehen, lenkte er sie gerade auf diese Gegenstände und liebte es ungemein, mich zu »schlagen«.

Am liebsten führte mir der Onkel Fälle aus seiner richterlichen Praxis vor, in denen sich »die Volksdummheit« offenbarte.

Ich erinnere mich an einen schönen warmen Abend, den ich mit dem Onkel im Orjoler Gouvernements-Garten verbrachte, wo wir uns mit dem mich, offen gestanden, schon etwas ermüdenden Streite über die Eigenschaften und Qualitäten des russischen Volkes unterhielten. Ich behauptete unbilligerweise, daß das Volk sehr klug sei, während der Onkel vielleicht noch unbilliger darauf bestand, daß es sehr dumm sei, daß es nicht den mindesten Begriff von Recht und Eigentum habe, daß es überhaupt ein asiatisches Volk sei, das jeden durch seine Wildheit in Erstaunen setzen müsse.

»Hier hast du, verehrter Herr«, sagte er, »die Bestätigung: wenn du den Situationsplan der Stadt noch im Gedächtnis hast, mußt du dich daran erinnern, was wir für ein Winkelwerk an Vorstädten und kleinen Siedelungen hatten, die der Teufel weiß wer hat vermessen und bauen lassen. Mit diesem ganzen Plunder hat das Feuer in einigen Portionen aufgeräumt, und anstelle der alten, elenden Bauernhütten sind ebensolche neue entstanden. Nun weiß jetzt niemand mehr, mit welchem Recht einer da wohnt.«

Als die Stadt sich vom Brande zu erholen begann und sich neu einrichtete und einzelne Leute Grundstücke in den Vierteln hinter der Kirche Wassilij des Großen kauften, stellte es sich nämlich heraus, daß die Verkäufer nicht nur keinerlei Dokumente über ihr Besitzrecht besaßen, sondern auch, ebenso wie ihre Vorväter, alle Dokumente für gänzlich überflüssig hielten. Die Häuschen waren bisher samt den Grundstücken von einer Hand in die andere übergegangen, ohne irgend welche Anmeldung bei den Behörden und ebenso ohne Abgaben und Zinsen an den Fiskus. Dies alles wurde bei ihnen, wie sie erzählten, in irgendein »Heft« eingetragen; dieses Heft war nun bei einem der zahllosen Brände mitverbrannt, und der, der es führte – war gestorben, und damit war auch jede Spur der Besitzrechte verwischt. Allerdings gab es keinerlei Streitigkeiten über das Besitzrecht, aber der ganze Zustand hatte nicht die geringste Rechtskraft und beruhte nur darauf, daß, wenn Protassow behauptete, sein Vater habe das Häuschen vom verstorbenen Großvater der Tarassows gekauft, die Erben Tarassows die Besitzrechte Protassows nicht bestritten. Da aber nun *Rechte* verlangt wurden, wo es kein Recht gab, mußte der gewissenhafte Richter tatsächlich die Frage entscheiden, ob das Verbrechen das Gesetz, oder ob das Gesetz das Verbrechen erzeugt hatte.

»Und weshalb haben sie es so getrieben?« sagte der Onkel. »Weil es nicht ein gewöhnliches Volk ist, für das die das Recht schützenden staatlichen Institutionen nützlich und notwendig sind, sondern eine Nomadenhorde, die zwar seßhaft geworden, aber noch nicht zum Bewußtsein ihrer selbst gekommen ist.«

Damit waren wir eingeschlafen und hatten uns ausgeschlafen; am frühen Morgen war ich zum Orlik hinuntergegangen, hatte gebadet, die alten Plätze wieder gesehen und mich dabei wieder an Golowans Haus erinnert. Zurückgekehrt, traf ich den Onkel im Gespräch mit drei mir unbekannten »verehrten Herren«. Alle drei gehörten dem Kaufmannsstande an, zwei von ihnen waren grauhaarig und trugen lange zugehakte Röcke, der dritte war schon ganz weiß und trug ein Kattunhemd, das über die Hose hing, und eine flache Bauernmütze.

Der Onkel wies mit der Hand auf sie und sagte:

»Hier ist eine Illustration zu unserem gestrigen Thema. Diese Herren erzählen mir eben ihre Angelegenheit. Hör uns zu.«

Damit wandte er sich wieder an die Kaufleute mit dem wohl für mich, aber nicht für sie verständlichen Scherze:

»Dieser hier ist ein Verwandter von mir, ein junger Staatsanwalt aus Kiew, er fährt zum Minister nach Petersburg und kann ihm eure Angelegenheit vortragen.«

Jene verneigten sich.

Der Onkel fuhr fort: »Siehst du, dieser Herr Protassow will von diesem Herrn Tarassow ein Haus samt Grundstück kaufen; Herr Tarassow aber hat keinerlei Papiere, verstehst du, gar keine! Er erinnert sich nur, daß sein Vater das Häuschen von Wlassow gekauft hat, und dieser dritte hier ist ein Sohn des Herrn Wlassow und, wie du siehst, auch nicht mehr ganz jung.«

»Siebzig«, bemerkte der Greis bescheiden.

»Ja, siebzig; und er hat ebenfalls keine Papiere, und hat auch nie welche besessen?«

»Niemals«, versetzte der Greis wieder.

»Er ist hergekommen, um zu beglaubigen, daß sich alles so verhält und daß er auf keinerlei Rechte Anspruch erhebt.«

»Erheben keinen Anspruch, die Väter haben es verkauft.«

»Ja, aber die, die es seinen Vätern verkauft haben, – leben nicht mehr.«

»Nein, die sind wegen ihres Glaubens nach dem Kaukasus verschickt worden.«

»Die kann man ausfindig machen«, sagte ich.

»Da ist nichts zu suchen, das Wasser dort hat ihnen nicht gut getan, sie haben das Wasser nicht vertragen, – sind alle gestorben.«

»Aber warum habt ihr so sonderbar gehandelt?«

»Wir haben gehandelt, wie es bei uns Brauch war. Der Beamte war streng, und wir hatten kein Geld, um von den kleinen Höfen Zins zu zahlen. Iwan Iwanowitsch aber hatte ein Heft, und in das wurde es dann eingetragen. Vor ihm war es meiner Erinnerung nach der Kaufmann Gapejew, der das Heft hatte, nach diesem gab man das Heft dem

Golowan, aber Golowan ist in einer Unratgrube verbrüht, und die Hefte sind verbrannt.«

»Dieser Golowan war bei euch, scheint's, so etwas wie ein Notar?« fragte der Onkel (der kein eingesessener Orjoler war).

Der Greis lächelte und sagte leise:

»Weshalb denn ein Motar? – Golowan war ein rechtschaffener Mensch.«

»Und habt ihr ihm so ohne weiteres geglaubt?«

»Wie sollte man so einem Menschen nicht glauben: er hat für die Menschen sein Fleisch vom lebendigen Knochen geschnitten.«

»Eine fertige Legende!« sagte der Onkel leise, der Greis aber hörte es und erwiderte:

»Nein, Herr, Golowan ist keine Lügende, sondern Wahrheit, und sein Andenken soll gerühmt werden.«

Der Onkel hatte bei seinem Scherze nicht gewußt, daß er damit in mir eine Menge von Erinnerungen weckte, für die meine damalige Wißbegierde leidenschaftlich den Schlüssel suchte.

Der Schlüssel erwartete mich, und zwar bei meiner Großmutter.

12.

Einige Worte über meine Großmutter: sie stammte aus der Moskauer Kaufmannsfamilie Kolobow und war »nicht des Reichtums, sondern ihrer Schönheit wegen« von einem Adligen geheiratet worden. Ihre beste Eigenschaft aber war – die Schönheit ihrer Seele und ihr heller Verstand, der immer die Denkart des einfachen Volkes bewahrte. Als sie in den adligen Kreis eintrat, fügte sie sich vielen seiner Forderungen und ließ es sogar zu, daß man sie Alexandra Wassiljewna nannte, während ihr wirklicher Name Akilina war; aber ihr Leben lang dachte sie volkstümlich und hatte sogar, natürlich ohne Absicht, eine gewisse volkstümliche Redeweise beibehalten. So sagte sie stets »dießer« statt dieser, hielt das Wort »Moral« für beleidigend und konnte niemals das Wort »Buchhalter« aussprechen. Dagegen ließ sie sich durch keinerlei Moden ihren Glauben an den gesunden Verstand des Volkes erschüttern und hielt sich stets selbst an ihn. Sie war eine gute Frau und eine echt russische Hausfrau, die die Wirtschaft vorzüglich leitete und einen jeden zu empfangen verstand, vom Kaiser Alexander I. bis zu Iwan Iwanowitsch Androssow. Sie las nichts außer den Briefen ihrer Kinder, liebte es aber, den Verstand in Unterhaltungen zu schärfen und »befahl sich Leute zu Gesprächen«. Solche Gesellschafter waren der Verwalter Michailo Lebedew, der Küchenbeschließer Wassilij, der Oberkoch Klim oder die Haushälterin Malanja. Diese Unterhaltungen waren nie leeres Geschwätz, sondern behandelten Tatsachen und nützliche Dinge, wie z. B. weshalb das Mädchen Fjokluschka »die Moral habe fahren lassen«, oder weshalb der Junge Grischka mit seiner Stiefmutter unzufrieden sei. Zufolge dieser Unterhaltungen wurden Maßnahmen getroffen, wie man Fjokluschka helfen könnte, unter die Haube zu kommen, und was man tun solle, damit der Junge Grischka mit seiner Stiefmutter nicht mehr unzufrieden wäre.

Für sie war dies alles voll lebendigem Interesse, das ihren Enkeln vielleicht unverständlich war.

Wenn die Großmutter zu uns nach Orjol kam, genossen der Dompfarrer P. Pjotr, der Kaufmann Androssow und Golowan ihre Freundschaft, und man lud diese zum Gespräch mit ihr ein.

Es ist anzunehmen, daß auch diese Gespräche kein leerer Zeitvertreib waren, sondern sich wohl ebenfalls mit wichtigen Dingen beschäftigten, wie mit irgendjemands zu Verlust gegangener Moral, oder der Unzufriedenheit eines Jungen mit seiner Stiefmutter.

Und deshalb mochte sie wohl auch den Schlüssel zu manchen Geheimnissen besitzen, die für uns vielleicht klein, für ihren Kreis dagegen sehr bedeutend waren.

Bei meinem letzten Wiedersehen mit der Großmutter war sie schon sehr alt, ihr Verstand, ihr Gedächtnis und ihre Augen aber hatten ihre volle Frische bewahrt. Sie nähte sogar noch.

Auch diesmal traf ich sie an ihrem Arbeitstischchen an, dessen eingelegte Oberfläche eine Harfe darstellte, die von zwei Amoretten gehalten wurde.

Die Großmutter fragte mich, ob ich Vaters Grab besucht hätte, wem von den Verwandten ich in Orjol begegnet wäre und wie es dem Onkel dort gehe. Ich beantwortete alle ihre Fragen und erzählte ihr, wie der Onkel mit den alten »Lügenden« fertig werde. Großmutter hielt in der Arbeit inne und schob sich die Brille auf die Stirne. Das Wort »Lügende« gefiel ihr ausnehmend gut: sie erkannte darin die naive Verdrehung im volkstümlichen Stile und lachte.

»Das von der Lügende hat der Alte wundervoll gesagt«, meinte sie.

Aber ich sagte: »Ich möchte zu gerne wissen, wie es in der Tat und nicht nach der Lügende gewesen ist.«

»Was willst du denn besonderes wissen?«

»Ja alles: wie war dieser Golowan? Ich kann mich an ihn kaum mehr erinnern, und dann nur immer mit irgendwelchen Lügenden, wie der Alte gesagt hat, die Sache ist aber doch sicher ganz einfach gewesen ...«

»Nun selbstverständlich ist sie einfach gewesen, aber weshalb wundert ihr euch, daß unsere Leute damals Kaufverträge mieden und die Verkäufe einfach in ein Heftchen eintrugen? Derartige Fälle werden noch in Menge ans Licht kommen. Sie fürchteten die Beamten und vertrauten lieber ihren eigenen Leuten, das ist alles.«

»Wodurch aber hat sich Golowan ein derartiges Vertrauen verdient?« fragte ich. »Mir schien er, um die Wahrheit zu sagen, hin und wieder etwas wie ein ... Charlatan.«

»Weshalb denn?«

»Nun zum Beispiel, ich erinnere mich noch, wie man sich erzählte, daß er einen Zauberstein besessen und mit seinem Blut oder Fleisch, das er in den Fluß warf, die Pest aufgehalten habe. Und warum nannte man ihn ›den Unsterblichen‹?«

»Das mit dem Zauberstein ist Unsinn, das haben die Leute ihm angedichtet, und Golowan hat keine Schuld daran. Den ›Unsterblichen‹ aber nannte man ihn, weil er, als die tödlichen Miasmen über die Erde kamen, in diesem Schrecken als einziger furchtlos blieb, während alle anderen verzagten und weil der Tod ihm nichts anhaben konnte.«

»Aber warum hat er sich denn den Fuß abgeschnitten?«

»Die Wade hat er sich abgeschnitten.«

»Warum?«

»Darum, weil sich auch an ihm eine Pestbeule angesetzt hatte. Er wußte, daß es keine Rettung gab, nahm daher schnell die Sense und schnitt die ganze Wade herunter.«

»Ja, kann denn das sein?« fragte ich.

»Gewiß, so war es.«

»Und was soll man von dieser Pawla denken?« fragte ich.

Die Großmutter sah mich an und entgegnete:

»Nun, was denn? Die Pawla war Fraposchkas Frau. Sie war sehr unglücklich, und Golowan gewährte ihr ein Obdach.«

»Man nannte sie doch ›Golowans Sünde‹?«

»Jeder urteilt nach sich und nennt es danach. Er hatte keine solche Sünde.«

»Aber, Großmutter, Beste, glauben Sie denn daran?«

»Ich glaube nicht nur, ich weiß es.«

»Wie kann man das wissen?«

»Sehr einfach.«

Die Großmutter wandte sich an das mit ihr arbeitende Mädchen und schickte es in den Garten nach Himbeeren. Nachdem es hinausgegangen war, sah sie mir bedeutsam in die Augen und sagte:

»Golowan hat nie eine Frau berührt!«

»Von wem wissen Sie das?«

»Vom P. Pjotr.«

Und die Großmutter erzählte mir, wie ihr P. Pjotr kurz vor seinem Hinscheiden gesagt habe, was es für ungewöhnliche Menschen in Rußland gebe und daß der verstorbene Golowan vollkommen keusch gewesen sei.

Beim Erzählen dieser Geschichte kam die Großmutter auf kleine Einzelheiten und entsann sich des Gesprächs mit P. Pjotr.

»P. Pjotr«, sagte sie, »zweifelte anfangs selbst und begann ihn genau auszufragen und erwähnte Pawla. ›Es ist nicht gut‹, sagte er, ›daß du es nicht gestehst und ein Ärgernis gibst. Es geziemt sich dir nicht, diese Pawla im Hause zu haben. Laß sie mit Gott ziehen!‹ Golowan antwortete: ›Sprechen Sie nicht so, Väterchen, soll sie lieber bei mir leben, es ist unmöglich, daß ich sie ziehen lasse.‹ – ›Aber warum denn?‹ – ›Weil sie nirgends ihr Haupt hinlegen kann.‹ – ›Nun‹, sagte der Pope, ›so heirate sie doch.‹ – ›Auch das‹, erwiderte jener, ›ist unmöglich‹. – Weshalb es aber unmöglich sei, das sagte er nicht, und P. Pjotr war lange darüber im Zweifel. Aber Pawla war schwindsüchtig und lebte nicht lange, und als P. Pjotr vor ihrem Tode zu ihr kam, eröffnete sie ihm die Ursache.«

»Was war es denn für eine Ursache, Großmutter?«

»Sie lebten in der vollkommenen Liebe.«

»Das heißt wie?«

»Wie die Engel.«

»Aber erlauben Sie, warum denn? Pawlas Mann war verschollen, und das Gesetz gestattet die Wiederverheiratung nach fünf Jahren. Hatten sie es denn nicht gewußt?«

»Nein, ich glaube, sie wußten es, sie wußten aber noch mehr.«

»Zum Beispiel was?«

»Zum Beispiel, daß Pawlas Mann sie alle überlebte und nie verschollen war.«

»Ja, wo war er denn?«

»In Orjol.«

»Liebe Großmutter, Sie scherzen?«

»Nicht im mindesten.«

»Und wem war es bekannt?«

»Den dreien: Golowan, Pawla und dem Taugenichts selber. Erinnerst du dich noch an den Fotej?«

»Den Geheilten?«

»Ja, nenne ihn, wie du willst, aber jetzt, nachdem alle gestorben sind, kann ich dir sagen, daß er gar nicht Potej hieß, sondern der entlaufene Soldat Fraposchka war.«

»Wie, Pawlas Mann?«

»Ja.«

»Warum hat ...« begann ich, schämte mich aber meines Gedankenganges und schwieg. Doch die Großmutter hatte mich verstanden und setzte hinzu:

»Du willst gewiß fragen: warum ihn niemand erkannt hat und Fawla und Golowan ihn nicht angezeigt haben? Das ist sehr einfach: die anderen hatten ihn nicht erkannt, weil er nicht aus der Stadt war, dazu war er gealtert und trug einen Bart. Pawla hat ihn aus Mitleid nicht ausgeliefert, und Golowan aus Liebe zu Pawla.«

»Ja, aber juridisch, nach dem Gesetze existierte Fraposchka nicht mehr, und sie hätten gut heiraten können.«

»Nach dem juridischen Gesetze hätten sie es gekonnt, nach dem Gesetze ihres Gewissens nicht.«

»Warum verfolgte Fraposchka den Golowan?«

»Der Verstorbene war ein Taugenichts, – er dachte von ihnen wie die anderen.«

»Und sie haben sich seinetwegen ihr ganzes Glück entgehen lassen?«

»Ja, was man unter Glück versteht: es gibt ein frommes und ein sündiges Glück. Das fromme Glück schreitet über niemand hinweg, das sündige über alle. Sie liebten das erstere mehr als das andere.«

»Großmutter, das waren ja wundervolle Menschen!« rief ich aus.

»Gerechte, mein Freund«, erwiderte die Greisin.

Ich will aber trotzdem hinzufügen, – wunderbare, ja sogar unwahrscheinliche Menschen. Sie sind unwahrscheinlich, solange sie das legendäre Beiwerk umgibt, und werden noch unwahrscheinlicher, wenn es gelingt, diesen Anflug von ihnen zu nehmen und sie dann in ihrer ganzen heiligen Einfachheit zu sehen. Die vollkommene Liebe, die sie beseelte, hob sie über alle Furcht hinaus und unterwarf ihnen sogar die Natur, ohne sie zu zwingen, sich in die Erde zu vergraben, noch mit Erscheinungen zu kämpfen, wie sie den heiligen Antonius peinigten.

Figura

1.

Als ich noch in Kiew lernte und nicht im entferntesten daran dachte, Schriftsteller zu werden, verkehrte ich bei einer armen, aber hochanständigen Familie, die in einem eigenen kleinen Häuschen am entferntesten Ende der Stadt in der Nähe des aufgehobenen Kyrill-Klosters wohnte. Die Familie bestand aus zwei älteren unverheirateten Schwestern und ihrer alten Tante, die gleichfalls unverheiratet war. Sie lebten bescheiden von einer kleinen Pension und vom Ertrag ihrer Milchwirtschaft und ihres Gemüsegartens. Nur drei Menschen pflegten sie zu besuchen: der bekannte russische Abolitionist Dmitrij Petrowitsch Shurawskij, ich und ein sehr origineller, ganz wie ein Bauer aussehender Mann, welcher Wigura hieß, den aber alle »Figura« nannten.

Dies ist meine Gedächtnisrede auf ihn.

2.

Figura, oder wie die Kleinrussen dieses Wort aussprechen, »Chwigura« war in der Zeit, als ich ihn kannte, an die sechzig Jahre alt, aber noch sehr kräftig und rüstig und beklagte sich niemals über seine Gesundheit. Er war riesengroß und wie ein Athlet gebaut; sein Haar war braun und dicht, fast gar nicht ergraut, aber der Schnurrbart ganz grau. Er pflegte zu sagen, daß er »wie ein Hund grau würde«, d. h. nicht wie die Menschen, mit dem Kopfe, sondern wie die alten Hunde mit dem Schnurrbart beginnend. Auch sein Kinnbart war grau, aber er rasierte ihn. Seine Augen waren grau und groß, die Lippen rot, das Gesicht sonnengebräunt. Sein Blick war kühn und klug, mit einem Anflug der versteckten kleinrussischen Ironie.

Figura lebte wie ein echter Vorstadtbauer im Vororte Kurinewka in einem eigenen Gehöft und führte selbst die Wirtschaft mit Hilfe einer jungen und auffallend hübschen Kleinrussin, namens Christja. Figura machte alles mit eigenen Händen und hielt alles in einer einfachen, aber tadellosen Ordnung. Er grub selbst die Beete um, säte selbst die

Gemüse und brachte sie auch selbst auf den Getreidemarkt am Podol, wo er sich mit seinem Wagen neben den anderen Bauern aufstellte und seine Gurken, Kürbisse, Melonen, Kohlköpfe und Rüben feilbot.

Figura verkaufte besser als die anderen, weil seine Gemüse sich durch höchste Güte auszeichneten. Besonders berühmt waren seine zarten und süßen Kürbisse von ungewöhnlicher Größe, manchmal bis zu einem Pud schwer.

Auch seine Gurken, Rüben und Kohlköpfe waren die größten und besten.

Die Händlerinnen des Podoler Getreidemarktes wußten, daß man nirgends bessere Ware bekommen konnte als bei ihm; aber er verkaufte ihnen ungern, »damit sie die Leute nicht beschwindeln«, und zog es vor, die Sachen direkt an die Verbraucher abzusetzen.

Auf die Händler und Händlerinnen war Figura schlecht zu sprechen; er liebte es, hinter ihre Schliche zu kommen und über sie zu spotten. Mochte ein Händler oder eine Händlerin sich noch so geschickt verkleiden oder jemand anders zu Figura schicken, um bei ihm einzukaufen, er durchschaute sofort den Schwindel und antwortete auf die Frage: »Was kostet das Schock?«:

»Es kostet Geld, ist aber leider nichts für Euer Gnaden.«

Wenn aber der Betreffende zu versichern versuchte, daß er ein gewöhnlicher Mensch sei und für sich selbst einkaufe, so antwortete Figura, ohne die Pfeife aus dem Munde zu nehmen:

»So, so! Laß es, kriegst sowieso nichts!« Und er sagte kein Wort mehr.

Alle Leute auf dem Markte kannten ihn und wußten, daß er kein einfacher Mensch war und sich nur wie ein einfacher Mensch gebärdete, aber seinen wahren Stand und Namen, auch warum er ein so einfaches Leben führte, wußte niemand, und niemand versuchte auch dahinterzukommen.

Auch ich wußte es lange Zeit nicht; seinen wirklichen Rang weiß ich aber auch heute nicht.

3.

Figuras Häuschen war eine gewöhnliche kleinrussische Lehmhütte, die innen übrigens in ein Wohnzimmer und eine Küche abgeteilt war. Er aß nur Pflanzen- und Milchspeisen, die ihm auf die einfachste, bäuerliche Art die obenerwähnte auffallend hübsche Christja zubereitete. Christja war ledig, hatte aber ein Kind. Dieses Kind, ein auffallend hübsches Mädchen, hieß Katrja. In der Nachbarschaft hielt man sie für »Chwiguras Tochter«, aber Figura verzog nur das Gesicht und sagte:

»Gewiß ist sie mein Kind! Da mir Gott die Gnade erwies, daß ich sie ernähren kann, so ist sie mein; aber den Wohltäter, der sie in dieses Jammertal gesetzt hat, kenne ich nicht. Soll nur jeder glauben, was ihm paßt: von mir aus kann sie auch mein Kind sein, mir ist es gleich.«

Inbezug auf Katrja zweifelte man noch; was aber die schöne Christja selbst betrifft, so hielt man sie ohne jeden Zweifel für die »Freundin« Figuras.

Figura nahm auch das gleichgültig auf, und wenn jemand darüber Witze machte, so antwortete er bloß:

»Ihr seid wohl neidisch?«

Dafür trugen ja auch Figura und Christja und selbst die vollkommen unschuldige Katrja eine freiwillige Buße: keiner von den dreien aß Fleisch oder Fisch oder überhaupt etwas Lebendiges.

Die Weiber von Kurinewka glaubten zu wissen, wofür ihnen diese Buße auferlegt worden war.

Figura aber lächelte nur und sagte:

»Dumme Gänse!«

4.

Das Verhältnis zwischen Christja und Figura war sehr nett, vermochte aber nichts zu enthüllen. Christja lebte im Hause nicht wie eine Magd bei einer Hausfrau, sondern wie eine Verwandte bei Verwandten. Sie schleppte Wasser aus dem Brunnen, scheuerte die Böden, tünchte die Stube, wusch und nähte die Wäsche für sich, Katrja und Figura, aber die Kühe melkte sie nicht, denn diese waren für sie zu groß und stark; dieses Geschäft besorgte Figura selbst mit seinen dazu geeigneten mächtigen Händen. Sie aßen alle drei am gleichen Tisch, wobei Christja die Speisen auftrug und das Geschirr abräumte. Tee tranken sie überhaupt nicht, »weil dies eine unnütze Angewohnheit sei«, tranken aber an Feiertagen einen Aufguß von getrockneten Kirschen oder Himbeeren, und zwar ebenfalls alle drei am gleichen Tisch. Zu Besuch kamen nur die erwähnten älteren Fräuleins, Shurawskij und ich. In unserer Gegenwart tat Christja sehr geschäftig, und man konnte sie nur mit Mühe bewegen, sich für eine Weile hinzusetzen; wenn aber die Gäste sich erhoben, um wegzugehen, sprang Christja schnell von ihrem Platze auf und beeilte sich, allen in die Mäntel und Galoschen zu helfen. Die Gäste widerstrebten, aber sie bestand darauf, und auch Figura trat für sie ein, indem er zu den Gästen sagte:

»Lassen Sie sie doch ihr Gesetz erfüllen.«

Christja beruhigte sich nur dann, wenn die Gäste ihr erlaubten, ihnen, »wie es das Gesetz vorschreibt«, in die Mäntel und Galoschen zu helfen. Das war eben ihr »Gesetz«, dem die gutmütige Schöne treu und gewissenhaft nachkam.

Im Gespräche titulierten Figura und Christja einander verschieden: Figura sagte zu ihr »du« und nannte sie Christino oder Christja, sie sagte aber zu ihm »Sie« und nannte ihn mit dem Vor- und Vatersnamen. Das Kind nannten alle beide »Tochter«, Katrja sagte aber zu Figura »Papa« und zu Christja »Mama« … Katrja war neun Jahre alt und ihrer schönen Mutter wie aus dem Gesicht geschnitten.

5.

Weder Figura noch Christja hatten Verwandte. Christja war eine »Waise ohne Anhang«; Figura (eigentlich Wigura) hatte zwar Verwandte, von denen der eine sogar Universitätsprofessor war, unterhielt aber zu jenen Wiguras keinerlei Beziehungen, – »weil sie mit noblen Herren verkehrten«, was nach Figuras Ansicht zwar nicht gerade tadelnswert, aber für ihn »unpassend« war.

»Gott sei mit ihnen; sie sind vielleicht Assessoren oder gar Räte, wir gehören aber, wie ihr seht, zu den einfachen Schweinen.«

Im Charakter und in allen Handlungen Figuras zeigte sich eine so originelle Persönlichkeit, daß das Sprichwort, welches behauptet, ein geschlagener Mensch sei wertvoller als ein nicht geschlagener, seine scheinbare Widersinnigkeit verlor.

Hier ist eine seiner Handlungen, die die größte Bedeutung für sein ganzes Leben hatte und dieses Leben überhaupt bestimmte. Die Geschichte war und ist wohl kaum jemand bekannt, ich aber habe sie von Figura selbst gehört und will sie wiedergeben, soweit ich mich ihrer erinnere.

6.

Ich lebte in Kiew in einem sehr verkehrsreichen Stadtteile, zwischen der Michaels- und der Sophienkathedrale; dazwischen gab es noch zwei Holzkirchen. An Feiertagen konnte man es hier vor Glockengeläute kaum aushalten, in allen Straßen, die auf den Kreschtschatik mündeten, gab es eine Menge von Branntweinschenken und Bierhallen, auf dem Platze aber allerlei Buden und Schaukeln. Darum rettete ich mich an solchen Tagen zu Figura. Bei ihm war es still und ruhig: das hübsche Kind spielte im Grase, die schönen Frauenaugen leuchteten gütig, und der immer vernünftige und immer nüchterne Figura sprach leise und gemessen.

Einmal beklagte ich mich bei ihm über den Lärm, der in meinem Stadtteile schon am frühen Morgen zu beginnen pflegte, und er antwortete mir:

»Sprechen Sie mir nicht davon. Unsere russische Art, die Feste zu begehen, konnte ich schon als Kind nicht leiden und fürchte sie auch jetzt noch. Als ich Kadett war, führte man uns manchmal zu den Schaukeln und sagte uns: ›Seht, das sind volkstümliche Belustigungen!‹ Ich dachte mir aber schon damals: was ist dabei Gutes, wenn es auch volkstümlich ist! Beim Propheten Amos lesen wir: ›Ich bin euren Feiertagen gram‹, und ich hatte nicht umsonst das Gefühl, daß ich einmal bei solchem Feiern etwas Schlimmes erleben werde. So kam es auch, aber es ist gut, daß alles Schlechte sich für mich doch zum Guten gewendet hat.«

»Darf ich wissen, was es war?«

»Ich denke, ja. Sehen Sie … als Sie noch bei Ihrer Großmutter im Ärmel saßen, hatten wir zwei Armeen: die eine hieß die erste, und die andere hieß die zweite. Ich diente unter Osten-Sacken … Es ist derselbe Dmitrij Jerofejitsch, der auch heute noch seine Akathiste[1] singt. Er war ein großer Beter vor dem Herrn, betete immer auf den Knien oder legte sich auch auf den Boden und lag lange da; bei jedem Schritt und bei jeder Bewegung bekreuzigte er sich. Viele Offiziere der Armee bemühten sich damals, ihm nachzuahmen, um sich bei ihm einzuschmei-

---

1   Akathistos in der griechischen Kirche: Gesang zu Ehren Christi, der heiligen Jungfrau und der Heiligen. Anm. d. Ü.

cheln ... Manchen, die es konnten, gelang es auch gut ... Auch mir half es einmal so, daß ich auch heute noch eine Pension beziehe. Die Sache war so.«

7.

»Unser Regimentstand im Süden, in einer Stadt, und daselbst befand sich auch der Stab Jerofejitschs. Es fügte sich, daß ich in der Nacht auf den Ostersonntag zur Bewachung der Pulverkeller kommandiert wurde. Ich trat den Wachtdienst am Sonnabend um zwölf Uhr mittags an und mußte bis Sonntag mittag stehen.

Ich hatte bei mir meine Soldaten, zweiundvierzig Mann und außerdem sechs berittene Kosaken.

Als der Abend anbrach, beschlich mich eine Trauer. Ich war jung und meinen Angehörigen zugetan. Meine Eltern waren noch am Leben, auch meine Schwester ... aber das Wichtigste und Wertvollste für mich war meine Mutter ... meine wohltätige Mutter! ... Eine herrliche Mutter habe ich gehabt, seelengut und herzensrein, in Güte geboren und in Güte gehüllt ... Sie war so barmherzig, daß sie niemand, weder einem Menschen, noch einem Tiere ein Haar krümmen konnte, – sie aß sogar kein Fleisch und keine Fische aus Mitleid mit den Tieren. Mein Vater machte ihr manchmal Vorwürfe: ›Erlaube doch, sag mal, wie lange sollen sie sich noch vermehren? Es bleibt bald für uns kein Platz übrig.‹ Und sie antwortete: ›Nun, das kann noch eine Weile dauern, ich habe sie aber selbst großgezogen, und sie sind mir wie Verwandte. Ich kann doch nicht meine Verwandten essen.‹ Auch bei den Nachbarn aß sie sie nicht: ›Ich habe sie doch lebend gesehen‹, sagte sie, ›sie sind meine Bekannten, und ich kann meine Bekannten nicht essen.‹ Dann wollte sie auch die Unbekannten nicht essen. ›Es ist ganz gleich‹, pflegte sie zu sagen, ›sie sind doch gemordet.‹ Der Geistliche versuchte sie zu überreden, sagte, daß der Fleischgenuß von Gott befohlen sei, und zeigte ihr im Brevier das Gebet zur Weihe des Fleisches, sie blieb aber bei ihrer Meinung und sagte: ›Schön, da Sie es gelesen haben, so essen Sie es nur.‹ Der Geistliche sagte zu meinem Vater, sie habe es wohl von irgendwelchen Weibern, die in die Häuser eindringen und alle verführen, die ewig lernen und doch niemals Vernunft annehmen können. Meine Mutter sagte aber zum Vater: ›Das ist Unsinn: ich kenne keine solchen

Weiber, aber es ekelt mich einfach, daß ein Geschöpf das andere auffrißt.‹

Von meiner Mutter kann ich gar nicht ruhig sprechen, ich muß mich immer aufregen. So geschah es auch damals. Ich sehnte mich so nach meiner Mutter! Ich gehe auf und ab, beiße vor Langeweile an einem Strohhalm und denke mir: jetzt gehen alle ins Kirchdorf zur Frühmesse, sie sammelt aber alle abgerissenen und ungewaschenen Waisenkinder bei sich, wäscht sie am Ofen, kämmt ihnen die Haare und zieht ihnen reine Hemden an. So schön ist es mit ihr! Wäre ich nicht adlig, so wäre ich bei ihr geblieben, hätte gearbeitet und nicht den Pulverkeller bewacht. Was bewachen wir da? Schießpulver, das zum Töten dient ... Aber ich darf mich gar nicht beklagen ... Ich sollte mich schämen! Ich bekomme doch mein Gehalt, werde befördert, aber der Soldat, der ist ein ganz unglücklicher Mensch, man prügelt ihn auch noch ohne Erbarmen, er hat es unvergleichlich schwerer ... und doch lebt er und duldet alles und murrt nicht ... Kopf hoch, alle diese Gedanken werden schon vergehen. Ich denke mir: Was ist wohl das Beste, was der Mensch tun kann, wenn es ihm schwer ums Herz ist? Ich denke mir das eine, das andere, das dritte, und schließlich muß ich wieder an meine Mutter denken; sie pflegte zu sagen: ›Wenn es dir schlecht geht, so gehe zu denen, denen es noch schlechter geht ...‹ Nun, den Soldaten geht es noch schlechter als mir ...

›Ich will mal den armen Soldaten‹, sage ich mir, ›eine Freude machen! Ich will sie bewirten, mit Tee traktieren, will mit ihnen auf meine Kosten das Osterfest begehen!‹

Dieser Gedanke gefiel mir gut.

8.

Ich rief die Ordonnanz, gab ihr Geld aus meinem Beutel und schickte sie, ein viertel Pfund Tee, drei Pfund Zucker, ein Schock rote Eier und für den Rest Safranbrot zu kaufen. Ich hätte noch mehr kaufen lassen, aber ich hatte nicht mehr Geld bei mir.

Die Ordonnanz brachte alles, ich setzte mich an den Tisch, schlug den Zucker in Stückchen und vertiefte mich in die Berechnung: wieviel Stück kommen auf einen Mann.

Die Arbeit war nicht groß, aber sie vertrieb meine Langeweile. Ich sitze vergnügt da, zähle die Stücke und denke mir: es sind einfache Menschen, niemand ist gut zu ihnen, diese Aufmerksamkeit wird ihnen angenehm sein. Wenn ich die Glocken höre und die Leute aus der Kirche gehen, werde ich meinen Leuten gratulieren: ›Kinder! Christ ist erstanden!‹ und werde ihnen meine Gaben darbieten.

Wir lagen aber draußen vor der Stadt, denn die Pulverkeller befinden sich immer weit von Menschenwohnungen. Als Wachtstube diente uns aber der Vorraum eines leeren Kellers, in dem damals kein Pulver war. Im gleichen Raum saßen die Soldaten und ich, die Wachtposten standen draußen … drei Kosaken waren bei den Soldaten, und drei waren ausgeritten.

Nun hören wir in der Stadt die Glocken läuten und sehen auch Lichter. Auch nach der Uhr sehe ich, daß der Gottesdienst gleich zu Ende gehen muß, – also werde ich gleich meine Leute bewirten. Ich stehe auf, um nach den Posten zu schauen, und höre plötzlich einen Lärm … ein Handgemenge … Ich gehe hin, und von dort fliegt mir etwas unter die Füße, und im gleichen Augenblick bekomme ich eine Ohrfeige … Was schauen Sie mich so an? Ja, eine richtige Ohrfeige, und im gleichen Nu fliegt mir ein Epaulett von der Schulter!

›Was ist das? … Wer hat mich geschlagen?‹

Dabei ist es stockfinster.

›Kinder!‹ schreie ich. ›Brüder! Was geht da vor?‹

Die Soldaten erkannten meine Stimme und antworteten:

›Euer Wohlgeboren, die Kosaken haben sich betrunken und hauen um sich.‹

›Wer hat sich eben auf mich gestürzt?‹

›Auch Sie, Euer Wohlgeboren, haben eben von einem Kosaken eine Maulschelle gekriegt. Da liegt er ganz besinnungslos, zwei andere sind im Keller und werden gebunden. Sie wollten mit ihren Säbeln hauen.‹

9.

In meinem Kopfe wirbelte plötzlich alles durcheinander. Die schwerste Beleidigung! Ich war jung und sah alles nicht mit eigenen Augen an, sondern wie man es mir eingedrillt hatte; so dachte ich damals: ›Wenn man dich geschlagen hat, ist es entehrend, wenn aber du schlägst, so macht es nichts, so ist es sogar eine Ehre ...‹ Ich hätte den Kosaken auf der Stelle erschlagen müssen! ... Ich erschlug ihn aber nicht. Wozu tauge ich noch? Ich bin ein geohrfeigter Offizier. Nun ist für mich alles zu Ende ... Ich schwöre, daß ich ihn erstechen werde! Ich muß ihn erstechen! Er hat mir meine Ehre genommen, er hat mir meine ganze Karriere verdorben. Ich muß ihn erschlagen, auf der Stelle umbringen! Ob das Gericht mich freisprechen wird oder nicht, – meine Ehre wird aber gerettet sein.

In meinem Innersten spricht aber eine Stimme: ›Du sollst nicht töten!‹ Und ich begriff, wessen Stimme es war! Es war Gott, der so zu mir sprach, meine Seele war davon überzeugt. Wissen Sie, es war eine so feste und unwankbare Überzeugung, daß ich keines Beweises bedurfte. Es ist Gott! Er steht doch über Sacken selbst! Sacken kommandiert und wird einmal mit einem hohen Orden verabschiedet werden. Gott wird aber die Welt in alle Ewigkeit kommandieren! Wenn Er mir nicht erlaubt, den zu töten, der mich geschlagen hat, was soll ich dann mit ihm anfangen? Was soll ich machen? Mit wem soll ich mich beraten? ... Am besten doch mit Dem, der es selbst erfahren hat. Jesus Christus! ... Hat man Dich nicht auch geschlagen? ... Man hat Dich geschlagen, und Du hast verziehen ... was bin ich aber vor Dir ... ein Wurm ... eine Null! Ich will Dein sein: ich habe verziehen! Ich bin Dein ... Dabei muß ich aber weinen ... und ich weine, weine!

Die Soldaten glauben, daß ich vor Kränkung weine; ich weinte aber, Sie verstehen doch ... gar nicht vor Kränkung ...

Die Soldaten sagen:

›Wir werden ihn erschlagen!‹

›Was fällt euch ein! ... Gott sei mit euch! ... Man darf einen Menschen nicht töten!‹

Und ich frage den Ältesten: ›Was hat man mit ihm gemacht?‹

›Wir haben ihm die Hände gebunden und ihn in den Keller geworfen.‹

›Bindet ihm sofort die Hände auf und bringt ihn her.‹

Sie gingen hin, um ihn aufzubinden, und plötzlich geht die Kellertüre weit auf, und der Kosak fliegt wie auf Flügeln auf mich zu, fällt mir wie ein Sack vor die Füße und schreit:

›Euer Wohlgeboren! ... Ich bin ein unglücklicher Mensch! ...‹

›Gewiß bist du ein unglücklicher Mensch.‹

›Was haben sie mit mir gemacht! ...‹

Dabei weint er bitter und heult sogar.

›Steh auf!‹ sage ich ihm.

›Ich kann nicht aufstehen, ich bin meiner Sinne noch nicht mächtig …‹

›Warum bist du deiner Sinne nicht mächtig?‹

›Ich trinke nie, sie haben mich aber betrunken gemacht … Ich habe ein junges Weib und kleine Kinder daheim … und alte Eltern … Was habe ich angestellt! …‹

›Wer hat dich betrunken gemacht?‹

›Die Kameraden, Euer Wohlgeboren, – sie zwangen mich, für die Lebenden und für die Toten zu trinken … Ich trinke sonst nie!‹

Und er erzählte mir, daß die Kameraden ihn in eine Schenke geführt und gezwungen hätten, um des Auferstehungsfestes willen beim ersten Glockenläuten zu trinken, damit es alle Lebenden und Toten ›leicht hätten‹; ein Kamerad hätte ihm ein Gläschen spendiert, ein anderer – ein zweites, das dritte hätte er sich aber schon selbst gekauft und auch die anderen traktiert; er wisse nicht mehr, wie es ihm eingefallen sei, sich auf mich zu stürzen, mich zu schlagen und mir das Epaulett herunterzureißen.

Eine schöne Bescherung! Jetzt wälzt er sich mir zu Füßen, weint wie ein Kind, der ganze Rausch ist verflogen … Er jammert:

›Meine Kindchen, meine Täubchen! … Meine armen Eltern! … Meine unglückselige Frau! …‹

10.

Der arme Kerl jammert, alle Soldaten schauen ihn an, und ich sehe es ihnen an, daß es ihnen schwer zu Mute ist; mir ist es aber schwerer als allen. Wie ich mir aber die Sache ein wenig überlegte, beruhigte sich mein Herz; ich denke mir: hätte er mich unter vier Augen geschlagen, so würde ich nicht einen Augenblick geschwankt haben; ich würde ihm sagen: ›Gehe in Frieden und tue es nicht wieder.‹ Aber es war doch vor den Augen meiner Untergebenen geschehen, denen ich mit dem Beispiel vorangehen mußte …

Dieses Wort rettete mich … Mit welchem ›Beispiel‹ muß ich ihnen vorangehen? Ich kann es doch nicht vergessen … ich kann nicht an Jesus denken und zugleich den Menschen ganz anders behandeln …

›Nein‹, denke ich mir, ›das geht nicht ... ich habe mich verirrt, – ich will es lieber vorerst bei Seite lassen ... wenigstens für eine Weile, und nur das sagen, was sich gehört ...‹

Ich nehme ein Ei in die Hand und will schon sagen: ›Christ ist erstanden!‹ – aber ich fühle, daß ich schwindele. Jetzt bin ich nicht mehr Sein, ich bin Ihm fremd ... Ich will es aber nicht ... ich will mich Ihm nicht entfremden. Warum handle ich aber so wie die, denen es mit Ihm schwer war ... wie der, der da sagte: ›Herr, gehe von mir, denn ich bin ein sündiger Mensch!‹ Ohne Ihn ist es natürlich leichter ... Ohne Ihn kann man mit allen Menschen auskommen ... sich allen anpassen ...

Das will ich aber nicht! Ich will nicht, daß es mir leichter sei! Ich will es nicht!

Da fällt mir etwas anderes ein ... Ich will Ihn nicht bitten, daß Er von mir gehe, sondern ich will Ihn zu mir rufen ... Komm näher! Und ich beginne: ›Jesu Christ, Du wahrhaftes Licht, das jeden Menschen, der in Frieden geht, erleuchtet ...‹

Die Soldaten spitzen die Ohren ... jemand spricht mir nach:

›Jeden Menschen!‹

›Ja‹, sage ich, ›jeden Menschen, der in Frieden geht.‹ Und ich lege die Worte so aus, daß Er den erleuchte, der von Feindschaft zum Frieden gehe. Und ich rufe noch lauter: ›Das Licht Seines Antlitzes erleuchte uns Sünder!‹

›Es erleuchte uns! ... Es erleuchte uns!‹ hauchen alle Soldaten in einem Atem ... Alle erzittern ... alle schluchzen ... alle haben das höchste Licht erblickt und drängen sich zu ihm.

›Brüder!‹ sage ich. ›Wollen wir schweigen!‹

Alle begreifen es sofort.

›Mögen unsere Zungen verdorren‹, antworteten sie, ›wir werden nichts sagen.‹

›Gut‹, sage ich. ›Christ ist erstanden!‹ Und ich küsse zuerst den Kosaken, der mich geschlagen hat, und fange dann an, auch die anderen zu küssen. ›Christ ist erstanden!‹ – ›Er ist in Wahrheit erstanden!‹

Und wir umarmten einander in wahrhafter Freude. Der Kosak weinte aber noch immer und sagte: ›Ich will nach Jerusalem pilgern und dort zu Gott beten ... Ich will den Geistlichen bitten, daß er mir eine Buße auferlege.‹ – ›Gott sei mit dir‹, sagte ich ihm, ›geh nicht nach Jerusalem, sondern trinke lieber nicht mehr.‹

›Nein‹, sagte er weinend, ›ich werde keinen Schnaps mehr trinken, Euer Wohlgeboren, und auch zum Geistlichen gehen ...‹

›Nun, wie du willst.‹

Es kam die Ablösung, wir kehrten zurück, und ich meldete, daß alles in Ordnung sei; auch alle Soldaten schwiegen. Aber es fügte sich doch so, daß unser Geheimnis ans Licht kam.

11.

Am dritten Feiertag ruft mich der Kommandeur zu sich, sperrt sich mit mir ein und sagt:

›Wie konnten Sie bloß, als Sie das letzte Mal vom Wachtdienst kamen, melden, daß alles in Ordnung sei, während bei Ihnen etwas Schreckliches passiert war?‹

Ich antworte:

›Zu Befehl, Herr Oberst, der Vorfall war wirklich schrecklich, aber Gott hat uns erleuchtet, und alles ist gut abgelaufen.‹

›Ein Gemeiner hat einen Offizier tätlich beleidigt und ist ungestraft geblieben ... das nennen Sie glücklich abgelaufen? Wissen Sie denn nichts von Subordination und von Ehrgefühl?‹

›Herr Oberst‹, sage ich ihm, ›der Kosak hat sonst nie getrunken und war wahnsinnig geworden, weil man ihn mit Gewalt betrunken gemacht hatte.‹

›Trunksucht ist keine Entschuldigung!‹

›Auch ich halte sie nicht für eine Entschuldigung, – Trunksucht ist eine Verderbnis, aber ich hatte nicht den Mut, den Vorfall zu melden, damit man nicht meinetwegen einen unvernünftigen Menschen bestrafe. Verzeihung, Herr Oberst, ich habe ihm vergeben.‹

›Sie hatten kein Recht, ihm zu vergeben!‹

›Ich weiß es sehr gut, Herr Oberst, aber ich konnte mich nicht beherrschen.‹

›Sie können nach dem Vorgefallenen nicht mehr im Dienst bleiben.‹

›Ich bin bereit, meinen Abschied zu nehmen.‹

›Ja, reichen sie ein Abschiedsgesuch ein.‹

›Zu Befehl.‹

›Sie tun mir leid, aber ihre Handlungsweise ist ganz unstatthaft. Machen sie dafür sich selbst verantwortlich und den, der Ihnen solche Anschauungen eingegeben hat.‹

Diese Worte stimmten mich sehr traurig; ich bat um Entschuldigung und sagte, daß ich niemanden verantwortlich machen würde, am allerwenigsten aber den, der mir solche Anschauungen eingegeben, da ich sie der christlichen Lehre entnommen hätte.

Das gefiel dem Obersten gar nicht.

›Was kommen Sie mir mit Ihrem Christentume!‹ sagte er. ›Ich bin doch kein reicher Kaufmann und keine Dame. Ich kann weder eine Glocke spenden, noch verstehe ich einen Teppich für die Kirche zu sticken; von Ihnen verlange ich aber, daß Sie Ihre Dienstpflicht tun. Der Soldat muß die christlichen Regeln aus seinem Diensteid schöpfen; wenn Sie aber das eine mit dem anderen nicht in Einklang bringen konnten, so hätte Ihnen der Geistliche alles aufgeklärt. Sie sollten sich doch schämen, daß der Kosak, der Sie geschlagen, besser gewußt hat, was er zu tun hatte: er ging zum Geistlichen und gestand ihm alles! Nur dieses hat ihn gerettet, und nicht Ihre Verzeihung. Dmitrij Jerofejitsch hat ihm nicht Ihretwegen verziehen, sondern dem Geistlichen zu Liebe, aber alle Soldaten, die mit Ihnen auf der Wache waren, werden degradiert werden. Bemühen Sie sich nun zu Sacken; er wird mit Ihnen selbst reden, ihm können Sie von Ihrem Christentume erzählen: er kennt die kirchlichen Bücher so gut wie das Militärstatut. Nehmen Sie es mir nicht übel: alle sind der Ansicht, daß Sie, nachdem Sie, mit Verlaub zu sagen, eine Maulschelle bekommen, dem Kosaken nur darum zu verzeihen geruht haben, damit die Ihrer Ehre zugefügte Beleidigung Ihnen nicht im Wege sei, im Dienste zu bleiben ... Das geht nicht! Ihre Kameraden wollen mit Ihnen nicht länger dienen.‹

Dies kam mir damals, da ich noch jung war, grausam und kränkend vor.

›Zu Befehl, Herr Oberst‹, sagte ich ihm, ›ich gehe zum Grafen Sacken, melde ihm den Sachverhalt und erkläre ihm, was mich bewegte, so zu handeln, – ich will ihm alles gewissenhaft erzählen. Vielleicht wird er die Sache mit anderen Augen anschauen.‹

Der Kommandeur winkte nur mit der Hand.

›Sagen Sie ihm alles, was sie wollen, aber es wird Ihnen nichts helfen. Sacken kennt wohl die kirchlichen Satzungen, das stimmt, aber jetzt folgt er doch noch dem Militärstatut. Er ist noch nicht Bischof.‹

In Offizierskreisen erzählte man sich damals allerlei Unsinn über Sacken: die einen sagten, er hätte Visionen und wisse von einem Engel, wann er eine Schlacht zu beginnen habe; andere erzählten noch merkwürdigere Dinge; der Regimentszahlmeister aber, der einen großen Bekanntenkreis in der Kaufmannschaft hatte, versicherte, daß der Moskauer Metropolit Philaret dem Grafen Protassow gesagt habe: ›Wenn ich sterbe, so ernennen Sie um Gotteswillen weder Murawjow zum Ober-Prokurator des Synods, noch den Kiewer Rektor Innokentij zum Moskauer Metropoliten. Sie scheinen nur gut, werden aber ihre Sache nicht gut machen; ernennen Sie an Ihre Stelle Sacken und an meine irgendeinen bescheidenen Mönch. Sonst werde ich Ihnen nach dem Tode in einem finstern Leuchten erscheinen.‹

12.

Ich wollte damals nicht dulden, daß Sacken glaube, ich hätte die erhaltene Ohrfeige nur darum verheimlicht, um im Dienste bleiben zu können. Furchtbar dumm! Ist es denn nicht ganz gleich? Jetzt erscheint es mir lächerlich, aber in meinem damaligen rasenden Zustande sah ich meine Ehre wirklich in solchen Dummheiten wie eine fremde Meinung … Ich hatte schon mehrere Nächte nicht geschlafen: die eine Nacht auf der Wache und die folgenden drei Nächte vor Aufregung … Es kränkte mich, daß die Kameraden schlecht von mir dachten, und daß Sacken schlecht von mir dachte! Sehen Sie, ich wollte, daß alle von mir gut denken! …

Deswegen schlief ich wieder die ganze Nacht nicht, am nächsten Morgen stand ich aber früh auf und ging zu Sacken. Im Empfangssaal befand sich erst nur ein Auditor, dann versammelten sich auch noch mehr Leute. Sie tuscheln leise miteinander, ich habe aber keine Bekannten da, – ich schweige und fühle, wie mich ganz ungelegen der Schlaf überwältigt. Die Augen fallen mir zu. Lange wartete ich mit den anderen auf Sacken, an diesem Morgen wollte er wie absichtlich nicht kommen: er betete noch immer in seinem Schlafzimmer vor dem wundertätigen Heiligenbilde. Er war ja ungemein fromm: jeden Tag sprach er alle Morgen- und Abendgebete und noch drei Akathiste dazu; manchmal dauerte das unendlich lange. Es kam vor, daß er müde wurde zu knien und auf den Teppich hinfiel, dann betete er liegend weiter. Ihn dabei zu stören oder sein Gebet zu unterbrechen, Gott behüte davor einen jeden! Dazu würde sich wohl auch vor einem Sturmangriff niemand entschließen, denn ihn beim Beten zu stören war dasselbe, wie ein Kind, das nicht ausgeschlafen hat, zu wecken. Dann wurde er launisch und zänkisch, und man konnte ihn mit nichts beschwichtigen. Seine Adjutanten wußten das, – die einen waren ebenso fromm wie er, die anderen verstellten sich bloß. Er machte keinen Unterschied, und liebte und begünstigte alle gleich.

Wenn er in den Saal trat, so erkannten seine Stabsoffiziere sofort, ob er sich sattgebetet hatte; dann war er in guter Laune, und man brachte ihm alle Papiere zur Unterschrift.

Ich hatte gerade dieses Glück: sobald Sacken im Empfangssaal erschien, sagte ein erfahrener Mann zu mir:

›Sie haben es gut getroffen, heute kann man ihn um alles bitten, er hat sich sattgebetet.‹

Ich fragte:

›Woran erkennen Sie das?‹

Der erfahrene Mann antwortete mir:

›Sehen Sie denn nicht: seine Knie sind weiß, und über den Brauen hat er helle Fleckchen … es ist wie ein Leuchten … Also wird er freundlich sein.‹

Das Leuchten über den Brauen sah ich nicht, die Hose war aber an den Knien wirklich weiß.

Er sprach mit allen und entließ sie, mich behielt er aber als den letzten zurück und befahl mir, ihm ins Kabinett zu folgen.

›Nun‹, denke ich mir, ›jetzt kommt das Ende.‹ Und mein Schlaf war verflogen.

13.

In seinem Kabinett stand ein großes Heiligenbild mit kostbaren Beschlägen auf einer eigenen Erhöhung, und davor brannte eine dreiflammige Lampe.

Sacken ging zuerst zum Heiligenbild, bekreuzigte sich und verneigte sich bis zur Erde, dann erst wandte er sich zu mir um und sagte:

›Ihr Regimentskommandeur tritt für Sie ein. Er lobt Sie sogar, er sagt, Sie seien ein guter Offizier gewesen, aber ich kann Sie doch nicht im Dienste behalten.‹

Ich antworte ihm, daß ich darum gar nicht bitte.

›Sie bitten nicht darum? Warum bitten Sie nicht?‹

›Ich weiß, daß es nicht geht, und bitte nicht um etwas Unmögliches.‹

›Sie sind stolz!‹

›Zu Befehl, nein.‹

›Warum sprechen Sie dann vom ›Unmöglichen‹? Es ist französischer Geist! Hochmut! Bei Gott ist alles möglich! Stolz!‹

›In mir ist kein Stolz.‹

›Unsinn! ... Ich sehe es. Es ist die französische Krankheit! ... Willkür! ... Sie wollen Ihren Willen duchsetzen. Aber ich kann Sie wirklich nicht behalten. Ich habe auch meine Vorgesetzten über mir ... Ihr freigeistiger Streich kann auch dem Kaiser zu Ohren kommen ... Was war das auch für ein Einfall! ...‹

›Der Kosak‹, sage ich ihm, ›hat sich durch ein schlechtes Beispiel verleiten lassen, sich bis zur Bewußtlosigkeit zu betrinken, und war, als er mich schlug, seiner Sinne nicht mächtig.‹

›Und Sie haben es ihm verziehen?‹

›Ja, ich konnte nicht anders! ...‹

›Aus welchem Grunde?‹

›Es war eine Eingebung meines Herzens.‹

›Hm! ... Des Herzens! ... Im Dienste kommt erst die Pflicht und nicht das Herz ... Sie bereuen es doch wenigstens?‹

›Ich konnte nicht anders.‹

›Sie bereuen es also nicht?‹

›Nein.‹

›Und Sie bedauern es auch nicht?‹

›Ihn bedauere ich wohl, mich aber nicht.‹

›Und Sie würden ihm vielleicht auch zum zweitenmal verzeihen?‹

›Ich denke, zum zweitenmal würde es mir leichter fallen.‹

›So, so! ... So denken Sie also! ... Der Soldat hat ihn auf die eine Backe geschlagen, und er will ihm auch die andere anbieten.‹

Ich denke mir: Halt! Untersteh dich nicht, über solche Sachen zu scherzen! – Und ich sah ihn stumm mit diesem Ausdruck an.

Er schien etwas verlegen, setzte aber gleich wieder die Generalsmiene auf und fragte:

›Wo bleibt dann Ihr Stolz?‹

›Ich hatte eben die Ehre, Ihnen zu melden, daß ich keinen Stolz habe.‹

›Sind Sie Edelmann?‹

›Ja, ich bin adliger Abstammung.‹

›Und Sie haben diesen ... noblesse oblige ... Adelsstolz nicht?‹

›Nein.‹

›Ein Edelmann ohne Stolz?‹

Ich schwieg und dachte mir dabei:

›Nun, ja, ja: ein Edelmann ganz ohne Stolz. Was wirst du mit mir wohl anfangen?‹

Er läßt aber nicht locker und sagt:

›Warum schweigen Sie denn? Ich frage Sie nach diesem edlen Stolz?‹

Ich schwieg wieder, er fuhr aber fort:

›Ich frage Sie wieder nach dem *edlen Stolz*, der den Menschen erhebt. Jesus Sirach hat befohlen: ›Siehe zu, daß du einen guten Namen behaltest‹ ...‹

Ich sah mich schon als entlassen und darum als frei an und antwortete ihm, daß ich im Evangelium nichts von einem edlen Stolze gelesen hätte, wohl aber vom satanischen Hochmut, der dem Herrn ein Greuel ist.

Sacken ließ mich plötzlich los und sagte:

›Bekreuzigen Sie sich! ... Hören Sie: ich befehle es Ihnen, bekreuzigen Sie sich!‹

Ich bekreuzigte mich.

›Noch einmal!‹

Ich bekreuzigte mich wieder.

›Noch ein drittes Mal!‹

Ich bekreuzigte mich zum dritten Mal.

Nun ging er auf mich zu, bekreuzigte mich auch selbst und flüsterte:

›Sprechen Sie nicht vom Satan! Sie sind doch orthodox?‹

›Ja, orthodox.‹

›Ihre Paten haben sich bei Ihrer Taufe vom Satan losgesagt, auch vom Hochmut und von allen seinen Taten, und haben ihn angespuckt. Er ist ein Mörder von Anfang und der Vater der Lüge. Spucken Sie aus.‹

Ich spie aus.

›Noch einmal!‹

Ich spie noch einmal aus.

›Ordentlich! ... Noch ein drittes Mal!‹

Ich spie aus, auch Sacken spie aus und zerrieb den Speichel mit den Füßen. So bespien wir den Satan von oben bis unten.

›Ja so! ... Und jetzt ... sagen Sie mal ...Was werden Sie anfangen, wenn Sie Ihren Abschied genommen haben?‹

›Ich weiß es noch nicht.‹

›Haben Sie Vermögen?‹

›Nein.‹

›Das ist nicht gut! Haben Sie einflußreiche Verwandte?‹

›Auch nicht.‹

›Das ist schlimm! Auf wen hoffen Sie noch?‹

›Nicht auf die Fürsten und nicht auf die Menschensöhne: ohne Gott fällt auch nicht ein Sperling auf die Erde, und ich erst recht nicht.‹

›Oho, wie belesen Sie sind ...Wollen Sie Mönch werden?‹

›Zu Befehl, nein, ich will nicht.‹

›Warum nicht? Ich könnte Innokentij schreiben.‹

›Ich fühle keinen Beruf dazu.‹

›Was wollen Sie dann?‹

›Ich will nur, daß Sie nicht denken, ich hätte die empfangene Ohrfeige verschwiegen, um im Dienste zu bleiben: ich tat es einfach, um ...‹

›Um Ihre Seele zu retten! Ich verstehe Sie sehr gut! Darum sage ich Ihnen auch: werden Sie Mönch.‹

›Nein, ich kann nicht Mönch werden, auch dachte ich gar nicht an die Rettung meiner Seele; mich dauerte einfach der Mensch, daß er nicht zu Tode geprügelt werde.‹

›Die Strafe ist oft von Nutzen. ›Welchen der Herr lieb hat, den züchtiget er.‹ Sie haben doch alles gelesen ... Übrigens tun Sie mir doch leid. Sie leiden für Ihre Überzeugung! ... Wollen Sie in die Kommissariats-Kommission?‹

›Nein, ich danke ergebenst.‹

›Warum denn nicht?‹

›Ich weiß nicht, wie ich es Ihnen wahrheitsgemäß erklären soll ... ich bin dazu ungeeignet.‹

›Dann in die Proviantverwaltung?‹

›Auch dazu bin ich ungeeignet.‹

›Dann ins Zeughaus! Es kommen dort mitunter auch ehrliche Beamte vor.‹

Er hat mich mit seinen Fragen einfach hypnotisiert, ich bin so schläfrig, daß ich mich kaum noch halten kann.

Sacken steht aber vor mir, nickt im Takte mit dem Kopf und zählt an den Fingern ab:

›Ist in der Schrift belesen; hat keinen edlen Stolz; ist geohrfeigt; will nicht in die Kommissariats-Kommission; will nicht in die Proviantverwaltung, will auch nicht ins Kloster! Aber ich glaube, jetzt verstehe ich, warum Sie nicht ins Kloster wollen: Sie sind verliebt?‹

Ich will aber nur schlafen.

›Zu Befehl, nein, ich bin in niemand verliebt.‹

›Haben auch nicht die Absicht zu heiraten?‹

›Nein.‹

›Warum nicht?‹

›Ich habe einen schwachen Charakter.‹

›Das sieht man Ihnen an! Auf den ersten Blick! Sind Sie schüchtern, fürchten Sie die Frauen, ja?‹

›Manche Frauen fürchte ich.‹

›Sie tun gut daran! Die Frauen sind eitel und ... es gibt auch sehr böse; aber nicht alle Frauen sind böse und nicht alle betrügen.‹

›Ich fürchte, selbst Betrüger zu sein.‹

›Wieso? ... Warum?‹

›Ich hoffe nicht, eine Frau glücklich zu machen.‹

›Warum? Fürchten Sie die Verschiedenheit der Charaktere?‹

›Ja‹, sage ich ihm, ›die Frau kann mißbilligen, was ich für gut halte, und auch umgekehrt.‹

›Beweisen Sie ihr, daß Sie recht haben.‹

›Man kann alles beweisen, aber das führt nur zu Streitigkeiten, und der Mensch wird dadurch schlechter und nicht besser.‹

›Sie lieben die Streitigkeiten nicht?‹

›Ich kann sie nicht leiden.‹

›Dann gehen Sie doch, mein Lieber, ins Kloster! Was haben Sie dagegen?! Als Mönch werden Sie es ja mit Ihrer Stimmung sehr gut haben.‹

›Das glaube ich nicht.‹

›Warum? Warum glauben Sie das nicht? Warum?‹

›Ich fühle keinen Beruf dazu.‹

›Sie sind im Irrtum: Beleidigungen verzeihen, ehelos leben, – das ist ja der mönchische Beruf. Was bleiben denn sonst noch für Schwierigkeiten? Kein Fleisch essen? Ist es das, was Sie fürchten? Aber es ist doch nicht so streng ...‹

›Ich esse niemals Fleisch.‹

›Dafür haben Sie vorzügliche Fische.‹

›Ich esse auch keine Fische.‹

›Was, auch keine Fische? Warum?‹

›Es ist mir unangenehm.‹

›Wie kann es unangenehm sein, Fische zu essen?‹

›Es ist wohl angeboren: meine Mutter aß keine geschlachteten Tiere und auch keine Fische.‹

›Wie sonderbar! Sie essen also nur Pilze und Gemüse?‹

›Ja, auch Milch und Eier. Es gibt ja noch viele andere Sachen, die man essen kann.‹

›Nun, dann kennen Sie sich selbst nicht: Sie sind ein geborener Mönch, und man wird Sie sofort in den strengsten Orden aufnehmen. Das freut mich sehr! Das freut mich sehr! Ich will Ihnen gleich einen Brief an Innokentij mitgeben!‹

›Durchlaucht, ich gehe doch nicht ins Kloster!‹

›Nein, Sie gehen hin, – solche, die auch keine Fische essen, gibt es nur sehr wenige! Sie sind ein Asket! Ich schreibe gleich den Brief.‹

›Schreiben Sie ihn bitte nicht: ich gehe nicht ins Kloster. Ich will mein Brot im Schweiße meines Angesichts essen!‹

14.

Sacken verzog das Gesicht.

›Sie haben‹, sagte er, ›zu viel in der Bibel gelesen, lesen Sie die Bibel nicht. Das paßt für die Engländer: sie sind schwach im Glauben und legen alles falsch aus. Die Bibel ist gefährlich, sie ist ein weltliches Buch. Ein Mensch mit asketischen Anlagen soll sie nicht in die Hand nehmen.‹

›Mein Gott!‹ denke ich mir. ›Was ist das für ein Peiniger!‹

Und ich sage ihm:

›Durchlaucht, ich habe Ihnen schon gesagt: in mir sind keinerlei asketische Anlagen.‹

›Macht nichts, gehen Sie auch ohne die Anlagen ins Kloster! Die Anlagen kommen später; am wertvollsten ist, daß es Ihnen angeboren ist: Sie essen nicht nur kein Fleisch, sondern auch keine Fische. Was wollen Sie noch mehr!‹

Ich verstumme. Ich verstumme und denke nur noch daran, wann er mich endlich entlassen wird, damit ich schlafen gehen kann.

Er aber legt mir seine Hände auf die Schultern, blickt mir lange in die Augen und sagt:

›Lieber Freund! Sie sind schon berufen, aber Sie verstehen es selbst noch nicht! ...‹

›Ja‹, antworte ich ihm, ›ich verstehe es nicht!‹

Ich fühle, daß mir schon alles gleich ist, daß ich sofort im Stehen einschlafen werde, darum antworte ich ihm instinktiv:

›Ich verstehe es nicht.‹

›Nun, dann wollen wir‹, sagte er, ›zusammen vor diesem Heiligenbild eifrig beten. Dieses Bild habe ich in Frankreich, in Persien und an der Donau mitgehabt ... Viele Male fiel ich vor ihm zweifelnd nieder, und wenn ich mich erhob, war mir alles klar. Knien Sie auf dem Teppich nieder und verneigen Sie sich bis zur Erde ... Ich fange an.‹

Ich kniete nieder und verneigte mich, und er begann mit andächtiger Stimme: ›Eröffne mir den ewigen Rat ...‹

Weiter hörte ich nichts mehr, ich fühlte nur, daß ich, sobald ich den Teppich mit der Stirn berührte, wie ein Nagel zu sinken begann, immer tiefer und tiefer zum Mittelpunkt der Erde.

Ich fühle, daß es nicht das ist, was ich brauche: ich müßte wie eine leichte Feder emporfliegen, sinke aber wie ein Nagel in die Tiefe, in das nach Goethes Worten ›Unbetretene, nicht zu Betretende‹.

Ich kehre nach einer längeren Weile aus der Tiefe an die Oberfläche zurück und erkenne nichts mehr: die dreiflammige Lampe brennt, in den Fenstern ist es dunkel, vor mir schläft auf dem Teppich irgendein General, zu einem Knäuel zusammengerollt.

›Was ist das für ein Ort?‹ Im Schlafe hatte ich alles vergessen.

Ich erhebe mich leise, setze mich auf und frage mich: Wo bin ich? Ist das wirklich ein General, oder kommt es mir nur so vor? ... Ich berühre ihn ... er ist warm; da sehe ich, daß auch er erwacht und sich rührt ... Auch er setzt sich auf und schaut mich an ... Dann sagt er:

›Was sehe ich? ... Figura!‹

Ich antworte: ›Zu Befehl.‹

Er bekreuzigte sich und befahl auch mir:

›Bekreuzige dich!‹

Ich bekreuzigte mich.

›Wir waren doch zusammen dort?‹

›Jawohl.‹

›Wie war es da?‹

Ich sagte nichts.

›Welche Seligkeit!‹

Ich verstehe nicht, was er meint, aber er fährt glücklicherweise fort: ›Sahen Sie diese Heiligkeit?!‹

›Wo?‹

›Im Paradiese!‹

›Im Paradiese? Nein‹, sage ich, ›ich war nicht im Paradiese und habe nichts gesehen.‹

›Wieso haben Sie nichts gesehen! Wir sind doch zusammen geflogen ... Dorthin ... hinauf!‹

Ich antworte, daß ich geflogen bin, doch nicht hinauf, sondern hinunter.

›Wieso, hinunter?‹

›Zu Befehl, ja.‹

›Hinunter?‹

›Zu Befehl, ja.‹

›Unten ist die Hölle!‹

›Das habe ich nicht gesehen.‹

›Hast du die Hölle nicht gesehen?‹

›Nein.‹

›Was für ein Dummkopf hat dich hereingelassen?‹

›Der Graf Osten-Sacken.‹

›Ich bin der Graf Osten-Sacken.‹

›Jetzt‹, sage ich, ›sehe ich es.‹

›Bisher hast du es nicht gesehen?‹

›Verzeihung‹, sage ich, ›mir ist, als hätte ich geschlafen.‹

›Du hast geschlafen?‹

›Zu Befehl, ja.‹

›Dann marsch hinaus!‹

›Zu Befehl‹, sage ich ihm, ›aber es ist hier dunkel, und ich weiß nicht, wie ich hinaus soll.‹

Sacken stand auf, öffnete mir selbst die Tür und sagte auf deutsch:

›Zum Teufel!‹

So verabschiedeten wir uns, wenn auch etwas trocken, aber seine Gnadenbeweise waren damit noch nicht zu Ende.

15.

Ich war vollkommen ruhig, weil ich wußte, was mir teurer als alles war: meine Freiheit, die Möglichkeit, nach einem und nicht nach mehreren Geboten zu leben, nicht zu streiten, mich an niemand anzupassen und niemand etwas beweisen zu wollen, wenn es ihm von oben eingegeben – und ich wußte, wo ich diese Freiheit finden konnte. Ich wollte keine Stellung mehr annehmen, weder eine, wo man den edlen Stolz braucht, noch eine, wo man ganz ohne Stolz auskommen kann. Der Mensch kann in keiner Stellung er selbst sein; er darf nichts im voraus versprechen und dann nach seinem Versprechen handeln; ich sehe aber, daß ich verdorben bin und weder etwas versprechen kann, noch darf, denn der Sabbat ist für den Menschen und nicht der Mensch für den Sabbat … Wenn mein Herz Mitleid fühlt, so kann ich das gegebene Versprechen auch nicht halten: wenn ich einen leidenden Menschen sehe, so beherrsche ich mich nicht und verstoße gegen den Sabbat! Im Dienste muß man eine unwankbare Festigkeit haben und sich selbst zu überreden verstehen, ich aber habe diese Gabe nicht. Ich brauche etwas ganz Einfaches … Ich überlegte mir lange, wo ich dieses Einfache finden kann, wo ich mich nicht zu überreden brauche, und kam zum Schluß, daß es das Beste sei, die Erde zu bearbeiten.

Mich erwartete aber noch eine Belohnung.

Kurz vor meiner Abreise erklärte mir der Oberst:

›Es war doch von Nutzen für Sie, daß Sie mit Dmitrij Jerofejitsch gesprochen haben. Er war damals in bester Laune, da er sich am Morgen sattgebetet hatte; ich glaube, er hat dann auch noch mit Ihnen gebetet?‹

›Gewiß‹, sage ich, ›wir haben gebetet.‹

›Sind zusammen in den paradiesischen Gefilden gewesen? …‹

›Das heißt … wie soll ich es Ihnen sagen …‹

›Sie sind ja ein vorzüglicher Politiker! Sie haben es auch erreicht, Sie haben ihm außerordentlich gefallen. Er läßt Ihnen sagen, daß er Ihnen auf besonderem Wege eine Pension erwirken wird.‹

›Ich habe‹, sage ich, ›keine Pension verdient.‹

›Nun, jetzt ist es zu spät, nachzurechnen, er hat schon die Eingabe gemacht, ihm wird man es nicht abschlagen.‹

So bekam ich eine Pension von sechsunddreißig Rubel im Jahre, und ich beziehe sie auch jetzt noch. Die Soldaten verabschiedeten sich von mir sehr schön.

›Macht nichts‹, sagten sie, ›wir sind mit Ihnen, Euer Wohlgeboren, sehr zufrieden und haben uns über nichts zu beklagen. Uns ist es ganz gleich, wo wir dienen. Ihnen wünschen wir aber, Euer Wohlgeboren, daß Sie bei uns Pope werden, um uns auf dem Schlachtfelde zu segnen.‹

So viel Gutes wünschten sie mir!

Statt ihren frommen Wünschen nachzukommen, habe ich mir aber dieses Gehöft gekauft ... Das Gehöft ist nicht groß, aber gut ... Vielleicht wird hier einmal Katrja mit ihrem Manne wirtschaften ... Die arme Katrja! Ich habe sie einmal mit ihrer Mutter unter den Pappeln des Podol-Gartens aufgelesen ... Die Mutter wollte sie in fremde Hände geben und selbst Amme bei irgendeiner Gnädigen werden. Ich wurde aber böse und sagte ihr:

›Bist du von Geburt so dumm oder verrückt? Wie denkst du nur daran, dein eigen Kind zu verlassen und herrschaftliche Kinder mit deiner Milch zu ernähren! Soll nur die feine Dame, die sie geboren, sie mit ihrer eigenen Milch großziehen: so hat es Gott geboten. Komm aber einfach zu mir und ernähre dein Kind.‹

Sie stand auf, wickelte Katrja in ihre Lumpen und ging mit mir. Sie sagte:

›Ich will gehen, wohin mich mein Schicksal führt!‹

So leben wir, ackern und säen, und wenn uns etwas fehlt, so sehnen wir uns nicht danach. Denn wir sind einfache Leute: die Mutter ist eine heimatlose Waise, die Tochter ist klein, und ich bin ein geohrfeigter Offizier, ganz ohne jeden edlen Stolz. Eine ganz traurige Figur!«

Figura ist nach meinen Informationen Ende der fünfziger oder Anfang der sechziger Jahre gestorben. In der Literatur habe ich nichts über ihn gefunden.

Pawlin

Ich war Miturheber einer kleinen Übertretung des strengen Klosterbrauchs auf Walaam. Auf diesem rauhen Felsen liebt man müßige Spaziergänger wenig, und woher der ferne Besucher auch kommen, und wie groß sein Verlangen, die Insel kennen zu lernen, auch sein mag, er kann dieses sehr großen Vergnügens doch nicht teilhaft werden. Ich wiederhole: dieses sehr großen Vergnügens, – denn die Insel ist wahrhaftig wundervoll, und ihre großartigen Bilder sind entzückend. Der Brauch auf Walaam verlangt, daß sich jeder Pilger dem Klostergehorsam unterwerfe: er muß in die Kirche gehen, beten, am gemeinsamen Klostertisch essen, dann arbeiten und kann schließlich ausruhen. Für Spaziergänge und Besichtigungen ist hier keine Zeit vorgesehen. Dennoch gelang es mir, einmal in Gesellschaft dreier Herren und zweier Damen im Verlaufe einer Nacht die ganze Insel zu durchstreifen und mir für immer das wundervolle Bild einzuprägen, das die wilden Felsen, die dunklen Schluchten und die stillen Einsiedeleien dieses russischen Athos im bleichen Zwielicht der nördlichen Sommernacht darboten. Besonders schön sind die Einsiedeleien in ihrer unerschütterlichen Stille, und unter ihnen ist die Einsiedelei Johannes des Täufers auf der kleinen Insel Ssernitschan ganz erstaunlich. Hier leben Einsiedler, denen die Strenge des allgemeinen Klosterlebens auf Walaam noch nicht genügend erscheint: sie haben sich hierher in die Einsiedelei des Täufers zurückgezogen, wo die Klosteroberen ihre Ruhe vor jedem Eindringen weltlicher Menschen behüten. Hier entzünden ihre Lämpchen Menschen, die für die Welt gestorben sind und dennoch ohne Unterlaß für die Welt beten: hier herrscht ewig Fasten, Schweigen und Gebet.

Da wir die Richtung der Fußwege auf Walaam nicht kannten, gelangten wir unvermutet an den Seearm, der das Inselchen Ssernitschan von der Hauptinsel trennt, und ließen uns, bezaubert von den dichten Farnkräutern, die hier den ganzen Talkessel überwuchern, nieder, um auszuruhen; wir sprachen über die Menschen, die sich diese öde Einsamkeit zur Stätte ihres dem Gebet und der Betrachtung geweihten Lebens erwählt haben.

»Was sind das für Menschen, mit welcher Kraft und welcher Vergangenheit mögen sie hierher kommen, um sich hier lebendig zu begraben?«

rief einer von uns aus. »Ich kann es mir nicht anders denken, als daß es Titanen und Geisteshelden sein müssen.«

»Ja, Sie haben recht«, erwiderte ein anderer, »es sind Helden, aber freilich Helden, die durch ihre Armut mächtig sind. Es sind Körner, die schon gekeimt haben und jetzt aufsprießen.«

»Aber bevor sie keimten?«

Unser Gefährte lächelte und erwiderte:

»Bevor sie keimten, lagen sie auf den Straßen, erstickt von den Dornbüschen und kamen um wie Sie und ich und die ganze Welt, bis der Wind sie ergriff und auf gutes Erdreich warf.«

»Sie sprechen so, als hätten Sie einen von diesen Menschen gekannt, der die Kraft besaß, sich in diesen Schluchten lebendig zu begraben.«

»Ja, mir scheint, daß ich in der Tat einen solchen Menschen gekannt habe.«

»War er klug?«

»Ja.«

»Und auch besonnen?«

»Hm ... ja! Im übrigen wage ich nicht über ihn zu urteilen, denn ich hatte ihn lieb und verehre sein Andenken sehr.«

»Ist er schon gestorben?«

»Ja.«

»Hier?«

»Nicht weit von hier«, antwortete der andere und lächelte wieder still vor sich hin.

»Das Leben eines solchen Menschen erregt in mir immer das größte Interesse.«

»In mir auch. Und in mir ebenso«, fielen die anderen ein.

Die Damen zeigten noch mehr Interesse als die Herren, und eine von ihnen, eine hübsche Blondine mit schwarzen Augen, wandte sich an unseren Reisegefährten und sagte:

»Wissen Sie, Sie würden uns einen außerordentlich großen Gefallen erweisen, wenn Sie uns hier, in dieser stillen Schlucht, in die wir so unvermutet gekommen sind, die Geschichte des Ihnen bekannten Einsiedlers erzählen wollten.«

Eine andere Dame und schließlich wir alle schlossen uns dieser Bitte an – und der, an den wir sie richteten, willigte schließlich ein und begann:

1.

Vor zwanzig Jahren – ich war noch Schüler und besuchte eines der Petersburger Gymnasien – wohnten wir, d.h. mein verstorbenes Mütterchen und ihre Schwester, meine Tante Olga Petrowna, im Hause einer anderen reichen Tante väterlicherseits. Wenngleich die letztere nicht mehr am Leben ist, will ich doch ihren wirklichen Namen nicht verraten, sondern werde sie Anna Ljwowna nennen. Ihr Haus steht auch heute noch auf dem gleichen Platze, auf dem es damals stand. Nur war es zu jener Zeit eines der größten Häuser der Straße, während es heute eines der kleinsten ist. Riesige Neubauten haben es erdrückt – und niemand weist mehr auf das Haus hin, wie es oftmals in der Zeit geschah, in der meine Geschichte beginnt.

Da ich meine Erzählung nicht mit Menschen, sondern mit einem Hause begonnen habe, muß ich schon folgerichtig fortfahren und Ihnen erzählen, was das für ein Haus war. Es war ein schreckliches Haus – schrecklich in vielen Beziehungen. Es war aus Stein gebaut, drei Stockwerke hoch und besaß innen drei ineinander laufende Höfe, die von allen Seiten mit gleichförmigen dreistöckigen Gebäuden umbaut waren. Sein Äußeres war finster und grau, fast wie ein Gefängnis. Es machte den drückendsten Eindruck. Das Haus bildete einen Teil der Mitgift der Tante, als sie einen nicht sehr entfernten Verwandten heiratete, einen seinerzeit viel versprechenden und blendenden jungen Weltmann, der freilich damit endete, daß er mit ungewöhnlicher Gewandtheit sein eigenes unbedeutendes, sowie das bedeutende Vermögen seiner Frau durchbrachte und schließlich seine Hand nach dem Reste ihrer Mitgift, d.h. nach diesem Hause ausstreckte. Meine Tante erfuhr von dieser Absicht ihres Mannes in Paris, wo die Gatten damals lebten und wo Anna Ljwowna die ganze Welt durch ihre Schönheit zu blenden und in Erstaunen zusetzen glaubte, wenn nicht vor den Augen dieser Welt eine Dame der Halbwelt gestrahlt hätte, mit der der Kampf unschicklich und unmöglich gewesen wäre, da der Aufwand dieser Dame so fabelhaft war, daß selbst die solidesten Damen sich dafür interessierten, woher diese Kurtisane das Geld nur hernehme! Anscheinend interessierte sich auch mein Tantchen Anna Ljwowna dafür, und sie erhielt von ihrem Manne zur Antwort, daß die beneidenswerte Lage dieses Glückskindes von der Freigiebigkeit eines an der Indischen Kompagnie reich gewordenen Engländers abhänge. Aber in Bälde stellte sich heraus, daß dies dummes Zeug war, und daß der reiche Engländer niemand anders war als eben der Gemahl meiner Tante, der auf die unvorsichtigste Weise ihr Vermögen zugunsten dieses dunklen Sterns verschwendet hatte. Seine Leidenschaft hatte ihn so weit gebracht, daß ihnen nichts geblieben war, als das Petersburger Haus, von dem ich eben sprach. Als Anna Ljwowna davon Kenntnis erhielt, geriet sie außer sich und schluchzte lange. Aber dann kam sie wieder zu sich und bewies nicht nur ihre große Charakterstärke, sondern freilich auch eine ordentliche Dosis Hartherzigkeit. Sie erklärte offiziell die auf den Namen ihres Mannes lautenden Vollmachten für ungültig, ließ ihn in Paris als ein Opfer seiner Gläubiger zurück, kehrte nach Rußland heim und nahm Wohnung in ihrem Hause. Das Haus brachte ihr recht gute Einkünfte, so daß die Tante davon sorgenfrei leben und ihren Sohn Woldemar oder Dodja, wie er zu Hause genannt wurde, erziehen konnte. Ihrem Manne schickte sie nichts und sprach auch niemals von ihm: er trieb sich irgendwo herum und ging schließlich im Auslande verschollen unter. Die einen sagten, er sei irgendwo im Schuldgefängnisse gestorben, andere versicherten, daß er in einem Spielhause als Croupier angestellt sei. Aber für uns ist das ganz gleichgültig. Tante Anna Ljwowna war in der Zeit, als ich sie kennen lernte, eine Frau von fünfundvierzig Jahren. Sie zeigte noch Spuren ihrer früheren recht bemerkenswerten, aber äußerst unsympathischen, trockenen und harten Schönheit, wie sie den Frauen der russischen beau-monde eigen ist.

Anna Ljwowna bewohnte in ihrem Hause die Hälfte der prächtigen Beletage. Die Wohnung war geräumig und gab der Tante die Möglichkeit, als große und dabei doch als strenge und solide Dame zu leben, als welche sie bei der großen Zahl ihrer hochgestellten Besucher galt. Sie kokettierte gern ein wenig mit ihrer Lage, jammerte bei Gelegenheit über ihre Schutzlosigkeit und über die Beschränktheit ihrer Witwenmittel – und machte dabei glänzend ihre Geschäfte. Dank ihrer Verbindungen und ihrer Gewandtheit kostete ihr die Erziehung ihres Sohnes nichts; es gelang ihr sogar außerdem auf irgendwelche Weise, sich ein sehr beträchtliches Subsidium zu erwirken für ihr »beispielloses Unglück«. Die Einkünfte ihres Hauses legte sie zurück. Anna Ljwowna war eine sehr berechnende und, um die Wahrheit zu sagen, sehr herzlose Frau, was Sie wohl schon aus ihrer Handlungsweise an ihrem Manne schließen können, dem sie niemals verzieh und den sie in seiner Notlage mit keinem Groschen unterstützte. Alle im Hause der Tante fürchteten sie und zitterten vor ihr: ich wußte dies genau, da wir im anderen Flügel des Hauses wohnten, von wo aus ich beobachten konnte, wie die Leute ihr gefällig zu sein suchten. Die Tante hatte keinen Verwalter, sie beaufsichtigte das Haus selbst und war dabei die strengste und erbarmungsloseste Herrin. Sie hatte die Einrichtung eingeführt, daß alle Mieter die Wohnung für einen Monat vorauszahlen mußten, und wenn einer nicht am festgesetzten Tage zahlte, so wurden ihm sogleich die Fenster ausgehängt, und nach zwei weiteren Tagen warf man ihn aus der Wohnung heraus. Begünstigung oder Nachsicht gewährte sie niemand. Keiner der Mieter versuchte es auch, sie zu erlangen, da alle wußten, daß es vergeblich sein würde. Das Regiment der Tante war weise: sie war für keinen der Mieter zu sehen, und keiner von ihnen wurde unter keinen Umständen zu ihr vorgelassen. Sie selbst erließ die Anordnungen, und alle ihre erbarmungslosen Befehle wurden unverzüglich ausgeführt. Man sagte, daß bei der Ausführung dieser Anordnungen noch nie auch nur die geringste Nachsicht gewaltet habe. Trotzdem fand die Tante, daß die Vollstrecker ihres Willens noch reichlich schwächlich handelten, und sie wechselte sie so lange, bis sie schließlich auf einen stieß, der ihrer unbarmherzigen Strenge vollkommen Genüge leistete. Dieser bemerkenswerte Mann war der Portier Pawlin Petrowitsch Pjewunow, oder wie man ihn einfach rief, Pawlin. Ich empfehle diesen Menschen Ihrer besonderen Aufmerksamkeit, da er, trotz seiner bescheidenen Stellung, der Held dieser Erzählung sein wird. Deshalb will ich ihn Ihnen auch etwas genauer beschreiben und erzählen, wie wir das Vergnügen hatten, mit dieser Rarität in bunter Livree persönlich bekannt zu werden.

2.

Zu der Zeit, als mein Mütterchen in die kleine Wohnung in einem der Flügel des zweiten Hofes im Hause der Tante übersiedelte, stand Pawlin Pjewunow schon sechs Jahre als Portier in ihren Diensten und galt als ihr gänzlich ergeben, sozusagen als ihre rechte Hand. Über das unbegrenzte Vertrauen Anna Ljwownas zu Pawlin und noch mehr darüber, daß er schon so viele Jahre ununterbrochen bei ihr war, obwohl es keiner vor ihm ihr hatte recht machen können, liefen im Hause die abgeschmacktesten Gerüchte um, die sich auf den dümmsten Schlüssen aufbauten, vor allem aber darauf, daß Pawlin, nach der Meinung vieler, ein hübscher Mensch war. Ich will Pawlin beschreiben, wie er damals aussah, als ich ihn kennen lernte. Er mag um die Zeit etwas über vierzig gewesen sein, er war hoch gewachsen, kräftig und dabei sehr schlank. Seine Haare waren hellblond, seine großen sympathischen Augen grau; die prächtige kluge Stirn, die auffallende Strenge seines Gesichtes und die Würde in seinen Bewegungen und in seiner ganzen Positur gaben jenem Urteil über ihn nicht Unrecht. Man hätte jede beliebig hohe Wette eingehen können, daß es in keiner Hauptstadt Europas einen Portier gäbe, der imposanter ausgesehen hätte als unser Pawlin. Ich glaube, daß er in einer anderen, vornehmeren Livree als der eines Portiers noch vornehmer ausgesehen hätte, indes stand ihm auch diese bunte Tracht erstaunlich gut. In dem langen, hellblauen Rock, der reich betreßt war und eine Kapuze hatte, mit der breiten, glänzenden Schärpe, dem Dreimaster und dem vergoldeten, blitzenden Stab in der Hand war Pawlin ein richtiger Pfau[1] und zudem ein äußerst schmucker Pfau, der mit dem schönsten Exemplar des prunkvollen Vogels, in den Juno den Argus verwandelte, wetteifern konnte. Pawlins Stattlichkeit hätte ihn den Posten eines Portiers an einem Klub oder an einer der glänzendsten Gesandtschaften erlangen lassen können, aber Pawlin jagte dem nicht nach, sondern blieb in dem ziemlich bescheidenen, bürgerlichen Hause meiner Tante. Es war seine erste Stellung, die er in Petersburg angetreten hatte, und sie zu wechseln lag nicht in seinem Charakter. Pawlin wurde bei der Tante nicht besonders verhätschelt, auf ihm ruhten vielmehr, wie es in den bürgerlichen Häusern üblich ist, mehrere Obliegenheiten. Pawlin war der Argus der Tante, und sie erfuhr mit seiner Hilfe alles, was sie nur zu wissen wünschte. Er sah, wie es schien, durch die steinernen Mauern des ganzen Hauses und wußte, was in seinen verstecktesten Winkeln geschah. Das war für alle um so erstaunlicher, als Pawlin zu keinem der Dienstboten im ganzen Hause irgendwelche Beziehungen unterhielt. Er war sehr stolz und feierlich, und zwar nicht nur in seinem Äußeren, sondern auch in seinem Charakter, der selbstbewußt, fest und sogar etwas anmaßend war. Pawlin lebte in einem kleinen, aber sehr reinlich gehaltenen Zimmer, das durch den Säulengang des geräumigen Treppenhauses verdeckt wurde. Dort stand auch auf einer kleinen Erhöhung zwischen zwei Säulen sein Thron, ein

1   Pawlin – russisch Pfau

altertümlicher schwarzer Sessel mit einem bronzenen Drachen auf der hohen Rückenlehne. Seitdem Pawlin sein Zimmer bezogen hatte, war kein fremder Mensch darin gewesen, und so wußte auch niemand, wie er sich dort eingerichtet hatte. Die beiden von Pawlins Käfig auf die Straße hinausgehenden Fenster waren stets mit reinem Mull verhängt, und hinter ihnen standen Blumentöpfe. Gelang es jemand, abends in diese Fenster hineinzuschauen, wenn das Zimmer von innen durch das vor dem Heiligenbild brennende Lämpchen erleuchtet war, so sah er nur den oberen Teil der sehr sauberen, tiefblau gestrichenen Wände und einen Bettschirm; mehr zu sehen war ganz unmöglich. Das Zimmer war stets verschlossen, und der Schlüssel zu der kleinen Tür war stets in Pawlins Tasche. Müßige Leute, die unter dem oder jenem Vorwand in Pawlins Gemach einzudringen versuchten, wußte er auf eine so entschiedene und unzeremonielle Weise davon abzuhalten, daß ihn schließlich alle in Ruhe ließen und sich niemand mehr drängte, ihn zu besuchen. Keiner konnte erraten, was Pawlin so sorgfältig in seinem ewig verschlossenen Zimmer behütete, aber man konnte es auch nicht ohne Aufklärung lassen, und so entdeckte das im Hause zu seiner Beobachtung gebildete Komitee bald, daß er außerordentlich sparsam lebte, sehr mäßig im Essen war und nichts außer Wasser und Milch trank, weshalb das Komitee erklärte, daß Pawlin ein »Molokane«[2] sei. Dies gefiel allen sehr und befriedigte die allgemeine Neugier bezüglich der Persönlichkeit Pawlins so weit, daß schließlich alle in beruhigter Überzeugung der Ansicht waren, daß Pawlin aus religiösen Gründen so stolz sei. Wie in jedem Unsinn war auch hierin ein Körnchen Wahrheit, und dieses bestand darin, daß Pawlin in der Tat hochmütig und stolz war und nicht die geringste Annäherung seitens der Dienstboten im Hause gestattete. Das war auch verständlich: er stand äußerlich mit ihnen auf ein und derselben Stufe, hatte aber inbezug auf Charakter und Verstand nicht das geringste mit ihnen gemeinsam. Von seiner Vergangenheit war nur wenig bekannt. Es waren Gerüchte im Umlauf, daß er von Leibeigenen abstamme, bei einer vornehmen Person Kammerdiener gewesen sei und sich vor fünf Jahren freigekauft habe, wobei er seinem Herrn fast ganze tausend Rubel Silber für seine stolze, strenge Seele habe bezahlen müssen. Aber diese Gerüchte fanden nicht überall Glauben. Man glaubte lieber an Erfindungen, wie, daß Pawlin einen

---

[2] Moloko – Milch; Molokanen (Milchesser) – eine Sekte

Postwagen beraubt, dabei sechs Postillone erschlagen und sich falsche Papiere verschafft habe, mit denen er auch als Portier lebte. In seiner verschlossenen Kammer hütete er natürlich die unermeßlichen Schätze der beraubten Post. Übrigens erzählten dergleichen selbstverständlich nur Außenstehende. Pawlin selbst sprach niemals über seine Vergangenheit. Sein Leben ging gleichmäßig, wie mit der Uhr abgemessen dahin: am frühen Morgen trat er in den Hausflur hinaus, scheuerte ihn und kehrte dann in sein Zimmer zurück, wo er Tee oder Kaffee aus einem ganz besonders gestalteten, kleinen Samowar trank, dessen Konstruktion und Gebrauchsweise für alle ein Geheimnis und ein Gegenstand ungestillter Neugier blieb. Hierauf trat Pawlin in Livree aus seiner Kammer und stieg zur Tante hinauf: dort erstattete er seinen Bericht, oder es ging ein Gespräch vor sich, über das natürlich niemand etwas Glaubwürdiges wußte und alle den unwahrscheinlichsten und unmöglichsten Unsinn klatschten. Diese Unterredung dauerte etwa eine Stunde; danach erschien Pawlin wiederum auf der Treppe, aber schon nicht mehr mit leeren Händen, sondern mit dem Hausbuch, das er auf den mit Wachstuch überzogenen Tisch legte; hierauf band er die Schärpe um, nahm den Stab in die Hand und öffnete die Haustüre. – Nach dieser Zeremonie setzte er sich in den breiten, mit rotem Saffian überzogenen Sessel und begann das Wohnungsbuch des Hauses zu studieren, aus welchem er sich mit Bleistift Notizen in ein besonderes Heftchen machte. Damit beschäftigte sich Pawlin bis zehn Uhr. Mit dem letzten Glockenschlag der zehnten Stunde lehnte er den Stab an eine Säule, vertauschte den Dreimaster mit einer betreßten Mütze, schritt in dieser kleinen Uniform durch das Tor über den Hof und klopfte im Vorübergehen schweigend an die Hausmeistertüre. Auf dieses Zeichen sprangen sofort zwei stämmige Burschen heraus, der eine mit einem Beil, der andere mit Hammer und Zange; die beiden verneigten sich tief vor ihm, er erwiderte den Gruß mit einem stummen Nicken und ging weiter. Die mit Beil und Zange bewaffneten Hausknechte folgten ihm in achtungsvoller Entfernung. Pawlin richtete seine Schritte dorthin, wohin ihn das Wohnungsbuch wies, das er aufgeschlagen in der Hand trug.

Ich werde kaum imstande sein, Ihnen einen schwachen Begriff davon zu geben, was für einen Eindruck dieser morgendliche Rundgang Pawlins mit den beiden ihm folgenden Liktoren auf alle im Hause machte. Aus allen Fenstern der langen, den Innenhof umgebenden Flügel, wo die armen Mieter wohnten, folgten Pawlin bald zornige, bald verächtliche, am häufigsten jedoch beunruhigte Blicke. Nicht selten tönten hinter ihm Schimpfworte und giftige Spottreden, am häufigsten aber wieder Verwünschungen und schluchzendes Weinen. Pawlin kümmerte sich weder um das eine, noch um das andere. Er vollendete seinen Gang, wie ein leuchtender Planet inmitten der ihn umgebenden Sterne seinem Bewegungsgesetz zufolge, und äußerte weder Zorn noch Mitleid. Dieser Rundgang bedeutete, daß Pawlin von den armen Inwohnern die fällige Monatsmiete erhob. Die Tante hatte in alle inneren Flügel kleine Wohnungen eingebaut, mit der begründeten Berechnung, daß kleine Wohnungen mehr einbringen als große, weil sie von armen Leuten bewohnt werden, deren es mehr gibt als reiche, und die außerdem keine Ansprüche auf Geschmack und selbst auf Reinlichkeit erheben dürfen. Weshalb aber der Rundgang Pawlins so viel Furcht und Schrecken einflößte, das werden wir gleich sehen, wenn wir ihm auf einer der engen, dunklen Treppen folgen, die er jetzt in Begleitung seiner Assistenten hinaufsteigt. Dort bleibt er an einer ihm gut bekannten Türe stehen und läutet. Es wird ihm nicht sogleich geöffnet, aber er ist geduldig und belästigt niemand; er hört, wie drinnen geflüstert wird, wie man hin und her läuft, etwas versteckt und weint – und steht ruhig vor der Türe, aber dann läutet er ein zweites Mal, nicht besonders stark, aber so respekteinflößend, daß man die Türe nicht länger verschlossen halten kann und ihm, wenn auch widerwillig, öffnet. Pawlin nimmt die Mütze ab und geht mit seinem Buche ruhig hinein, während seine Begleiter auf dem Treppenabsatz warten. Wenn er drei Minuten später heraustritt, so werden Sie unweigerlich sehen, wie er etwas in den breiten Aufschlag seiner bunten Livree steckt; es ist das Geld für die Hausbesitzerin; dann geht er weiter in eine andere Wohnung, wo heute ebenfalls der Termin für die monatliche Vorausbezahlung ist. Die Hausknechte folgen ihm wieder mit Beil und Zange auf den Fersen und warten auf seine Anordnungen. Alle warten auf seine Anordnungen und beten zu Gott, daß sie nicht erfolgen. Nun, was sind das für Anordnungen? Da kommt Pawlin aus einer Wohnung, ohne etwas in seinen Rockaufschlag zu stecken, er nickt nur mit dem Kopf, und gleich darauf tauchen in einem der Fenster dieser Wohnung die Köpfe seiner beiden Begleiter auf; Beil und Zange arbeiten mit unbeschreiblicher Geschwindigkeit und Gewandtheit, der Fensterrahmen verschwindet, und aus der fensterlosen Öffnung dringt das Schreien einer Frau und das Weinen von Kindern. Aber Pawlin geht weiter, und sein Rundgang äußert sich irgendwo wieder in einem verschwundenen Fenster. Und wieder folgt ihm Weinen und Schreien, und durch die leeren Fensteröffnungen entschwebt wie eine Rauchwolke die ungeschützte Zimmerwärme, welche die zum Frieren verurteilte Armut vergeblich durch an Haken aufgehängte Lumpen zu erhalten sucht ...

Je tiefer er in die Höfe dringt und je höher er die Treppen steigt, um so häufiger werden die schreckenerregenden Anordnungen Pawlins. Ich wollte noch sagen »und um so energischer«, aber bei Pawlin war alles energisch.

Nachdem er alle Türen abgegangen war, an denen er heute klopfen mußte, trat er den Rückweg an, die Hausknechte folgten ihm und trugen die ausgehängten Rahmen, die Pawlin eigenhändig in einen besonderen Verschlag unter seiner Treppe einschloß. Dann setzte er sich ruhig in seinen hohen Sessel mit dem Bronzedrachen auf der Rückenlehne und begann die »Nordische Biene« und die anderen Zeitungen zu lesen, die im Hause gehalten wurden und die unbedingt erst durch Pawlins Hände gingen. Diese Lektüre interessierte ihn augenscheinlich sehr, und er widmete ihr jede freie Minute. Hatte er die Zeitungen alle gelesen und sie darauf an ihre Abonnenten verteilt, so machte er sich daran, Bücher zu lesen, und zwar waren es vorwiegend oder fast ausschließlich übersetzte französische Romane, die er übrigens in seinem Stolz von niemand erbat, sondern in einer Leihbibliothek abonnierte.

Bei dieser Beschäftigung störten ihn außer fremden Besuchern, denen er in seiner Eigenschaft als Portier den einen oder anderen Dienst erweisen mußte, auch noch andere Besucher – es waren die Mieter, deren Wohnungen er am Morgen durch die ausgehobenen Fenster einer verstärkten Ventilation unterworfen hatte.

Brachte der unpünktliche Mieter Geld, so nahm es Pawlin schweigend in Empfang, vermerkte es im Wohnungsbuch und zog an einer Klingel; daraufhin erschienen die Hausknechte, brachten schweigend die von ihm bezeichneten Fenster aus dem Verschlag und schickten sich an, sie wieder einzusetzen. Kam dagegen der Mieter oder die Mieterin nur mit Beschwerden, Klagen oder der Bitte um Nachsicht, so zog er wieder schweigend die Klingel, die Hausknechte erschienen – und der Bittsteller wurde entfernt, ohne auf seine Klagen auch nur einen Ton als Antwort vernommen zu haben.

So diente bei meiner Tante der berühmte Pawlin, dem später einmal das Schicksal genau so mitspielte, wie er den Mietern im Hause meiner Tante.

3.

Mein Mütterchen und ihre Schwester Olga Petrowna, die sich infolge der Kränklichkeit Mamas meiner Erziehung angenommen hatte, bewohnten im Hause Anna Ljwownas eine kleine Wohnung an einer der Treppen des zweiten Hofes. Ich erinnere mich nicht mehr, wieviel wir für die Wohnung zahlten, und kann auch nicht sagen, was mit uns geschehen wäre, wenn wir einmal die Miete an dem Terminstage nicht bezahlt hätten. Wahrscheinlich hätte Anna Ljwowna, die keine Nachsicht gegen ihren verschollenen Gatten gekannt hatte, auch gegen dessen Schwester, meine Mutter, die es Gott weiß weshalb vorzog im Hause ihrer Schwägerin zu leben, keine Schwäche gezeigt. Schon beim ersten Schritt begegnete uns hier eine bedenkliche Unannehmlichkeit, bei der wir zuerst Pawlins Bekanntschaft machten. Wir siedelten am Weihnachtsabend in das Haus der Tante über. Der Tag war frostig kalt und, wie er um diese Jahreszeit in Petersburg zu sein pflegt, sehr kurz, so daß es schon dämmerte, als die Wagen mit unseren bescheidenen Möbeln in den Hof einfuhren. Mütterchen saß inzwischen bei Anna Ljwowna, während ich und Tante Olga, die Anna Ljwowna nicht ausstehen konnte, in der leeren Wohnung auf und ab gingen. Kaum waren unsere Möbel angekommen, als Mama ebenfalls in die Wohnung kam, um Anordnungen zu geben, wohin die Sachen gestellt werden sollten. Nach ihren Worten hatte ihr Anna Ljwowna selbst geraten, zu diesem Zweck herüberzugehen. So war sie gekommen und sagte zu den Leuten: »Tragt die Sachen herein!« Aber die Dienstleute schauten einander nur an, und hinter ihnen wurde die Gestalt Pawlins sichtbar, dem seine beiden Adjutanten mit den bekannten Instrumenten folgten.

»Was willst du, Väterchen?« fragte Mama.

»Ich bitte um das Geld für den Monat«, antwortete Pawlin und schlug vor Mama sein Buch auf.

»Gut, Väterchen, gut«, erwiderte Mama mit verwandtschaftlicher Milde, »ich werde es morgen früh hinüberschicken«. Sie schob mit der Hand das Buch und Pawlin zur Seite und wandte sich an die Dienstleute.

Diese rührten sich aber nicht. Pawlin lächelte unmerklich und erwiderte, daß er nicht bis morgen warten könne, sondern das Geld unbedingt sofort haben müsse.

Mama faßte dies als Unhöflichkeit auf und wurde ganz blaß vor dieser Kränkung.

Pawlin bemerkte es, und es war ihm sichtlich unangenehm. Er zog die Brauen zusammen und fügte mit etwas nervöser Ungeduld in der Stimme hinzu:

»Gnädige Frau, es ist bei uns so Sitte.«

»Vortrefflich, daß es bei dir so Sitte ist, aber du könntest doch, meine ich, dir überlegen ...«

Mütterchen fand in ihrem Zorn keine Worte mehr und stockte. Pawlin antwortete, an ihre letzte Bemerkung anknüpfend:

»Das kann ich wohl.«

»Du weißt, daß Anna Ljwowna für mich keine Fremde ist, sondern meine Verwandte?«

»Ich weiß es.«

»Du weißt es ... ja, was willst du denn dann noch?«

»Das Geld ... Sonst kann ich nicht erlauben, daß Ihre Sachen hereingetragen werden.«

»Wie, das kannst du nicht erlauben? Sollen die Sachen denn die Nacht über auf dem Hofe stehen bleiben und wir auf dem Fußboden schlafen?«

»Sie sollen auch nicht auf dem Fußboden schlafen, sondern sich von hier fortbemühen, sonst lasse ich sogleich die Fenster ausheben«, antwortete Pawlin; er machte wieder eine ungeduldige Bewegung mit den Brauen und fügte hinzu: »Bei uns ist es eben so Sitte.«

Die Dienstleute und die Fuhrleute, die unsere Sachen hergebracht hatten, begannen miteinander zu reden und unruhig zu werden. Pawlin stand mit seinem Buch im Vorzimmer und schenkte dem allen keinerlei Beachtung.

»Aber das ist doch lächerlich!« rief Mama aus. »Ich war eben bei Anna Ljwowna, und sie hat mir kein Wort davon gesagt, daß sie mit der Bezahlung nicht bis morgen warten kann. Ich habe bis jetzt bei ihr gesessen, und nun ist es zu spät geworden, um auf die Bank zu gehen und Geld zu holen ... Aber ... aber was ist das für Unsinn! Ich will mich durchaus nicht mit dir herumstreiten«, fügte mein aufgebrachtes

Mütterchen hinzu und erklärte, daß sie sogleich zu Anna Ljwowna gehen werde.

»Das wird vergeblich sein«, antwortete Pawlin trocken.

»Nun, mein Guter, das ist doch nicht deine Sache.«

Voll Erregung nahm sie ein Tuch um und ging zur Hausbesitzerin. Inzwischen machte Pawlin, der seinen Posten nicht verlassen hatte, seinen Assistenten ein für uns unmerkliches Zeichen, und binnen einer Minute zog zu unserem nicht geringen Erstaunen aus dem Raum, der als Schlafzimmer für Mama bestimmt war, eine durchdringende Kälte. Ich war bis jetzt beschäftigt gewesen, den bunten Aufzug Pawlins zu mustern; nun sah ich mich um und merkte, daß die Hausknechte den einen inneren Fensterrahmen in den Händen hielten; in demselben Augenblick erschien von der anderen Seite Mama, zitternd vor Kälte und Entrüstung und sagte auf Französisch:

»Stelle dir vor, Olga, was ist diese Anna Ljwowna für eine Person? Denke dir nur: sie hat mich nicht empfangen!«

Die gute Tante Olga antwortete, daß sie das erwartet habe.

»Das ist ja schrecklich«, erwiderte Mama, »ich bin überzeugt, daß sie zu Hause ist, denn es ist noch keine Viertelstunde her, daß ich von ihr fortgegangen bin. Aber man sagte mir, sie sei zur Abendmesse gefahren. Wie kann sie zur Abendmesse fahren, wenn man in ihrem Hause die Verwandte ihres Mannes derartig beleidigt! Wir gehen fort von hier. Sollen sie nur alles auf den Hof werfen, aber ich will hier nicht wohnen, und mein Fuß wird nie mehr dieses Haus betreten. Zieh dich an, wir gehen in irgendein Gasthaus. Ich kann diesen Taugenichts keine Minute länger ansehen.«

Nachdem meine nervöse Mama dieses letzte Kompliment an Pawlins Adresse gerichtet hatte, begann sie voll Hast mir meinen warmen Mantel anzuziehen. Die Unruhe unter den Dienstleuten war noch größer geworden; die Hausknechte mit den ausgehobenen Fensterrahmen in den Händen lachten leise unter sich; unten schrien die Fuhrleute und murrten laut, daß man sie so lange nicht fortlasse, und in der Wohnung wurde es infolge der ausgehobenen Fenster immer kälter. Pawlin stand in seiner strengen Positur da, und auf seinem Gesicht machte sich nicht die geringste Unruhe bemerkbar. So seltsam Ihnen auch mein Vergleich erscheinen mag, er erinnerte mich mit einem Male an Goethe, dessen mächtige, bis zur Kälte ruhige Gestalt ich nach einem Stich kannte, der in meinem Kinderbuche eingeklebt war. Die kleinen Leiden der Menschen schienen Pawlin gar nicht zu berühren: er hatte nur die allgemeine Harmonie dessen, was sich ereignete und was er sah, im Auge.

Aber abgesehen von meinen Beobachtungen weiß ich nicht, womit diese lächerliche und verdrießliche Verlegenheit geendet hätte. Man würde uns wahrscheinlich hinausgejagt haben, wenn sich nicht Tante Olga in die Sache eingemischt hätte. Sie führte Mama etwas auf die Seite, sprach mit ihr französisch und überredete sie schließlich, daß durch ihre Laune, jetzt fortzugehen, nichts gewonnen sei, und daß wir der verehrten Anna Ljwowna damit nichts bewiesen, da sie derartige Beweise wahrscheinlich schon öfter gesehen hätte, ohne sich durch sie umstimmen zu lassen.

»Aber ich bin überzeugt, daß es nicht sie ist, sondern dieser Grobian!« meinte Mama schließlich, allmählich weich werdend.

»Ich bin im Gegenteil davon überzeugt, daß es durchaus sie ist und nicht ›dieser‹, wie du ihn nennst, ›Grobian‹. Er scheint mir vielmehr ein recht guter und ehrlicher Mensch zu sein, der nur das ausführt, was ihm aufgetragen ist, und das achte und schätze ich«, entgegnete Tante Olga.

»Aber was sollen wir tun? Es ist lächerlich, mein Geld reicht nicht, ich habe vergessen, welches zu holen.«

»Wir werden es holen und bezahlen.«

»Wo? Jetzt ist die Bank geschlossen, es ist Abend, und wir haben hier keinen Bekannten (wir waren soeben aus der Provinz nach Petersburg übergesiedelt). Ich kann das Geld doch nicht von Anna Ljwowna nehmen, um sie damit zu bezahlen.«

»Nein, von ihr nicht«, sagte Tante Olga. Sie trat an Pawlin heran, zog zwei Brillantringe von ihren Fingern und fragte ihn: »Können Sie nicht dies bis übermorgen von uns als Pfand nehmen? Übermorgen werden wir Geld holen und es auslösen.«

»Gnädigste, ich muß der Hausfrau sofort das Geld bringen«, antwortete Pawlin mit sichtlich tiefer Achtung für Olga.

Der Tonfall seiner Antwort drückte ihr gleichsam seinen Dank dafür aus, was sie über ihn zu Mama gesagt hatte.

»Nun, dann schicken Sie diese Dinge in irgendeinen Laden, um sie zu verpfänden.«

Pawlin dachte nach; dann winkte er einem seiner Hausknechte mit den Augen und befahl ihm, den Wunsch Olgas auszuführen und die

Ringe bei einem ihm bekannten Händler zu versetzen, dessen Namen er ihm nannte und dann vorsichtshalber nochmals wiederholte.

Bis der abgesandte Hausknecht mit mehr Geld zurückkam, als wir für diese Angelegenheit brauchten, half Pawlin schweigend dem anderen, die ausgehängten Fensterrahmen wieder einzusetzen. Nachdem er das Geld für die Wohnung erhalten hatte, verbeugte er sich höflich und ging.

Tante Olga, die nicht nur viel Verständnis und Güte besaß, sondern auch einen ausgezeichneten und heiteren Charakter und dazu noch viel Witz hatte, begann gleich nach Pawlins Weggang heiter über unsere eben überwundene Verlegenheit zu scherzen und brachte schließlich nicht nur Mama und mich in die fröhlichste Stimmung, sondern sogar unsere Dienstboten und die Fuhrleute, die, während sie jedes Stück in die Zimmer trugen, sich die Gelegenheit nicht entgehen ließen, verschiedene Witze über Anna Ljwowna zu machen, die sie mit Teufelin, alte Hexe und anderen schmeichelhaften Benennungen titulierten.

Binnen einer Stunde standen alle unsere Möbel auf ihrem Platz, die kleineren Sachen waren mehr oder weniger aufgeräumt, und die Wohnung war so weit wie möglich in Ordnung. Nach einer weiteren Stunde, die die Mama, die Tante und ich bei der Abendmesse verbracht hatten, fanden wir unsere Wohnung schon durchwärmt vor, und dann schliefen wir in unseren frischen Betten dem Feiertag entgegen. Einen Tag später löste Tante Olga selbstverständlich die Ringe aus, und wir lebten uns hier ein, freilich nach den Unannehmlichkeiten, die uns beim ersten Schritt begegnet waren, ohne rechten Entschluß, lange dazubleiben. Mama sprach davon, daß wir nicht länger als einen Monat hier bleiben wollten, und wenn sie noch früher eine passende Wohnung fände, so würden wir auch früher von hier ausziehen. Niemand widersprach ihr, aber zu Mamas größtem Verdruß fand sich nirgends eine andere geeignete Wohnung. Die, die wir jetzt bewohnten, war warm, trocken und paßte uns ausgezeichnet. Dazu kam, daß das düstere Haus der Tante Anna Ljwowna, dank dem darin herrschenden strengen Geiste Pawlins, sich durch Ruhe und Sauberkeit auszeichnete. Tante Olga machte Mama darauf aufmerksam und brachte sie schließlich dahin, daß sie sich nicht mehr ärgerte und jedenfalls nicht vor Sommer von hier fortzuziehen gedachte.

»Wir strafen sie damit nicht«, sagte Tante Olga, auf die verehrte Anna Ljwowna anspielend, »sondern schaffen uns nur selbst Mühe und Verluste. Ist sie denn das wert?«

Mütterchen stimmte mit der Zeit bei, daß Anna Ljwowna es nicht wert sei und entschloß sich, noch einen Monat in der Wohnung zu bleiben, aber nur dann, wenn der »Grobian«, d.h. Pawlin, ihre Ruhe nicht mehr störe und sich nie mehr in der Wohnung sehen lasse.

Tante Olga verstand es so einzurichten und brachte schon vor dem Tage, an dem wir zum zweiten Male die Wohnungsmiete zahlen mußten, das Geld selbst in die Portiersloge und händigte es Pawlin ein.

Weder Mama noch Tante Olga unterhielten mit Anna Ljwowna irgendwelche Beziehungen, und auch ich fühlte bei meiner damaligen Unerfahrenheit eine unüberwindliche Abneigung gegen sie. Wir lebten ganz wie fremde, der Hausfrau völlig unbekannte Leute im Hause, was uns durchaus nicht zur Last fiel und auch sie wahrscheinlich wenig störte. – Aus unseren Fenstern sahen wir, wie Pawlin von Zeit zu Zeit seine verhängnisvollen Rundgänge durch das Haus machte, um die Miete einzutreiben, und wie dann in der einen und anderen Wohnung leere Fensterhöhlen gähnten. Aber das betraf uns nicht unmittelbar, und wir gewöhnten uns rasch daran; ja wir begannen sogar ein wenig darüber zu lachen. Was war zu tun? – so groß ist eben die Macht »des Ungeheuers Gewohnheit«. Wir lachten nicht über das Mißgeschick der frierenden Mieter, sondern über diese Methode, und wie sie mitten in der bevölkerten Stadt angewendet werden konnte, als wäre es eine in der Steppe liegende Herberge. Der vornehme, bunte Pawlin mit Goethes Physiognomie und Positur, die Hausknechte, die mit ihren Werkzeugen an Steubens Kreuzigungsbilder erinnerten, das rasche Ausheben und Wiedereinsetzen der Fenster und die völlige Gleichgültigkeit aller dieser Willkür gegenüber, all das hatte in der Tat etwas Tragikomisches an sich. Zu uns kam Pawlin nicht, da Tante Olga am Ende des zweiten Monats sein Erscheinen wieder abwendete, indem sie ihm am Vorabend des Termins das Geld persönlich in die Portiersloge brachte; ebenso bezahlte sie auch am Vorabend des vierten Monats, und schließlich wurde diese Ordnung bei uns zur ständigen Einrichtung, dank welcher wir in der guten und bequemen Wohnung weiter lebten und ganz vergaßen, daß das Haus Anna Ljwowna gehörte, der wir den originellen Weihnachtsabend zu verdanken hatten. Wir erinnerten uns nur an sie, wenn wir aus unseren Fenstern in ihren Paradezimmern Licht sahen, und auch dann dachten wir nur gleichgültig: ach, sie hat Gäste, oder etwas ähnliches. Was Pawlin betrifft, so weiß ich selbst nicht, wie es zugegangen war, daß sein Name, der bei uns lange nicht genannt werden durfte, mit einem Male nicht nur ohne Erbitterung und Zorn, sondern sogar mit einer Art Hochachtung ausgesprochen wurde.

4.

Wenn die gute Meinung, die sich bei uns über Pawlin gebildet hatte, ihm etwas nützen konnte, so war er dafür Tante Olga zu Dank verpflichtet, die er bei jeder Begegnung mit grenzenloser Ehrerbietung behandelte und deren Wohlwollen er auch erwarb. Mütterchen scherzte, daß Tante Olga das Wunder des Daniels mit den wilden Tieren vollbracht habe, indem sie sich Pawlin zum Sklaven gemacht hätte. In diesem Scherz war ein Körnchen Wahrheit: Pawlin verehrte die Tante, wenn man auch zu seiner Ehre sagen muß, daß er dieser Verehrung nur unter vollster Wahrung seiner unerschütterlichen Würde Ausdruck gab. Er verbeugte sich nur viel tiefer vor ihr als vor den übrigen und machte ihr noch respektvoller Platz als seiner Herrin Anna Ljwowna selbst, die er nach den Beobachtungen der Tante nicht ausstehen konnte und verachtete. Ich weiß zwar nicht, worauf sie ihre Gründe und Schlüsse aufbaute, da sie nie mit Pawlin sprach, aber man spürte etwas Wahres daran. Sie ersehen daraus, daß wir uns ständig irgendwie mit Pawlin beschäftigten: er flößte uns allen Interesse ein, auch mich nicht ausgenommen, der ich mich an seiner bunten Livree nicht satt sehen konnte, und Mama, der er durch die Verachtung gegen Anna Ljwowna, die Tante Olga an ihm wahrgenommen hatte, sympathisch zu werden begann.

So lebten wir eine ziemliche Zeit im Hause Anna Ljwownas und beobachteten Pawlin aus der Ferne, als sich mit einem Male ganz unerwartet ein Anlaß einstellte, seine nähere Bekanntschaft zu machen. Und zwar hing es damit zusammen, daß Mama mit jemand aus der Dienerschaft unzufrieden war und einen neuen Diener dingen wollte. An Stelle des Fortgegangenen wurde ein anderer Diener gesucht und engagiert, der am nächsten Tag kommen und die Dienstobliegenheiten übernehmen sollte; am vorhergehenden Abend jedoch erhielt Tante Olga durch einen der Hausknechte einen Brief auf ihren Namen. Die ungelenke Handschrift war ihr nicht bekannt – es war eine von jenen, wie sie in Rußland die Leute schreiben, die ohne Lehrer lesen und schreiben gelernt haben; im Umschlag befand sich ein sauber auf reines Papier geschriebener Brief in derselben autodidaktischen Handschrift, der soweit ich mich erinnere, wörtlich folgenden Inhalt hatte: »Euer Hochwohlgeboren Olga Petrowna! Die gnädige Frau, Ihre Schwester, haben einen Diener engagiert (folgt der Name), aber der Engagierte ist ein leichtsinniger Mensch und deshalb unzuverlässig, worüber ich die Kühnheit habe, Ihnen der Vorsicht halber Mitteilung zu machen.« Unterschrift: »Portier Pawlin Pjewunow.« Die Tante zeigte den Brief Mama, die der Warnung Pawlins Folge zu leisten beschloß. Dem schon engagierten leichtsinnigen Diener wurde eine Absage geschickt, und als Mama ihren gewohnten Spaziergang antrat und im Hofe Pawlin begegnete, dankte sie ihm für seine Freundlichkeit. Der merkwürdige Mensch nahm seinen betreßten Hut ab und antwortete Mama mit einer stummen, aber höflichen Verbeugung. – Abends beim Tee sagte Mama zu Tante Olga:

»Nun, wir brauchen trotzdem einen Diener. Herr Pawlin hat den einen schlecht gemacht, aber wo wir einen besseren finden sollen, das hat er uns nicht gezeigt.«

»Das ist auch nicht seine Sache«, antwortete die Tante.

»Weiß ich; ich meine, er könnte uns einen empfehlen, wenn er wollte.«

»Hast du ihn vielleicht darum gebeten?«

»Nein. Er wollte mit mir anscheinend nicht sprechen, er sah mich mit einer mindestens ministeriellen Großartigkeit an und verneigte sich. Eine andere Sache wäre es«, scherzte sie, »wenn du ihn darum bitten würdest: für dich würde er es sich bestimmt als große Ehre anrechnen, uns diesen Dienst zu erweisen.«

Die Tante nahm den Scherz mit der ihr eigenen Heiterkeit auf und erwiderte ebenso:

»Schön, ich werde ihn bitten.«

Am anderen Tage ging die Tante gegen Abend aus und trat mit mir vor die Portierloge, wo Pawlin seiner Gewohnheit gemäß allein in seinem Sessel saß und vor seiner grünen Lampe in einem Buche las.

Als er die Tante sah, legte er sogleich das Buch auf den Tisch, verbeugte sich höflich, richtete seine hohe Gestalt gerade auf und nahm die Positur Goethes an.

Tantchen trug ihm ihre Bitte vor. Pawlin zog die Brauen zusammen, dachte nach und antwortete:

»Zurzeit weiß ich keinen zuverlässigen Diener für Sie.«

»So können Sie uns also keinen empfehlen?«

»Ich wage es nicht, weil ich keinen entsprechenden im Auge habe.«

Damit gingen wir fort, und als wir nach Hause zurückkamen, machte sich Mama nicht wenig über die Tante lustig, daß ihre Macht über Pawlin Pjewunow keine Frucht getragen habe und daß er doch ein grober Kerl sei. Aber die Tante nahm ihn in Schutz und sagte, daß sie in seiner Absage nur einen neuen Beweis seiner Zuverlässigkeit und Umsicht sehe. Sie meinte, er sei vorsichtig, weil er eben ein zuverlässiger Mensch sei. Und wenn er jemand kennen würde, den er empfehlen könnte, so würde er ihn uns selbstverständlich empfehlen.

Die Tante irrte sich nicht: als sie am nächsten Morgen aufstand, wurde ihr wieder ein kurzer Brief gebracht, in dem Pawlin sie in lapidarem Stile bat, noch zwei Tage mit dem Mieten eines neuen Dieners zu warten, da er Nachricht über einen ihm bekannten »zuverlässigen Diener« erhalten habe, mit dem er bei derselben Herrschaft im Dienst gewesen sei.

Nun zeigten sich die wirklichen Gefühle Mamas zu Pawlin: sie sagte nicht mehr, daß er ein Grobian sei, sondern freute sich sehr, einen Diener zu bekommen, der mit ihm aus einer Schule war. Sie erklärte sich einverstanden, auf den von Pawlin empfohlenen Menschen sogar einen ganzen Monat zu warten. Aber dies war durchaus nicht notwendig, da die erwartete Person schon am anderen Tag erschien, sofort angenommen wurde und ihren Dienst als bescheidener Lakai unseres bescheidenen Haushalts antrat.

Der Mensch, den uns Pawlin empfohlen hatte, war etwas älter als er, aber viel offenherziger und gutmütiger. Er war ein ausgesprochen »guter Kerl«, hatte einen heiteren, offenen Charakter und zeichnete sich durch eine ungewöhnliche Sanftheit und Gefügigkeit aus, durch die er sich Vertrauen und Zuneigung bei allen erwarb; natürlich trug auch Pawlins Empfehlung nicht wenig dazu bei, der uns damit den ersten Dienst erwiesen hatte.

Bald darauf erwies er uns einen zweiten: Wir schickten uns an, den Sommer über aufs Land zu gehen und waren betrübt, daß wir den uns lieben Diener in der Stadtwohnung zurücklassen sollten; und was geschah? Kaum hatten wir beim Abendtee darüber gesprochen, als Tantchen am nächsten Morgen wieder eine Epistel erhielt. Pawlin teilte ihr in demselben lapidaren Stile mit, daß es durchaus nicht notwendig sei, jemand den Sommer über in unserer Wohnung zurückzulassen, da er selbst, Pawlin, sie »genügend, ohne jede Beschwerlichkeit beaufsichtigen könne«. Es war sehr verlockend, dieses Anerbieten anzunehmen, da es unsere Angelegenheit ausgezeichnet in Ordnung brachte, und die Frage drehte sich nur mehr darum, wie man Pawlin für seine Aufsicht entlohnen sollte. Zur Beratung über diese Frage wurde auch unser Diener zugezogen, aber er legte entschieden Protest ein:

»Pawlin Petrowitsch ist ein ehrgeiziger Mensch«, sagte er, »er tut dies ehrenhalber, und durch eine Bezahlung kann man ihn schrecklich beleidigen.«

Dabei blieb es auch: weder Mama noch Tante Olga konnte sich etwas ausdenken, wie man sich dem guten Pawlin erkenntlich zeigen könnte.

Pawlin wurde jetzt bei uns »der gute« genannt. So hatte er in unseren Augen seine Reputation zu Anfang der nun beginnenden Epoche geändert, in der er sich im Kampf mit Gefühlen zeigen mußte, die ihm allem Anscheine nach gar nicht eigen waren.

5.

Wir reisten ab und fanden bei unserer Rückkehr die während unserer Abwesenheit unbewohnt gebliebene Wohnung in peinlichster Ordnung vor; in die uns gegenüberliegende Wohnung waren jedoch neue Mieter eingezogen. Es waren dies eine junge Dame mit ihrer sehr alten Mutter und einer sechsjährigen Tochter, einem ungewöhnlich hübschen Kinde. Wir hatten mit diesen neuen Nachbarn natürlich nicht das geringste zu tun, aber Mamas und Tante Olgas Aufmerksamkeit wurde unwillkürlich auf einen gemeinsamen Familienzug in den drei Gesichtern unserer neuen Nachbarn gelenkt: alle drei standen in verschiedenen Lebensaltern, aber in ihren Gesichtern, in ihrer erlöschenden, blühenden und knospenden Schönheit lag gleichsam eine angeborene Trauer und eine fatale Vorherbestimmung zum Unglück.

Tante Olga trug vor allen Dingen Sorge, zu erfahren, ob sie Not litten und beruhigte sich erst dann wieder, als sie feststellte, daß die Familie einen Ernährer hatte. Es stellte sich nämlich heraus, daß die junge Dame einen Gemahl hatte, der als Regimentsarzt diente, und daß sie ohne

Not zu leiden lebten. Tantchen bekreuzigte sich und sagte: »Gott sei Dank!« Dieses »Gott sei Dank« bezog sich auf unsere Nachbarn und auch auf die Tante selbst, die in der ersten Nacht nach unserer Rückkehr in die Stadt geträumt hatte, daß Pawlin und seine Henkersknechte zu unseren Nachbarinnen gekommen seien und aus deren Fenstern alles in den Hof hinuntergeworfen hätten. Zur selben Zeit fuhr unten ein Sarg aus dem Hofe ab, und auf dem Sarge saß das hübsche Kind, mit den Zügen voll unabwendbarem Leid und Trauer. Hinter diesem Zuge ging Pawlin in seiner bunten Livree, mit Schärpe und Hut. In der einen Hand trug er den glänzenden Stab und eine Fackel und in der anderen – seinen eigenen abgeschnittenen Kopf; um ihn herum tauchten aber aus der Erde rosafarbene Vögel hervor. Sie stiegen schnell in die Höhe, wobei sie mit den Flügeln ein unerträgliches Pfeifen erzeugten, aber hoch oben fielen von ihren Flügeln weiße Federchen herunter, die sich, wie sie sich der Erde näherten, in Asche verwandelten. Einen Augenblick später war von der ganzen bunten Ausstattung Pawlins nichts mehr übrig, und er stand ganz schwarz, wie ein verbrannter Baumstumpf da. Jetzt hatte er auch wieder einen Kopf, aber einen so entsetzlichen, daß die Tante erschrak, aufschrie und erwachte, doch mit der Überzeugung, daß sie einen prophetischen Traum gesehen habe, der nicht ohne Folgen bleiben werde.

Die Tante irrte sich auch nicht: ihr Traum ging in Erfüllung, und den unanfechtbaren Pawlin erwartete eine schwere und verhängnisvolle Prüfung.

Es begann damit, daß wir, als wir an dem bitterkalten Neujahrsmorgen aufwachten, sahen, daß in der Wohnung unserer neuen Nachbarinnen drei Fenster herausgenommen waren. Mütterchen und die Tante begriffen sofort, daß dies die Arbeit unseres »guten« Pawlin war, und seufzten. Wie ich Ihnen schon sagte, herrschte draußen eine bittere Kälte, und man konnte sich unschwer vorstellen, was die armen Frauen jetzt durchmachen mußten, deren Wohnung Pawlin mitten im Winter in sommerlichen Zustand versetzt hatte. Offenbar mußten sie in ihren Zimmern ohne Fensterscheiben vor Kälte erstarren. Mama geriet infolge ihrer Nervosität in einen schrecklichen Zorn; mehrmals nannte sie den »guten« Pawlin einen Henker, einen Juden und einen Räuber, sie schickte sogleich das Mädchen zu unseren Nachbarinnen und ließ sie bitten, sie möchten ihr die Gefälligkeit erweisen und für eine Zeitlang eines unserer Zimmer beziehen, das auch in einem Nu zu ihrem Empfange hergerichtet war. Das Mädchen kehrte mit der Antwort zurück, daß drüben die gnädige Frau selbst nicht zu Hause sei – sie sei irgendwohin fortgegangen; die alte Mutter dagegen lasse für die Teilnahme danken, weigere sich aber entschieden, den Vorschlag Mamas anzunehmen. Die Absage der Greisin war damit motiviert, daß sie ihre Tochter erwarte und überzeugt sei, daß diese bald mit Geld zurückkommen werde. Sie würden bezahlen, und dann wäre alles wieder in Ordnung. Mama schickte eine zweite Botin hinüber und ließ bitten, man möchte wenigstens das kleine Mädchen zu uns herüberschicken, dem infolge der aus den Rahmen gehobenen Fenster eine Erkältung drohe. Diese Gesandtschaft war erfolgreicher: ich sehe noch, als wäre es soeben geschehen, wie man das sechsjährige Mädchen mit dem hübschen, aber gleichsam durch ein Siegel des Unglücks verdüsterten Gesicht zu uns brachte. Es gibt solche Gesichter, ich wenigstens bin ihnen mehrere Male begegnet. Die Kleine begriff damals die schwere Lage ihrer Familie offenbar noch nicht ganz, und als man sie von ihrem wattierten Seidenmäntelchen, in dem man sie in unser Vorzimmer gebracht hatte, befreite, war sie darauf bedacht, mit einer gewissen Grazie einzutreten und einen Knicks zu machen, was ihr auch vollauf gelang. Es war ihr anzusehen, daß man für ihre äußere Wohlerzogenheit und Manieren Sorge trug; übrigens waren damals Kinder, die weder manierlich eintreten, noch sich verbeugen konnten, noch nicht in Mode gekommen, und Fröbelsche Mütter gab es damals bei uns noch nicht.

Als wir die Kleine, welche Ljuba hieß, erwärmt hatten, kam ihre Mutter, auf deren Namen ich mich jetzt nicht mehr besinne, nach Hause. Unsere Dienstboten hatten gesehen, wie die junge Dame in ihre Wohnung gegangen war, aber zu unserem größten Erstaunen beeilte sie sich nicht, zu uns herüberzulaufen, oder nach ihrer Tochter zu schicken, und man brachte auch die ausgehobenen Rahmen nicht zurück, wie es in ähnlichen Fällen, wenn der Zahlungsrückstand erpreßt war, zu geschehen pflegte … Das waren schlechte Anzeichen: man konnte unschwer erraten, daß unsere arme Nachbarin ohne Geld heimgekommen war. Mutter und Tante Olga hatten dies auch augenblicklich verstanden, und die letztere eilte unverzüglich in die zerstörte Wohnung hinüber, kehrte eine Minute später wieder zurück, öffnete ihre kleine Schatulle und lief von neuem zu den Nachbarinnen. Zehn Minuten später bewegte sich die bekannte Prozession über den Hof: die Hausknechte, die Fensterrahmen, Hammer, Zange, Nägel, der Blechkübel mit dem Kitt und zuletzt der bunte Pawlin mit seinem mich auch jetzt noch zittern machenden Zinsbuch. Es war leicht zu erraten, daß die gute Tante Olga das nötige Geld aus ihrer eigenen Schatulle geholt hatte und daß unsere Nachbarinnen es angenommen und ihre Wohnung bezahlt hatten, die auch unverzüglich darauf in Ordnung gebracht und geheizt wurde. Da aber die Zimmer, die einige Stunden ohne Fenster gestanden hatten, erheblich abgekühlt waren, ließen Mama und die Tante nicht nur die kleine Ljuba nicht nach Hause, sondern bewegten auch deren Mutter, für den ganzen Tag zu uns herüberzukommen. Man bat auch Ljubas Großmutter mitzukommen, aber die Alte dankte höflich, wollte durchaus nicht kommen und blieb in der Wohnung zurück. Die Mutter Ljubas saß bis Mitternacht bei uns und erzählte bitter weinend, daß ihr Mann in einem der damals in Ungarn stehenden russischen Regimenter als Arzt diene, daß sie keinerlei Vermögen besäßen, aber daß sie, bevor ihr Mann mit dem Regiment ins Feld gezogen war, ohne Not gelebt hätten. Anfangs habe er Mittel zu ihrem Unterhalt geschickt, aber mit einem Male, seit zwei Monaten habe er nichts mehr von sich hören lassen, und sie hätten seit dieser Zeit weder eine Nachricht, noch ein Lebenszeichen von ihm gehabt.

»Gott weiß«, sagte die Dame schluchzend, »vielleicht … ist er schon nicht mehr am Leben, oder in Gefangenschaft, oder es ist ihm etwas noch Schlimmeres widerfahren – und dann … mein armes Kind … mein armes Kind, was wird mit ihm werden?«

Dabei schaute sie auf Ljubotschka, die ich unterhielt. Ich hatte sie in einen Sessel gesetzt und kniete vor ihr. Die Mutter wandte sich rasch weg, bedeckte die Augen mit der Hand und sagte aufseufzend:

»So dunkel, so dunkel. Ich kann nicht in diese Dunkelheit schauen!«

Sie begann plötzlich zu zittern, stürzte auf das Kind zu, drückte es an ihre Brust und erstarrte.

Tante Olga wußte mehr: sie wußte, daß der Ernährer dieser Waisen nicht mehr auf dieser Erde war. Entweder hatte ihn eine ungarische Kugel getroffen oder das Fieber umgebracht. Die Großmutter wußte es und hatte es Tante Olga gesagt, damit sie ihr behilflich sei, der armen Witwe die verhängnisvolle Nachricht zu eröffnen und das Schreckliche ihrer hilflosen Lage begreiflich zu machen.

Die Tante führte wohl diesen traurigen Auftrag irgendwie aus, obwohl ich nicht weiß, wie und wo sie es tat, weil meine nervöse und empfängliche Mama nach diesem Tage um nichts in der Welt in unserer Wohnung bleiben wollte und wir in der Tat so bald wie möglich in ein anderes Haus zogen, wo es weder einen Pawlin noch grausame Hausordnungen gab, die er mit solcher Strenge ausführte.

6.

Mama ging, wie sehr viele für Eindrücke empfängliche Frauen, vor allem Szenen aus dem Wege, die sie durch ihre Hartherzigkeit erregten, und bemühte sich, *sie nicht zu sehen*. Die Nerven Tante Olgas waren dagegen stärker, und sie scheute sich auch nicht, dem Leid ins Angesicht zu schauen; so verließ sie auch unsere Nachbarinnen nicht und besuchte sie von unserer neuen Wohnung aus. Das feine Zartgefühl der Tante erlaubte es ihr wahrscheinlich nicht, sie zu fragen, ob sie für den kommenden Monat bezahlen könnten, aber sie wachte darüber, wie bei ihnen der Tag des neuen Termins vorübergehen werde. Ich erinnere mich, wie besorgt und mit welch großherziger Unruhe sie den Tag im Gedächtnis behielt, in der Sorge, ihn zu übersehen, und wie sie, als er dann anbrach, am frühen Morgen in das Haus eilte, wo unsere armen Nachbarinnen in der Gewalt Pawlins zurückgeblieben waren. Sie lief in den Hof und sah gleich zu ihren Fenstern hinauf ... die Rahmen waren an ihrem Platze. Die Tante beruhigte sich. Es verging noch ein Monat, die Tante gab wieder genau so auf den Termin acht, eilte wieder mit dem Geld in der Tasche zu unseren ehemaligen Nachbarinnen und traf wiederum alles in voller Ordnung und Ruhe an. Die Wohnung war wenigstens warm, wenn sie auch sichtlich allmählich leerer wurde. Im dritten Monat starb bei den armen Mietern die alte Großmutter ... Es gingen seltsame Gerüchte: man erzählte, sie habe sich mit Phosphorstreichhölzern vergiftet, und zwar bei voller Besinnung und im Bewußtsein ihrer Tat. Sie habe den Phosphor nämlich nicht in Wasser oder Spiritus aufgelöst, wie es die Mehrzahl der sich auf diese Weise Vergiftenden tut, sondern in Öl, in dem sich der Phosphor ganz löst. Man sagte, sie habe sich einzig zu dem Zwecke vergiftet, um ihrer Tochter nicht zur Last zu fallen, die die Alte nicht verlassen wollte und Not litt, da sie jetzt nur billige Stunden geben konnte, während sie mit dem Mädchen allein irgendwo als Lehrerin oder als Gouvernante unterkommen konnte. Die Großmutter wollte ihrer Tochter die Hände frei machen und machte sie auch mit bewundernswerter Ruhe frei. Ob alle diese Gerüchte über die Vergiftung zutreffend waren, weiß ich nicht gewiß, jedoch begrub man die Greisin ohne alle polizeilichen Geschichten. Aber ihre Rechnung erwies sich als unrichtig: obwohl sie der Tochter die Hände frei gemacht hatte, erhielt diese die gewünschte Stelle nicht – im Gegenteil, sie lief auch weiter herum, um ihre billigen Stunden zu geben, und untergrub damit ihre zerrüttete Gesundheit so gänzlich, daß schließlich eine kleine Erkältung hinreichte, damit sich aus ihr eine schwere Krankheit entwickelte, die binnen weniger als einem Monat diese arme Frau ins Grab brachte.

Sie starb und hinterließ ihrer Tochter nichts, weder Vermögen noch gute Menschen. Auch meine gute Tante Olga war damals nicht in der Stadt, sondern zu Verwandten in eine andere Stadt gefahren und kehrte an einem sehr trüben Morgen zurück, als ein dürftiger Leichenwagen mit einem Sarge über den schmutzigen Februarschnee nach dem Wolkowschen Friedhofe fuhr. Auf demselben Wagen saß am Kopfende des Sarges die weinende Ljuba, und hinter ihm ging – Pawlin. Mit einem Wort, alles war genau so, wie es Tante Olga damals im Traum gesehen hatte. Pawlin ging unbedeckten Hauptes und des traurigen Anlasses halber in einem alten grauen Wolfspelzmantel. Tante Olga geriet über diesen Vorfall in schreckliche Unruhe, besprach sich mit Mama und beschloß, die verwaiste Ljuba zu uns zu nehmen, bis es gelingen würde, etwas für sie zu unternehmen. Aber all das erwies sich als überflüssig: Ljuba war bereits untergebracht und wahrscheinlich nicht schlechter, als wir sie mit unseren sehr beschränkten Mitteln und ohne gewichtige und bedeutsame Verbindungen hätten unterbringen können. Der Urheber dieser Fürsorge für das verwaiste Mädchen war derselbe Pawlin, der sie zwei Monate vorher zusammen mit ihrer Mutter und Großmutter hatte ausfrieren lassen.

Als Tante Olga ihre Besprechung mit Mama beendet hatte, ging sie in Pawlins Portiersloge, um von ihm zu erfahren, wo Ljuba sei – aber sie fand ihn nicht auf seinem gewohnten Sessel. Das war wohl das erstemal, daß Pawlin seine Verpflichtungen versäumte, seit er in diesem Hause die bunte Livree angezogen und den glänzenden Stab in die Hand genommen hatte.

Von jemand, den sie nach dem Portier fragte, erfuhr die Tante, daß er vom Friedhofe schon nach Hause zurückgekommen sei und das Kind auf dem Arm in sein Zimmer getragen habe.

Die Tante besann sich nicht lange, sondern ging auf das unantastbare Appartement Pawlins zu und öffnete die Türe. Sie erblickte ein sehr kleines Zimmerchen mit einem kleinen Diwan, auf dem die weinende Ljuba saß, während vor ihr Pawlin kniete und dem Kind das nasse Schuhzeug wechselte.

Beim Eintritt der Tante stand er auf, verbeugte sich höflich vor ihr und sagte:

»Gnädigste geruhen sich wegen des Fräuleins zu bemühen?«

»Ja«, antwortete Tantchen.

»Geruhen Sie es mitnehmen zu wollen?«

»Ja.«

»Wie es Ihnen beliebt.«

Die Kleine schmiegte sich an die Tante, und wir nahmen sie bei uns auf. Gegen Abend desselben Tages erschien Pawlin bei uns und bat, der Tante zu melden, daß er gekommen sei, um mit ihr über die Waise zu sprechen.

Man ließ Pawlin in den Salon, wohin die Tante zu ihm herauskam. Sie sprachen ungefähr eine halbe Stunde, nach deren Verlauf Pawlin fortging, während die Tante voll Entzücken über den Verstand und die Charakterfestigkeit Pawlins zu Mama zurückkam.

Pawlin hatte der Tante gesagt, daß er Ljuba unter seine Fürsorge nehmen wolle, daß er aber nicht darauf bestehe, wenn das Mädchen besser untergebracht werden könnte. Und um der Tante die Möglichkeit zu geben, sich ein Urteil über seine Mittel und seine Zuverlässigkeit zu bilden, sei er gekommen, um ihr das Nötige aus seiner Vergangenheit zu erzählen und ihr seine jetzige Lage und seine Pläne bezüglich Ljubas darzulegen. Nach seinen Worten war er Leibeigener gewesen und als Musiker ausgebildet worden, jedoch ohne die Musik zu lieben, dann war er Kammerdiener geworden; später hatte er sich um einen hohen Preis freigekauft, zunächst seine eigene Person allein; nachdem er aber durch Arbeit und Sparsamkeit eine für seine Lage ziemlich große Summe zusammengebracht hatte, kaufte er auch seine alte Mutter, seine Schwester und seinen Schwager frei und verschaffte ihnen an der großen Tulaschen Landstraße einen guten Wirtshof. Außerdem hielt er sich für verpflichtet, die Wirtschaft dieser Verwandten zu unterstützen, und hatte daher selbst nicht geheiratet, sondern nur für seine Verwandten gelebt. Vor einem Monat jedoch war die Nachricht gekommen, daß alle seine Angehörigen eines nach dem anderen an der Cholera gestorben waren. Nun sei er ganz allein zurückgeblieben und habe gefunden, daß die Zeit zu heiraten für ihn schon vorüber sei. Daher drückte Pawlin den Wunsch aus, den Rest seiner Tage der Waise Ljuba zu widmen, die ihm in ihrer Lage außerordentlich leid täte.

Diese gütige Regung rührte die Tante derart, daß sie Pawlin die Hand gab und ihn sich setzen ließ, um ihr ausführlich seinen Plan zu entwickeln, den er bezüglich Ljubas zu verfolgen gedachte. Die Tante war überzeugt, daß der bedächtige Pawlin, als er sich entschlossen hatte, das Kind in seine Hände zu nehmen, ganz bestimmt klare Absichten hatte, mit deren Verwirklichung er auch rechnete, und sie hatte sich auch nicht geirrt. Pawlin hatte in der Tat einen Plan, dazu einen sehr genauen und auch ausführbaren, der durchaus der Solidität und Festigkeit seines Charakters entsprach. Er hatte sich nicht nur darauf vorbereitet, das Mädchen aufzunehmen und es zu ernähren, sondern er hatte sich auch den ganzen Weg zurechtgelegt, auf dem es ins Leben treten und darin festen Fuß fassen sollte. Dabei bewies er einige Charakterzüge, die bisher an ihm unbemerkt geblieben waren, vor allem aber Geradheit, Bescheidenheit und Verachtung für das eitle hochfliegende Trachten eines Menschen. Pawlin hatte für die Waise ein vielleicht sehr bescheidenes Schicksal ausersehen: er sagte der Tante, daß er beabsichtige, Ljuba zu einer ihm bekannten sehr guten Dame in die Schule zu geben, wo das Mädchen innerhalb von vier Jahren das seiner Ansicht nach unbedingt notwendige Wissen erlernen sollte, d.h. also Lesen, Schreiben, Religion und Arithmetik, aber ebenso auch »die historischen Begebenheiten«. Dann wollte er sie fortgeben, um sie Handfertigkeiten erlernen zu lassen; für den Zeitpunkt ihres Austritts aus dieser Lehre beabsichtigte er aber Geld zusammenzubringen, um damit einen Laden für sie zu eröffnen und sie später mit einem ehrenhaften Menschen zu verheiraten, »der ihrer wert sei«. – »Dies«, sagte er, »meine ich, wird das Sicherste sein, denn an das vornehme Leben kann man sich immer, wenn es das Schicksal will, sehr leicht gewöhnen, aber vor allem muß der Mensch die Mittel haben, um auf sich selbst zu vertrauen.«

Der Tante, die selbst immer sehr verständig und einfach war, gefiel dieser einfache und praktische Erziehungsplan außerordentlich gut, während meiner Mama Pawlins Plan nicht so ganz entsprach: sie fand, daß niemand das Recht habe, auf solche Weise »die Zukunft der armen Waise zu verunstalten, im Gegensatz zu der Zukunft, zu der sie ihrer Herkunft nach berechtigt sei.« Hierüber konnten sich Mama und Tante durchaus nicht einig werden, und sie hätten wahrscheinlich noch lange darüber gestritten, hätte sich nicht der Zufall in die Angelegenheit eingemischt und alles auf seine Weise entschieden: die Gesundheit meiner Mutter erforderte einen Klimawechsel, und sie mußte zu ihrem Bruder in eine Stadt weit ab von Petersburg fahren. Ich wurde in Petersburg in eine Pension gegeben, während meine gute Tante in eine andere Gegend reiste und sich dort auf ganz eigentümliche Weise einrichtete: sie trat in ein einsames, hinter Kiew gelegenes Frauenkloster am Dnjepr ein. Die verwaiste Ljuba mußte man also, ob man wollte oder nicht, der ausschließlichen Fürsorge Pawlins anvertrauen, dessen Eifer, das Kind unterzubringen, und dessen Mittel, dies alles zu tun, die unseren fast überstiegen. Außerdem beruhigten auch die sittlichen Bürgschaften, die Pawlin ihr beim Abschied gab, die Tante sehr wesentlich über das Schicksal Ljubas. Pawlin hatte sich ihr gegenüber folgendermaßen ausgesprochen:

»Ich weiß, gnädiges Fräulein«, sagte er, »daß man mich für einen bösen Menschen hält, aber das kommt nur daher, weil ich der Meinung bin, daß jeder Mensch vor allem seine Schuldigkeit tun muß. Ich habe kein grausames Herz, aber ich weiß aus Erfahrung, daß jeder an seiner Not selbst viel Schuld trägt, und daß man durch Nachsicht die Menschen noch mehr dazu verleitet. Man darf einem Menschen nicht durch Nachgiebigkeit helfen, die nur noch schwächer macht, sondern man muß ihm helfen, auf seinen Füßen zu stehen und über sich selbst gründlich nachzudenken, damit er sich selbst vor unbarmherzigen Menschen in acht nehmen kann.«

Mama und die Tante weinten zwar noch über Ljuba, aber dann überließen sie das Mädchen Pawlin, damit er nach seinem Willen aus ihr eine Frau ohne Schwäche mache, die sich selbst beschützen könne. Aber es kam so, daß das kleine Mädchen aus diesem starken Mann etwas machte, woran er wohl schwerlich gedacht hatte.

7.

Die Zeit verging. Pawlin erzog Ljuba genau so, wie er es meiner Tante bei ihrem ersten Gespräch über die Waise versprochen hatte. Während ich die letzten Jahre in der Gymnasial-Pension verbrachte, lernte Ljuba in einer Privatschule bei einer Dame, welcher Pawlin für den Unterricht und Unterhalt seiner Pflegebefohlenen mit der ihm eigenen Pünktlichkeit zahlte. Ljuba eignete sich hier zwar keine großen Kenntnisse an, aber immerhin mehr, als Pawlin als nötig und nützlich für sie befunden hatte. Von meinen eigenen Angelegenheiten in Anspruch genommen, hätte ich Ljuba wohl ganz vergessen, wenn ich sie nicht kurz nach meinem Eintritt in die Universität zufällig auf der Straße getroffen hätte. Ich erkannte sie sofort wieder und freute mich sehr über sie. Ich war damals achtzehn Jahre, während Ljuba ins vierzehnte ging. Sie war im Erblühen und versprach ein sehr hübsches Mädchen zu werden. Sie hatte sich zu einer äußerst zierlichen und graziösen Mignongestalt entwickelt. Das Köpfchen umgaben dichte, gewellte Haare von ungemein sympathischer, goldig glänzender Färbung, dazu hatte sie schwarze Augenbrauen und dunkle Wimpern, unter denen die großen dunkelblauen Augen hervorschauten. Ich war von ihrer Schönheit so überrascht, daß ich es gegen meinen Willen nicht verbergen konnte, und so wurden wir beide verwirrt und trennten uns, ohne miteinander gesprochen zu haben. Später, noch in demselben Jahre, traf ich sie wieder bei einer Frühmesse in einer Kirche, wo sie, noch mehr erblüht, vor Pawlin stand, der sie, wie es mir damals schien, mit tiefer Zärtlichkeit ansah. Die acht Jahre waren an Pawlin nicht ganz spurlos vorübergegangen, ihre Wirkung war aber nicht irgendwie zerstörend gewesen: er fing nur an, grau und etwas stärker zu werden, aber für seine fünfzig Jahre war er immer noch jugendlich. An seinem Ausgehanzug hatte sich nichts geändert. Ljuba war bescheiden, aber sehr reinlich gekleidet und hielt sich wie ein vornehmes Fräulein. Pawlin erschien in seiner abgetragenen braunen Pekesche wie ihr Onkel. Wie ich Ihnen schon gesagt habe, stand er hinter Ljuba; auf dem Arm hielt er ihren Regenmantel und ihr gestricktes Kamelgarn-Halstuch, das sie abgenommen hatte, da es in der Kirche ziemlich heiß war. Allen war es heiß, aber es schien, als sei Ljuba besonders matt und erhitzt; sie glühte wie eine Mohnblume und erschien mir unruhig und zerstreut; was jedoch noch merkwürdiger war, ihre sichtliche Spannung schien sich in dem Maße zu steigern, als sich der Gottesdienst dem Ende näherte. Mir schien es, als hinge ihre Gespanntheit mit meinem unerwarteten Auftauchen vor ihr zusammen, denn sie hatte mich gesehen und augenscheinlich erkannt und unaufhörlich mit ihren großen Pupillen unter den dunklen langen Wimpern angeschaut. Das Folgende überzeugte mich, daß ich mich nicht geirrt hatte. Als ich nach Schluß der Messe zu Ljuba trat, wie Pawlin ihr gerade ihren Mantel gab, erreichte ihre Spannung den Höhepunkt. Sie nickte mir kaum mit dem Kopfe zu und zog sich hastig an, wobei sie mit der Hand stets am Ärmel vorbeifuhr, während in ihren niedergeschlagenen Augen eine große Träne glänzte. Es war aber nicht eine Träne der Rührung oder Güte, sondern kam eher von Gereiztheit und Verdruß. Zweifellos litt Ljuba darunter, daß ich sie *mit einem Lakai* sah und dabei nicht in einer Verbindung, in der ein Lakai für die menschliche Eitelkeit angenehm ist. Pawlin gab sich durchaus nicht den Anschein, als bemerke er es, aber ich war überzeugt, daß er alles sah und verstand. Indes wurde er augenscheinlich nicht verwirrt, sondern handelte wie immer genau und gewissenhaft, d.h. er half Ljuba in den Mantel und zupfte diesen zurecht, ohne dabei mehr Aufmerksamkeit als ein Diener zu zeigen. Ljuba schien aber auch dies nicht zu gefallen; sie zierte sich und hielt ihn sich vom Leibe, wie ein Täubchen eine ihre Bekanntschaft suchende Saatkrähe.

In mir regten sich alte Erinnerungen. Ich entsann mich der Hochschätzung, die meine gute Tante für diesen rauhen Menschen geäußert hatte, der jede übernommene Pflicht mit so großer Achtsamkeit erfüllte – und ich mußte mich über Ljuba ärgern. Ich reichte gleichzeitig ihr die rechte, Pawlin die linke Hand und sagte zu ihm so liebenswürdig, wie ich nur konnte:

»Ich freue mich sehr, Sie zu sehen, Pawlin Petrowitsch, verzeihen Sie, daß ich Ihnen die linke Hand gebe, aber sie ist dem Herzen näher als die rechte.«

Er drückte meine Hand sehr kräftig, und mir schien es, als glänze auch in seinen Augen eine Träne, aber eine andere als bei Ljuba. Dies war ihr nicht entgangen, und sie hob ihre niedergeschlagenen Augen; sie schien froh, daß zwischen uns dreien eine Art Gleichheit hergestellt war und strahlte darüber. Pawlin war äußerlich der gleiche, aber doch schien etwas an ihm eine leise verhaltene Zufriedenheit auszudrücken.

»Wie sich Ljubow Andrejewna verändert haben«, sagte er beim Verlassen der Kirche zu mir. »Ganz erwachsen ist sie.«

»Ja erwachsen und ...« Ich wollte sagen: »und hübsch geworden«, fand aber, daß es sich nicht gehöre, ihr das zu sagen und fügte nur hinzu, daß ich sie kaum erkannt hätte.

»Wieso auch«, antwortete Pawlin, »als Sie uns damals verließen, war sie noch ganz ein Kind ... und jetzt ist sie fünfzehn Jahre.«

Ich wunderte mich ganz dumm darüber, daß seit dem Tage, an dem Ljuba verwaiste, schon neun Jahre verflossen seien, und damit war unser Gespräch zu Ende. Am nächsten Sonntag aber traf ich Ljuba und Pawlin in derselben Kirche wieder, und diese Begegnungen wurden immer häufiger, bis ich schließlich einmal Pawlin ohne Ljuba in der Kirche erblickte und mich erkundigte, was dies zu bedeuten habe.

»Sie ... Ljubotschka ... ist nicht ganz gesund«, antwortete der Portier. In Ljubas Anwesenheit nannte er sie aber nie anders als Ljubow Andrejewna. –

Ich fragte, was denn mit ihr geschehen sei.

Pawlin besann sich, nahm die Hände auseinander und flüsterte dann unwillig:

»Es muß wohl von der Einbildung herkommen!«

»Ist denn Ljubotschka sehr ängstlich?« fragte ich.

»Nein, – wenn Sie die Angst vor einer Krankheit meinen, nein. In dieser Beziehung ist sie nicht ängstlich, sogar im Gegenteil, sie nimmt sich nicht in Acht. Aber ... ja ... ihr Charakter hat wohl etwas derartiges ...«

Damit trennten wir uns und sahen uns lange nicht mehr, aber an einem Herbstabend kam plötzlich Pawlin ganz unerwartet zu mir, war voll Unruhe und erzählte, daß Ljuba erkrankt sei.

»Sie kam«, berichtete er, »am vergangenen Samstag abend auf einen Augenblick zu mir, wurde plötzlich ohnmächtig und versetzte uns alle in Schrecken. Anna Ljwowna schickten ihren eigenen Arzt und kamen sogar selbst, und auch der junge Herr. Aber jetzt geht es ihr besser. Sie hat ein wenig geschlafen und beim Aufwachen gesagt: ›Ich möchte so gerne etwas über meine Mama hören!‹ Haben Sie die Güte, besuchen Sie sie und sitzen Sie ein wenig bei ihr. Sie erinnerte sich an Sie, und ich bemerkte, daß sie mit Ihnen von ihrer Kindheit sprechen wollte, da Sie ihre Mutter gekannt haben. Sie können der Kranken damit eine große Freude bereiten.«

Ich stand auf und ging.

»Aber wissen Sie, wenn sie viel fragen sollte, so erzählen Sie ihr nicht alles«, sagte er noch, als er mich in sein Portierzimmerchen hineinführte.

Dieses Zimmer, das ich jetzt zum ersten Male sah, war sehr klein, aber außerordentlich sauber und anheimelnd. Es schien mir auf den ersten Blick ein hübsches Kästchen zu sein, in dem eine hübsche sächsische Porzellanpuppe liegt: diese Puppe aber war die fünfzehnjährige Ljuba.

8.

Pawlin ließ mich mit Ljuba allein und ging selbst hinaus, um für den Tee zu sorgen. Ljuba saß in einem Sessel, und ihre mit einem alten, aber sehr sauberen Plaid bedeckten Füße ruhten auf einem Schemel. Ich begrüßte sie, drückte ihr meine Freude aus, daß es ihr besser gehe, und setzte mich ihr gegenüber an das Tischchen.

Sie gab mir keine Antwort, sondern seufzte auf und machte eine kleine Grimasse, die ich für den Ausdruck einer Schmerzempfindung hielt. Ich hatte mich aber getäuscht: Ljuba hatte mir durch ihre Grimasse zeigen wollen, daß sie unzufrieden und untröstlich sei.

»Ich bin gar nicht froh, daß ich wieder gesund werde«, sagte sie schließlich zu mir und warf ihre Lippe auf.

»Nicht froh! Wie, gefällt Ihnen denn das Kranksein?« entgegnete ich, in dem Bemühen, das Gespräch auf einen scherzhaften Ton einzustellen. Aber Ljuba wurde noch mürrischer und sagte:

»Nein, nicht Kranksein, sondern st...«

»St...?« antwortete ich und versuchte die Sache ins Heitere zu ziehen. »Es ist für Sie noch früh, um zu ›st...‹«.

»Ich bin sehr unglücklich«, flüsterte die Kranke, und die Tränen flossen in Strömen über ihre beiden Wangen.

Ich bemühte mich, sie mit allgemeinen Trostreden zu beruhigen, wie, daß ihr ganzes Leben noch vor ihr liege und daß auf eine schwere Zeit eine bessere folge, allein sie winkte mir mit der Hand ab und sagte ungeduldig:

»Mich erwartet nichts Besseres.«

»Warum?«

»Es ... ist mir einmal so beschieden.«

Ich sah sie an und fand nichts, was ich ihr hätte erwidern können. In ihren Worten klang nicht etwa eine augenblickliche krankhafte Stimmung, sondern in der Tat etwas Verhängnisvolles, und über ihrem ganzen Wesen lag etwas Unabwendbares und Schicksalhaftes. Ihr junges Gesichtchen erinnerte mich an die Gesichter ihrer Großmutter und ihrer Mutter. Unser Gespräch stockte und ging nicht mehr weiter fort. Ljuba fragte mich auch nicht über ihre Vergangenheit, wie es Pawlin erwartet hatte, sondern schwieg und war zornig. Worüber aber? Offenbar über ihre Lage. Wem gab sie nun daran die Schuld? Der Vorsehung, die es so eingerichtet hatte? Nein; sie hatte anscheinend einen anderen Schuldigen im Sinne. Und mir schien es fast, als sei dieser Schuldige Pawlin. Mein Verdacht sagte mir, daß es wahrscheinlich kurz vorher zwischen ihnen eine Szene gegeben habe, die Pawlin quäle, und daß er Ljuba nicht mit seiner Anwesenheit belästigen wolle, aber gleichzeitig bedauere, sie allein zu lassen, deshalb habe er mich selbst geholt, ohne daß sie den Wunsch geäußert hatte. Und ebenso sagte mir ein vielleicht nicht ganz begründeter Verdacht, daß Pawlin sich mit Ljuba ein Unheil zugezogen habe. Ljuba erschien mir als ein über alle Maßen empfindliches, launisches und eitles Mädchen, und ich wußte schon damals, daß es für einen ernsten Menschen nicht leicht ist, mit einem solchen Wesen auszukommen. Mir kam es vor, als beruhe das ganze Leiden Ljubas in der Hauptsache darauf, daß sie in der Portierloge wohne und nicht in der Beletage, und daß sie *einem Lakai* und nicht dessen Herrin zu Dank verpflichtet sei ...

Ich war voller Mitleid mit Ljuba gekommen, begann aber unwillkürlich Pawlin zu bemitleiden. Es hatte den Anschein, als kapituliere er vor ihr und fühle nun, daß er von Geburt nur ein Lakai, während sie, die ihm in allem verpflichtet war, von Geburt ein gnädiges Fräulein sei, das ihm die Macht der Gewohnheit als ein über ihm stehendes Wesen anzuerkennen zwang. Auch Ljuba hatte zweifellos ihren Vorrang vor ihrem Erzieher bemerkt und war nicht großmütig genug, um bescheiden und dankbar zu sein. Als sie mit mir ins Gespräch kam, erzählte sie mit besonderer Lust, daß heute und gestern Anna Ljwowna selbst sie besucht hätte, auch ihr ältester Sohn Woldemar, der eben erst Kornett bei einem eleganten Gardekavallerieregiment geworden sei. Die sonst so mürrische und schweigsame Ljuba verbreitete sich außerordentlich gern über diesen Besuch und darüber, daß »sie mit ihr französisch gesprochen hätten, weil sie wollten, daß Pawlin ihr Gespräch nicht verstehe«, dabei betrachtete sie aufmerksam das Flacon mit Riechessig, das ihr die alte Generalin gelassen hatte, und roch daran. Nach diesem Gespräch war ich endgültig davon überzeugt, daß man Ljuba, um sie zu heilen, wie eine kleine Katze an einen anderen Ort bringen, d. h. aus der Portierloge in die Beletage versetzen müsse. Bald darauf zeigten mir die Ereignisse, daß ich mich nicht geirrt hatte.

Nach ihrer Wiederherstellung hielt sie sich in der Beletage bei der Generalin auf, und die junge Ljuba fand einen Trost darin, daß sie wenigstens einige Stunden am Tage hier verweilen durfte. Es fiel ihr nun so schwer, in die Werkstätte zu gehen, in die sie Pawlin gegeben hatte, daß sie einzig bei dem Gedanken daran aufs neue krank wurde. Pawlin wußte nicht, was er mit ihr tun solle; er beklagte sich nur darüber und sagte:

»So sind die Menschen! ... Hm! ... Wissen Sie, da haben ihr die Freundinnen gesagt, daß sie edler Herkunft sei! Und jetzt will sie nicht mehr. Aber was ist die edle Herkunft? – Dummheiten!«

Ljuba zu nötigen, sie zu zwingen, gegen ihren Willen in die Werkstätte zu gehen – dem gegenüber war der unbeugsame Wille Pawlins machtlos. Sie zu sich in sein kleines Kämmerchen zu nehmen, fand er untunlich und unschicklich, da Ljuba schon ein beinahe ganz erwachsenes Mädchen war. Mit einem Wort, die Sache ging durchaus nicht dorthin, wohin Pawlin sie hatte lenken wollen; und was denken Sie, daß er tat, um alle diese Schwierigkeiten ins Reine zu bringen? Ich wette, Sie werden es nicht erraten! ... Binnen Jahresfrist heiratete Pawlin diese sechzehnjährige Ljuba, dieses hohle, anmaßende Mädchen, das in seiner grausamen Unnatur ihn verachtete, und Sie wären ungerecht, wenn Sie auch nur einen Augenblick glauben würden, Pawlin habe direkt oder indirekt Ljuba dazu genötigt. Durchaus nicht: das junge Mädchen hatte es selbst gewollt. Aber wie ihr das einfiel, das will ich Ihnen gleich erzählen.

9.

Wie verloben und verheiraten sich bisweilen die Menschen? Gute Beobachter bestätigen, daß vielleicht bei keiner anderen Angelegenheit der menschliche Leichtsinn derart erschreckend zum Vorschein kommt, wie bei den Eheschließungen. Man sagt, daß selbst verständige Menschen sich ein Paar Stiefel mit viel mehr Aufmerksamkeit kaufen, als sie aufwenden, um sich einen Lebensgefährten auszuwählen. Und es ist in der Tat durchaus nicht selten, daß bei dieser Wahl nichts als der blinde und lächerliche Zufall waltet. So verhielt es sich auch mit Pawlin und Ljuba.

Ljuba wollte nur nicht in den Laden gehen, wo ihr irgendein Mädchen eine Grobheit gesagt hatte, und darum schmollte sie und schmeichelte sich unter die Fittiche Anna Ljwownas, klagte und jammerte, daß sie wieder dorthin gehen sollte, wo die Menschen so ungebildet und grob seien, daß sie die Vorzüge ihrer Herkunft nicht zu schätzen verstehen, sondern sich im Gegenteil dafür an ihr rächten.

»Ja, sicher rächen sie sich an dir«, erwiderte Anna Ljwowna und schaute Ljuba dabei an.

Sie saßen beide in einem behaglichen Kabinett und arbeiteten beim Schein einer matten Lampe.

»Weshalb will dich denn dieser Pawlin noch lernen lassen? Ich verstehe das nicht!« fuhr Anna Ljwowna fort und betrachtete dabei Ljubas Arbeit: »Meiner Meinung nach bist du jetzt schon eine vortreffliche Meisterin.«

»Er will mir einen Laden aufmachen ...«

»Er ... Erlaube mir, dir zu sagen, daß dieser deiner ein schrecklicher, bunter Hanswurst ist. Wozu wird er dir einen Laden aufmachen?«

»Was soll er mit mir sonst anfangen?«

»Was er anfangen soll? Sehr einfach! Ich verstehe nicht, weshalb er dich nicht heiratet!«

Das Mädchen war verblüfft und schwieg. Sie hatte bis jetzt kaum noch ans Heiraten gedacht und sich ihren Erwählten jedenfalls durchaus nicht in Pawlin vorgestellt. Die Generalin sah, daß der Gedanke, den sie ausgesprochen hatte, Ljuba noch nicht in den Kopf ging, daß sie aber vor ihm auch nicht erschrak und daß er anscheinend recht gut in ihrem Kopfe Platz finden werde.

»Natürlich«, fuhr die Generalin fort. »Du glaubst vielleicht, daß es leicht sei, Modistin zu sein, jeder Fratze vorzulügen: ›Das ist hübsch, das steht Ihnen gut‹, es jeder Laune recht zu machen und vor jeder auf den Knien zu liegen, um Maß zu nehmen? Wenn du aber heiratest ... so ist es viel besser für dich. Besonders wenn du Pawlin nimmst: dann werden wir uns beide nie trennen; du wirst bei uns sein, um den Gästen Tee und Kaffee zu servieren, und ich werde dir etwas für deine Garderobe zahlen. An den Abenden werden wir zusammen sitzen, gemeinsam arbeiten und warten, bis Wolodja kommt und uns erzählt, was es alles gibt. Wolodja unterhält sich sehr gern mit dir, und du wirst immer wie eine Verwandte in unserem Hause sein.«

Ljuba wurde rot und schwieg; auf ihren Wimpern glänzten Tränen. Die Generalin aber sprach weiter:

»Und bedenke, wenn du einen Laden aufgemacht hast und irgendwann einen jungen Menschen heiratest, vielleicht sogar einen ungebildeten, sagen wir, einen Handwerker oder sogar einen Künstler – etwas Besseres erwartet dich doch nicht. In solcher Gesellschaft gehst du zugrunde. Aber einen Anderen, höher Gestellten zu heiraten ist für dich schwierig, denn du bist nicht so gestellt.«

»Ich weiß es«, brachte Ljuba hervor, ihre Tränen hinunterschluckend.

»Gut, daß du so verständig bist! Pawlin aber ist zwar nicht mehr jung, aber ein Mensch von seltenen Grundsätzen, er wird dir nie Schwierigkeiten machen. Ich kenne ihn seit mehr als zwanzig Jahren, und er war immer ehrlich, immer vernünftig, immer ordentlich; wenn ich auch nicht glaube, was die Leute schwatzen, daß er sich bei mir gehörig Geld verdient habe, aber er ist immerhin ein sparsamer Mensch und hat bestimmt einiges Geld zurückgelegt. Dieses Gesparte wird er nun für dich ausgeben. Ja, meine Gute, so ist es! Und du bist es auch wert. Und schließlich handelt es sich doch nur darum; denn was kann ihm angenehmer sein, als eine junge und so hübsche Frau herauszuputzen? Glaube mir, die Leute in seinem Alter sind viel zuverlässiger, als alle diese Windbeutel, als z. B. dieser Künstler, der herkommt, um mein Porträt zu malen und dich immer angafft.«

Ljuba erglühte: sie hörte zum ersten Male, daß die Männer sie angafften, zudem hörte sie es aus dem Munde einer so soliden Frau, wie die Generalin, zu der das junge Mädchen wie ein Grashalm nach der Sonne strebte. Es war ihr angenehm, daß sich Anna Ljwowna ihrer so annahm; ihre Nerven gingen durch, sie warf die Arbeit von den Knien, stürzte sich weinend an die Brust der Generalin und stammelte:

»Nehmen Sie mich in Ihren Schutz, ich werde Ihnen in allem folgen.«

Anna Ljwowna beantwortete ihre Zärtlichkeiten mit Zärtlichkeiten, sie fuhr fort, in sie zu dringen und ihr zuzureden und schloß endlich:

»Ich fürchte nur das eine, daß dir Pawlin vielleicht in der Tat etwas zu alt erscheint!«

Ljuba schwieg.

»Vielleicht willst du unbedingt einen jungen Mann?«

»Ach, das sage ich gar nicht«, unterbrach Ljuba.

»Nun, vortrefflich, wenn du es nicht sagst, so gebe dir Gott Glück.«

Das Mädchen erschrak, daß alles so schnell erledigt sein sollte, wurde rot und beeilte sich zu sagen, daß sie niemand heiraten werde, aber Anna Ljwowna sang ihr das Verschen aus dem »Roten Sarafan« vor, daß »das Vöglein nicht ewig überm Felde singt, der goldgeflügelte Schmetterling nicht ewig über Blumen spielt«. Sie lachte das Mädchen aus, streichelte ihr das Gesicht und fragte:

»Du willst doch nicht ins Kloster?«

»Mir ist alles gleich«, flüsterte Ljuba.

»Oh – oh, du lügst, du hast nicht solche Äuglein, um ins Kloster zu gehen. Nein, du würdest dort alle verwirren: die Männer würden anstatt zu Gott zu beten nur noch dich anschauen.«

Das Mädchen lachte.

»Nun also ... aber Spaß beiseite, überlege dir, wozu du dich entschließt: ich wollte schon lange mit dir darüber sprechen und sage es dir jetzt so ernsthaft, weil ich sehe, daß du uns wirklich lieb hast ...«

»Ich habe Sie sehr, sehr lieb«, bestätigte das Mädchen und bedeckte die Hand der Generalin mit Küssen.

»Ja, und ich verstehe auch, daß du, wenn du mit uns verkehrst, unmöglich noch länger in der Werkstätte zu diesen Näherinnen gehen kannst ...«

»Ich kann es entschieden nicht mehr! Ich werde ins Wasser gehen!«

»Ich verstehe das alles, verstehe durchaus alles, nur weiß ich nicht, weshalb du ins Wasser gehen willst: das ist Sünde. Es macht Pawlin keine Ehre, daß er als verständiger Mensch dich dorthin schickt, wo du solche unchristlichen Gedanken hörst. Ich habe schon mit ihm darüber gesprochen.«

»Sie haben mit ihm über mich gesprochen?«

»Ja, ich habe mit ihm gesprochen, er sieht es auch ein und ist mit mir einverstanden. Aber urteile selbst: was soll er mit dir anfangen, Kind? Es ist in der Tat sehr schwer, etwas für dich auszudenken; du bist nicht so erzogen, daß du Gouvernante werden könntest, denn du weißt zu wenig. Als Bonne zu Kindern eignest du dich auch nicht, weil du sehr jung bist, und dich zur Näherin oder zum Stubenmädchen zu bestimmen, fällt ihm sehr schwer ... Er hat doch so viel getan ... Nicht wahr? ...«

Das Mädchen ließ ein leises »Ja« fallen.

»Nun siehst du«, fuhr die Generalin fort, »nehmen wir an, ich würde dich zu mir nehmen ...«

Ljuba warf sich vor ihr auf die Knie und rief:

»Ach nehmen Sie mich, nehmen Sie mich. Um Gottes willen, nehmen Sie mich!«

»Aber welche Rolle wirst du bei mir spielen?«

»Das ist ganz gleich. Wenn ich nur bei Ihnen ...«

»Ja, aber Pawlin wird es nicht wollen; er wird sicher finden, daß es nicht gut sei; außerdem habe ich einen erwachsenen Sohn. Er ist zwar ein guter Junge und hat dich sehr gern, aber du bist doch jetzt schon ein volljähriges Mädchen, und das geht nicht. Aber wenn du Pawlin heiratest ... so wird sich das alles vortrefflich geben.«

Das Mädchen schwieg, und Anna Ljwowna fuhr fort:

»Mein Rat ist der: folge mir und heirate Pawlin, und du wirst in aller Ruhe leben. Die ganze Zeit wirst du bei uns verbringen; ich bin alt, und alle bestehlen mich, ich will dich daher in meiner Nähe haben ...«

Ljuba schwieg wieder.

»Nun, was ist das, du sollst sprechen und nicht schweigen: soll es so sein oder nicht?«

Das Mädchen beugte sich wieder über die weiche, welke Hand ihrer Beschützerin und flüsterte:

»Sie wissen besser, was für mich notwendig ist: ich bin mit allem einverstanden.«

So aus dem Stegreif wurde das Unglück für Pawlin mit Ljuba vorbereitet, denn Pawlin war in sie in der Tat grausam verliebt und hatte nur nicht gewagt, an sie zu denken. Als aber die Generalin dies alles für ihn erwogen hatte und ihm geradezu die Pforte des Paradieses aufmachte, schwindelte ihm der Kopf, und er vergaß sämtliche Vernunftgründe, die ihn bewogen hatten, an Ljuba nicht einmal zu denken.

Als wäre es eben erst geschehen, so lebhaft erinnere ich mich an den Besuch, mit dem er mich beehrte, um mich einzuladen, Ljubas Brautführer zu sein. Pawlin war nicht wiederzuerkennen. Er blieb eine Stunde bei mir sitzen und machte sich selbst die verschiedensten Komplimente, was man früher an ihm nicht gewohnt war. Der Gedanke, daß ihn ein junges Mädchen liebe, hatte ihm offensichtlich den Kopf verdreht und die Zunge gelöst, so daß er unerträglich geschwätzig und sogar prahlerisch wurde, wenn auch natürlich ganz auf seine Weise. Auch in seinem Trieb zur Geschwätzigkeit stand alles, was er sagte, auf dem Boden der Pflicht.

»Ich bin ein einfacher Mensch«, sagte er, »aber ich bin doch ziemlich belesen und habe mich, wie Sie zu sehen belieben, nicht vorzeitig weggegeben. Hätte ich vielleicht nicht längst heiraten können? Sehr gut hätte ich es gekonnt, und viele Frauen haben mir Hoffnungen gemacht, aber ich hatte solche Verpflichtungen auf mir, daß ich es nicht tun konnte. Mit einem Worte: ich tat es wegen meiner Verwandten nicht. Dumme Menschen haben gesagt, daß meine Verwandten undankbar seien und mich im Alter allein lassen würden. Ich habe nie darauf geachtet. Ich habe doch meine Verwandten nicht der Dankbarkeit halber unterstützt, sondern nur meine Pflicht erfüllt. Ich habe auch Ljubow Andrejewna durchaus nicht des Dankes willen erzogen und auch nicht irgendwelcher Aussichten wegen, aber jetzt ist es so gekommen, daß ich durch sie mein Glück und eine Gefährtin erhalte. Man muß immer so handeln, wie es die Pflicht verlangt, und das führt immer von selbst zum Besten.«

Diese verallgemeinerte Beweisführung interessierte mich außerordentlich, und ich hörte mit größter Aufmerksamkeit zu, wie Pawlin alles in diese Regel hineinbezog: es stellte sich heraus, daß er auch die Fenster bei den Mietern zum Wohle der Menschheit aushob, von dem Gesichtspunkte ausgehend, daß sie, d. h. Anna Ljwowna kein Mitleid kenne, niemand auf der Welt dürfe aber auf Mitleidige rechnen, denn es gäbe ihrer nur wenige, und auch bei diesen könne man sich versehen, und dann »geht es einem noch schlimmer«. Strenge sei dagegen besser, denn unter ihr trage jeder mehr Sorge für sich und nehme sich vor der Bosheit der Menschen in acht, und so fahre jeder am besten.

Kaum zwei Wochen nach diesem Gespräch heiratete Pawlin seine Pflegetochter Ljuba, und sehr bald darauf wurde er durch ihre Gnade zum Märtyrer, sowie durch die Gnade der anderen, die weder seine Verdienste, noch seine grauen Haare, noch die Vorzüge seines bedeutenden, festen und ehrenhaften Charakters schonten.

10.

Ich weiß nicht, ob ich zu Beginn meiner Erzählung die Generalin Anna Ljwowna hinreichend charakterisiert habe; wahrscheinlich nicht. Ich wende mich daher nochmals ihr zu und sage in Kürze, daß sie nicht nur eine unfreundliche, selbstsüchtige und hartherzige Frau war, sondern vielleicht auch die grausamste und berechnendste Egoistin der ganzen Welt, die um des nichtigsten Vorteils willen vor nichts zurückschreckte. Mit unerschütterlicher Gemütsruhe war sie stets bereit, ihren kleinlichsten Berechnungen zuliebe Glück und Leben ihrer Nächsten zum Opfer zu bringen.

Dasselbe tat sie auch jetzt, als sie den bejahrten Pawlin und die junge Ljuba durch das Band der Ehe vereinte. Anna Ljwowna wußte, daß Ljuba Pawlin nicht lieben konnte, und hatte sich auch nicht geirrt. Weder der gewaltige Altersunterschied zwischen den beiden Ehegatten, noch Pawlins Charakterstrenge und äußerliche Rauheit – nichts ließ hoffen, daß sich Ljuba früher oder später an ihren Mann gewöhnen und etwas anderes gegen ihn hegen werde als Furcht und Abneigung – nicht so sehr gegen den alten Mann, als gegen den Lakai …

Wenn auch die Generalin Anna Ljwowna selbst längst für alle Leidenschaften abgestorben war, so war sie doch eine Frau und wußte, daß es in einer solchen Ehe, wie sie sie zwischen Pawlin und Ljuba gestiftet hatte, für die letztere unbedingt zahlreiche bittere Augenblicke geben werde, wenn auch nicht gerade voll wildem, so doch voll stillem und vergiftetem Gram. Aus dem Gram aber erwächst die Sehnsucht, und die Sehnsucht nährt die unruhige Phantasie; aber was malt und baut nicht alles eine unruhige Phantasie? Anna Ljwowna wußte, daß in einem jungen Kopfe voll reger Einbildungskraft unbedingt bald Vergleiche auftauchen werden; welches Leben hält aber den Vergleich mit einem glühenden Traume aus? Der Traum wird sie besiegen – und … Ljuba wird dann ganz in die Gewalt Anna Ljwownas geraten.

Glauben Sie bitte nicht, daß ich mich nur versprochen habe, als ich Ihnen sagte, es sei für die Generalin notwendig gewesen, daß Ljuba in *ihre Hände* gerate. Nein, sie brauchte sie in der Tat. Um schneller mit meiner Geschichte zu Ende zu kommen, sage ich Ihnen offen, daß Anna Ljwowna Pawlin und Ljuba vereinigt hatte, weil sie ein grausames Spiel auf ihre Kosten vorhatte, dessen Gedanken und Plan ihr ihr erhabenstes Gefühl, nämlich das Muttergefühl, eingegeben hatte.

Woloditschka, der in einem glänzenden Regimente diente, kostete Anna Ljwowna viel Geld und benahm sich ziemlich gewagt. Anna Ljwowna wollte ihn ein wenig ans Haus fesseln, aber wie konnte sie es tun, wenn es ihn immer fortzog? Heiraten war für ihn noch zu früh; wenn er auch mit seinem Erfolg bei den Damen der großen Welt prahlte, so hatte er doch in Wirklichkeit keinerlei derartige Erfolge. Die ausländischen Damen aber, wie sie in der Morskaja wohnen, kamen schon damals ihren Anbetern so teuer zu stehen, daß die Generalin bei jedem Gerücht über eine Annäherung Wolodjas an eine dieser Blutsaugerinnen zu zittern begann. Indes beteuerte ihr Woloditschka, daß er als ein russisches Herrchen vom bekannten Schlag unbedingt so leben müßte, wie alle »anständigen Menschen«, und um so zu leben, wollte er natürlich seine Beschützerrechte über irgendeine Frau zeigen, die sich an einer fröhlichen Tafel in einem der Restaurants an der Morskaja nicht schlechter machte, als eine der anderen.

Die Generalin begriff auch selbst, daß dies für einen richtiggehenden weltmännischen Kavalleristen unbedingt notwendig sei, und kämpfte dagegen nicht an. Nach langem nächtlichen Nachdenken und vielen Erwägungen kam die gute Mutter auf den Gedanken, daß sie ein Universalmittel für all das bei der Hand habe und dieses Mittel sei – Ljuba. Ljuba war jung, hübsch und pikant, und wenn man sie ein wenig ausbildete, könnte sie sehr gut als Begleitdame für Dodja dienen. Daß Dodja sie aber zwingen werde, sich in ihn zu verlieben – konnte denn darüber auch nur ein Zweifel sein?

Er war in den Augen der Mutter hübsch, und wenn sie ihn auch für einen »uniformierten Dummkopf« hielt, so hatte er eben doch eine schöne Uniform, verstand sich selbst auf dem Klavier zu begleiten und Romanzen zu singen, in der Art des Liedchens vom »Kühnen Manövergast«, das damals den Frauen die Köpfe verdrehte:

»Ach, wie schön, nicht wahr, Mama,
Ist unser kühner Manövergast!
Die Uniform mit Gold gestickt,
Wie Feuerglut das Auge blickt,
Oh, Gott du mein, oh, Gott du mein,
Ach, wenn er wollte meiner sein!«

Anna Ljwowna wußte, daß dieser armselige Zauber, über den ihr »uniformierter Dummkopf« verfügte, mehr als hinreichend ist für ein leichtsinniges, siebzehnjähriges Geschöpf, das einen alten Mann hat, dessen sie sich schämt ... Das Spiel schien ganz risikolos, sie mischte betrügerisch die Karten und gab sie aus.

Um vor allem die soziale Stellung Ljubas zu heben, nahm man seine Zuflucht zu einem Scherz: alle im Hause nannten sie »die Schweizerin

Ljuba« – das klang gut und maskierte ihre lakaienhafte Ehe vorzüglich. Alle jungen Leute, die im Haus Anna Ljwownas verkehrten, erblickten in Ljuba nicht die junge Frau des aufgeblasenen Türschweizers Pawlin, sondern etwas ganz Besonderes, durchaus Unabhängiges und ... Anziehendes.

Man begann Ljuba den Hof zu machen, anfangs gemäßigt und wohlanständig, dann aber immer hartnäckiger und zügelloser. Alle Kameraden Dodjas ohne Ausnahme umschmeichelten sie. Aber Ljuba gefiel keiner von ihnen; sie war mit allen zufrieden, die sie im Hause Anna Ljwownas sah, aber ihr Herz hatte, wie sich die alten Poeten ausdrückten, noch keinen gewählt, und Pawlin war glücklich. Glücklich worüber? Liebte ihn Ljuba, und machte sie ihn glücklich? Nein, Ljuba war immer die gleiche, sie hielt sich sorgsam von ihm fern und verbrachte ihre ganze Zeit bei Anna Ljwowna, mit Handarbeit oder mit dem Einschenken von Kaffee und Tee beschäftigt; aber Pawlin liebte sie maßlos und wünschte nichts als ihr Glück. Zu ihrem Glück aber schien es notwendig, daß sie nicht bei ihm sei, und er nahm auch dies mit Freuden hin.

Von seiner Leidenschaft verwundet, war Pawlin sozusagen gänzlich blind und taub geworden. Seine angeborene demokratische Gesinnung schmolz wie Schnee, und wenn er sich auch nicht seiner bunten Livree schämte, so wünschte er anscheinend doch, daß Ljuba den Flug höher nehme. Ljuba, die seit ihrer Kindheit mit der französischen Sprache vertraut war, sich auf der Schule in ihr vervollkommnet und sie dann schließlich bei Anna Ljwowna praktisch angewandt hatte, bereitete ihrem Manne damit Freude, daß sie sich ganz wie ein Fräulein und wie eine Ausländerin benehmen konnte, mit einem Worte: wie eine Schweizerin in jeder Beziehung.

In Pawlin, der dies alles selbst gewünscht hatte, entwickelte sich damals eine besondere, ganz seltsame Schüchternheit den Launen Ljubas gegenüber. Der arme Alte fühlte sich anscheinend beständig geniert, daß sie ein geborenes Fräulein und er ein Lakai sei. Es war ihm wahrscheinlich nie in den Kopf gekommen, daß er sie so lieben und sich vor ihr so genieren werde, wie es nun gekommen war. Aber er lehnte sich nicht dagegen auf und empörte sich nicht, es gefiel ihm sogar, Ljuba zu dienen, und er übte in allem Nachsicht gegen sie. Er putzte sie wie eine Puppe, putzte sie gerade so, daß sie nicht einer Türschweizerin, sondern einer wirklichen Schweizerin gleiche.

Dadurch leerte sich der Säckel mit seinen unberührten, aber natürlich verhältnismäßig geringen Ersparnissen; er duldete dies alles widerspruchslos und verdoppelte nur seine Sparsamkeit inbezug auf sich selbst und alle jene Posten, wo er die Ausgaben durch eigene Arbeit ersetzen konnte. Wenn er auch seit seiner Verheiratung in der Erfüllung seiner dienstlichen Obliegenheiten nicht nachlässiger geworden war, so blieb ihm jetzt doch nicht mehr so viel Zeit, um Romane zu lesen, da Ljuba morgens, wenn sie aufgestanden war und sich angezogen hatte, gleich zu Anna Ljwowna hinaufging. Pawlin räumte ihr Zimmer auf, sah ihre Garderobe durch und machte sich dann daran, sie in Ordnung zu bringen.

Ljuba machte oben bei Anna Ljwowna verschiedene »englische Stickereien«, während Pawlin sich unten in seinem sauberen Kämmerchen einschloß, ihre Stiefelchen putzte, Knöpfchen und Häkchen befestigte und in einem kleinen runden Öfchen Fältelzangen und Plätteisen heiß machte. Wenn sie glühten, nahm er aus dem Schrank ein Plättbrett, bedeckte es mit einem reinen Tuch und begann ihre Handschuhe, Jäckchen und Vorhemden zu fälteln und zu bügeln.

Pawlin erlangte zwar bald in diesen Dingen, deren er sich aus wirtschaftlichen Gründen annahm, die gehörige Vollendung, aber er sparte dadurch sehr wenig im Vergleich zu den großen Ausgaben, die die Putzsucht Ljubas und die Leidenschaft Pawlins, sie mit schönem Putz zu erfreuen, erforderten. Übrigens bat ihn Ljuba niemals um dergleichen, der verliebte Alte wollte ihr vielmehr selbst damit Freude machen.

Bei einer derartigen Verwöhnung und Verhätschelung fiel es Ljuba nicht schwer, für alle Besucher Anna Ljwownas die interessante »Schweizerin« zu sein, eine hübsche, pikante kleine Ausländerin, mit der sich abzugeben durchaus nicht unpassend war; man sprach, lachte, scherzte und verkehrte mit ihr überhaupt wie mit seinesgleichen.

Einer der Freunde des Sohns der Generalin, der einiges Talent hatte, mit dem Bleistift graziöse Frauenköpfe zu zeichnen, skizzierte unaufhörlich in sämtliche Albums das zierliche, blonde Köpfchen der Schweizerin Ljuba. Dieses Köpfchen gelang ihm besonders gut, und die Jugend erbat sich vom Künstler um die Wette diese liebenswürdigen Skizzen.

Die Blätter machten ihren Weg durch die Hände der »jeunesse dorée« und verschafften Ljuba eine ziemlich breite Popularität. Ljuba selbst wußte es nicht und machte sich überhaupt keine Sorgen darüber, daß sie so zum Magnet für sehr viele junge Leute wurde, die das Original der künstlerischen Wiedergabe zu sehen wünschten. Auf diese Weise tauchten um Ljuba immer mehr Verehrer auf; sie machten ihr den Hof, so weit es überhaupt ging, und die Generalin sah und duldete es.

Was Pawlin anbelangt, so bewies er seiner jungen Frau gegenüber eine Toleranz, wie man sie nur selten bei den Schreiern über die Unabhängigkeit der Gefühle und die Gleichberechtigung der Geschlechter hinsichtlich ihrer Freiheit antreffen kann. Übrigens zeigte auch Pawlin eine gewisse Eitelkeit: er wollte sich *jung machen* und verschaffte sich zu diesem Zwecke ein, wie er sagte, seltenes Buch, aus dem er merkwürdige Dinge herauslas. So erzählte er z. B. mir einmal, daß er »sich die Regeln über die Pflichten des Menschen vollkommen zu eigen gemacht habe, der, wenn er nach dem Sittengesetz seiner Pflicht lebe, mindestens hundert Jahre auf dieser Welt leben werde.«

Seine fünfzig Jahre betrachtete Pawlin auf Grund dieses Buches gerade als *Volljährigkeit* und behauptete auf Grund desselben Buches, daß »nur die Dummen vor ihrem hundertsten Jahre sterben und nur die Taugenichtse krank werden, die nichts von der Praxis des Lebens verstehen«. Was ihn anbetraf, so war er selbstverständlich fest davon überzeugt, daß er sich diese »Praxis« vollständig angeeignet habe.

»Ich bin niemals krank gewesen«, sagte er, »und weiß nicht, wovon ich krank werden soll, denn ich lebe, wie es sich gehört. Trinke keinen Wein und Kaffee, verdirb dir nicht die Brust mit Tabak, und du wirst nie krank werden. Schlafe ohne Kissen in einer geraden Linie, und du wirst nie krumm werden. Iß gesalzen und trink sauer, dann wirst du nach dem Tode nicht verfaulen.«

Aus diesen Erzählungen Pawlins erfuhr ich die Geheimnisse seiner alltäglichen Hygiene und dachte bei mir: kann denn dies alles der jungen, frischen Ljuba gefallen?

Er zeigte nicht die geringste Unzufriedenheit darüber, daß Ljuba in seiner Portierklause fast gar nicht wohnte, in der seit seiner Verheiratung neue Vorhänge, Blumen und Kanarienvögel aufgetaucht waren. Er wurde selbst dann nicht eifersüchtig, wenn die jungen Leute, die von Anna Ljwowna fortgingen und aus seinen Händen ihre Mäntel empfingen, ganz ungeniert ihr nicht sehr zurückhaltendes Lob über die Schönheit der »Schweizerin« verschwendeten. Pawlin schwieg bei diesen Lobreden nur und lächelte in seinen dichten, hellblonden Schnurrbart.

Der kluge und einsichtsvolle, immer ehrliche und gegen sich selbst strenge Pawlin war der Hinterlist und Verräterei nicht fähig und argwöhnte sie daher auch nicht bei den anderen, und da seine Seele rein und klar war, erschien er hier als ein Blinder. Betrachtete man ihn, so konnte man die ganze Wahrheit des Wortes Bacons von Verulam nachprüfen, der da sagte, daß Menschen, bei denen das philosophische Temperament vorherrscht, zu Eulen werden, die nur in der Dämmerung ihrer Vernunftschlüsse sehen, aber im Lichte der Tatsachen blind sind, so daß sie am allerwenigsten das sehen, was am klarsten und offensichtlichsten ist. Da nun »die Söhne der Welt klüger sind als die Söhne des Lichts« und da Pawlin in seiner Art ein Sohn des Lichtes und ein Diener der Pflicht war, so wurde er von den Söhnen der Welt überlistet und bestohlen ...

Ljuba wurde ihrem Manne endgültig abspenstig gemacht, verwirrt und betrogen. Wie dies vor sich ging, werde ich Ihnen nicht erzählen, weil ich selbst nicht dabei war und auch keine Einzelheiten darüber gehört habe; schließlich ist es für uns gleichgültig, wie es geschah. Es genügt, wenn ich Ihnen sage, daß der, der eine Herde Schafe besaß, dem, der nur ein Schaf hatte, auch dieses letzte wegnahm.

11.

Ich brauche Ihnen wohl kaum zu sagen, wer der Urheber der Leidenschaft Ljubas war. Es ist nicht schwer zu erraten, daß bei dem allgemeinen Buhlen um sie her der Löwenanteil Dodja blieb, den vor allem die gesamten häuslichen Umstände in dieser Hinsicht begünstigten. Ljuba verbrachte mit ihm Tage und Nächte unter einem Dache, und unterlag schließlich, sozusagen gegen ihren Willen, der Leidenschaft. Sie sah, daß er bereit war, ihre gute Position bei Anna Lwowna zu zerstören; sie sah, daß, wenn er mürrisch war und ihr schmollte, dies ihre Wohltäterin verdroß und diese weinte und litt ... Ljuba wußte nicht, wie sie anders handeln sollte, und trocknete ihre Tränen ... Dodja war ein unbedeutender Junge, der, wenn er Geld hatte, es hinauswarf, und wenn er keines hatte, es sich auf dreifache Wechsel verschaffte; dabei hatte er aber keine Dame, die als seine Favoritin gegolten hätte. Ljuba schien ihm für diese Rolle geeignet, er bestimmte sie dazu und führte es auch aus. Dazu schmückte und kleidete Pawlin sie mit eigenen Händen, wie er mir in der Folge in der bittersten Minute seines Lebens erzählte.

Es kam so: es war Winter, in der Stadt gab es viele Bälle und Maskeraden, und Anna Ljwowna, die der armen Ljuba eine kleine Freude machen wollte, schickte sie auf einen Kostümball in irgendeinem Klub. Man hatte Pawlin schon fast einen Monat vorher von dieser Ausfahrt gesagt, und während dieses ganzen Monats arbeitete man im Hause am Kostüm Ljubas. An diesen Vorbereitungen nahmen alle Anteil von Anna Ljwowna angefangen bis zu Pawlin, der mehr als sonst beständig von seinen Obliegenheiten abgehalten wurde und mit Bestellzetteln bald in den einen, bald in den anderen Laden laufen mußte, um allerlei Kleinigkeiten für Ljubas Feenkostüm zu besorgen. Die Ausführung des Kostüms, die besonderer künstlerischer Erwägungen bedurfte, leitete ein Künstler – der Freund Dodjas, der die gelungenen Bleistiftporträts Ljubas gezeichnet hatte. Dies brachte natürlich die jungen Leute bis zur freundschaftlichsten Zärtlichkeit einander nahe und löschte in Ljubas Köpfchen ihren alten Lakai-Gemahl gänzlich aus. Endlich war das Kostüm fertig und über alles Erwarten schön geworden. Pawlin sah seine Frau, wie sie die Treppe hinunterstieg in Begleitung einer Verwandten Anna Ljwownas und beschützt von ihren Kavalieren, unter denen sich auch der Künstler und Dodja befanden.

Ljuba war als »Morgenröte« gekleidet: sie trug ein leichtes, ätherisches Gewand aus Krepp in abschattierten bunten Farben. Das weite, in dichten Falten fallende Gewand war unten dunkel wie die Nacht, aber nach oben zu lichtete sich die Dunkelheit und ging in weichen Halbtönen in immer leichtere hellere Farben über; vom Gürtel aufwärts wurde es ganz licht und luftig, so daß Ljubas Gestalt wie eine Wolke fortzuschweben und dahinzuschmelzen schien. Inmitten dieses Schmelzens wurde Ljubas lichtes Köpfchen von einer Lilie und einer roten Rose gekrönt, an ihren Schultern schimmerten tausendfarbige Flügelchen aus Wachs, und in den Händen hielt sie eine goldene Leuchte, die mit blauen Vergißmeinnicht und gefülltem Mohn umwunden war. Schlaf und Erwachen, das dunkle Schlummern der Leidenschaften und ihr helles Aufflammen, das alles war in Ljubas Kostüm passend versinnbildlicht, und Pawlin setzte sie so in den Wagen. Und vier Stunden später hob er sie aus dem Wagen als eine ganz andere. Ljuba sagte zu ihrem Manne kein Wort und wollte auch das Brathuhn und das Gebäck, das er für sie hergerichtet hatte, nicht berühren. Sie riß das Kleid von sich herunter, warf sich auf das Bett, drehte sich zur Wand und blieb in dieser Lage ohne sich zu rühren den Rest der Nacht und den ganzen folgenden Tag liegen. Pawlin bewachte ihren langen Schlaf, aber er bewachte ihn umsonst; Ljuba schlief nicht. Erst weinte sie lange und lag dann mit rotem, entzündetem Gesicht und offenen trockenen Augen da und starrte auf ein und denselben Punkt.

Jeder nur ein wenig beobachtende Mensch hätte beim Anblick dieser Frau ohne zu zweifeln gesagt, daß durch ihre Hände ein hohes Spiel gegangen sei, was auch richtig war. Ljuba wollte erst ihrem Manne alles gestehen, überlegte es sich aber, wartete bis gegen Abend, zog sich an und ging hinauf, um sich bei Anna Ljwowna über Dodja zu beklagen. Aber die Klage wollte sich in ihrem Köpfchen so schlecht zusammenreimen, daß sie davon abstand und sich darauf beschränkte, sich über Dodja bei ihm selbst zu beklagen und ... unter Küssen Frieden zu schließen. Die einmal begonnenen Ausfahrten und Maskenvergnügungen wiederholten sich. Wenn Pawlin spät am Abend in seinem Sessel schlummerte, um die verspäteten Mieter des Vorderhauses zu erwarten, oder hinter den Säulen auf seinem grausamen Lager ohne Kissen ruhte – argwöhnte er nicht, daß seine Frau sich jetzt durchaus nicht bei Anna Ljwowna langweilte, sondern in hell erleuchteten Ballsälen im schwarzen Domino unter dem Strudel der Tanzenden dahinjagte, daß um die Zeit, wenn er erwachte und seiner Frau in Gedanken in die Wohnung der Generalin einen Gruß hinaufsandte, die zarte Ljuba, das Köpfchen vom Champagnerdunst umnebelt, in der klingenden Troika hinflog, mit den glühenden Lippen gierig die frische Luft einatmend.

Dies alles ging ziemlich lange still und verborgen vor sich. Die Umstände fügten es so gut, daß die Betrügerin anscheinend nie etwas zu befürchten hatte. Die alte Generalin zog sich so früh auf ihr Zimmer zurück und schloß hinter sich die Tür des kleinen Betzimmers, wo Ljuba auf einer mit einem weichen Teppich belegten Ottomane schlief, so fest zu, daß es der letzteren gar keine Mühe machte, aufzustehen und ihre besten Kleider anzuziehen, die ihr die Generalin gnädigst gestattet hatte in den Schränken ihrer Garderobe aufzubewahren. Anna Ljwowna schlief entweder fest oder war so sehr mit ihren Rechnungen beschäftigt, daß sie nie etwas von diesen Vorbereitungen hörte. Ja, noch mehr, sie war so gutmütig, daß sie Ljuba nie beim Kommen oder Gehen störte. Wenn Ljuba zurückkehrte, konnte sie vor den schwach beleuchteten, dunklen und strengen Gesichtern der Familien-Ikonen weinen. Aber weinte Ljuba vor ihnen über ihren Fall? Anfangs hatte sie wohl ein wenig darüber geweint, umso mehr aber gegen das Ende ihres

Glänzens in diesem fest hineinziehenden Kreise, den zwar schon viele Schriftsteller aller Literaturen der gebildeten Länder gestreift haben, der aber wohl noch kaum eine vollständige Schilderung gefunden hat, die uns eine Vorstellung von der Physiologie dieses verhängnisvollen und ungeheuerlich hineinziehenden Lebens zu geben vermöchte. Wir Russen besitzen überhaupt keine Schilderung, nicht ein einziges lebendiges und deutliches Bild von diesem Kreise.

12.

In diesem Kreise glühen und wogen die Leidenschaften oft viel stärker als sonst in der Welt, und unsere Schweizerin wurde von ihrem neuen Leben hingerissen und spielte in ihrem Kreise eine bedeutende Rolle. Anfangs fürchtete sie sich und war so verwirrt, daß sie sich kaum dazu entschließen konnte; aber bald gewann der Ehrgeiz die Überhand. Ljuba sah, daß Dodja zagte und zweifelte, ob er mit ihr erscheinen könne, ohne befürchten zu müssen, daß sie schlechter als die anderen abschneiden werde. Da Ljuba klug und scharfsinnig war, merkte sie diesen beleidigenden Zweifel bald; der Stolz ihrer eitlen Schönheit wurde in ihr wach, und sie nahm sich vor, die erste unter jenen zu sein, zu denen sie hinabstieg. So erreichte sie auch vollkommen alles, was sie sich in ihrem beleidigten Stolze vorgenommen hatte. Dodja mußte nicht über Ljuba erröten: sie hatte mit einem Male ihre Rolle erfaßt und spielte sie mit solchem Glanz, daß alle den vollen Erfolg der Madame Pawlin anerkennen mußten. Dieser zärtliche Name erreichte vielleicht sogar hin und wieder Pawlins Ohr, aber was ging es ihn an? – Er wußte ja nicht, was es bedeutete.

Ljubas Erfolg wurde größer, und ihr dunkler Ruhm wuchs, aber dabei war Ljuba kein käuflicher Schatz: sie liebte Dodja, und Dodja verlor daher jeden Halt. Er dachte so hoch von sich, daß er meinte, es gäbe für keine Frau einen wertvolleren Menschen als ihn. Dies machten sich Ljubas Rivalinnen zunutze, die mit Haß und Neid auf sie blickten: sie umschmeichelten hinterlistig Doditschka, der sich gar zu viel einbildete, und brachten dann alles ans Licht. Ljuba war im tiefsten Herzen verletzt und begann sich durch Gleichgültigkeit zu rächen. Aber, während sie dieses Spiel spielte, plünderte man Doditschka die Taschen aus, und zwar so schnell und unbarmherzig, daß er, ehe er sich es versah, tief in Schulden steckte. Nun begann die gewöhnliche Geschichte, die jedoch nicht ganz so gewöhnlich endigte. In dem Maße, in dem sich Doditschkas Mittel erschöpften, erkalteten Ljubas Rivalinnen gegen den Verräter, und als sie ihren Rachedurst gestillt hatten und sahen, daß an Dodja nichts Begehrenswertes mehr war, überließen sie ihn dem Gram und der Erniedrigung. Indes begann von Pawlins Augen der Schleier zu fallen. Ljuba, die so viel Fähigkeit bewiesen hatte, ihre Liebe zu verbergen, zeigte sich ganz unfähig, auch ihr Leid verborgen zu tragen. Zunächst floh sie aus den Appartements ihrer Wohltäterin und setzte sich bei ihrem Manne fest. Mit diesem Schritte wollte Ljuba natürlich nicht unwiederruflich ein tugendhaftes Leben beginnen, – sie wollte nur ihren Verräter einige Zeit nicht sehen; die Arme hoffte, ihn während dieser Zeit fühlen zu lassen, daß er ihr gleichgültig sei und daß sie ihn leicht entbehren könne. Pawlin strengte seinen Verstand und seine Augen an, um dahinterzukommen, was für ein heimlicher, aber bitterer Kummer seine Frau quäle. Er suchte die Lösung dieses Rätsels und begann zu überlegen, ob vielleicht Anna Ljowna Ljuba beleidigt habe. Aber es gelang Ljuba, ihren Mann zu überzeugen, daß Anna Ljowna ihr nichts Übles zugefügt habe. Daraufhin schlug Pawlins Verdacht einen anderen Weg ein und kam immer näher und direkter ans Ziel. Es tauchte in ihm der Gedanke auf, ob nicht der junge Herr seine Frau gekränkt habe, und sein Herz krampfte sich schmerzhaft in der Brust zusammen. Und plötzlich, ganz unerwartet enthüllte sich ihm das ganze Geheimnis. Doditschka war, wie es dem größten Teil derer geht, die ohne große Mittel diese Bahn betreten, so endgültig in Schulden verstrickt, daß er genötigt war, sein Regiment zu verlassen und sich in ein weit entferntes Städtchen im Nordosten Rußlands zurückzuziehen. Natürlich ging das alles nicht ohne Familienszenen ab, und bei dieser Gelegenheit wurde Pawlin von der Nachricht von der Untreue seiner Frau wie von einem Donnerschlage getroffen.

13.

Als Pawlin zu sich gekommen war, erschien er ganz unvermittelt spät am Abend bei mir und bat mich, ihm zu erlauben, bei mir zu übernachten, da er sich fürchte, im Hause Anna Ljownas über Nacht zu bleiben, denn »er habe alles begriffen und fürchte, daß er im Zorn etwas Ungehöriges tun könne«. Natürlich schlug ich es ihm nicht ab, und damit begann eine der seltsamsten Nächte meines Lebens: ich lebte einige Stunden im Innersten einer fremden Seele und fühlte selbst die mörderische Glut ihrer Liebe und ihres Leids und die eisige Todeskälte ihrer schrecklichen Verzweiflung. Pawlin befand sich in einem Zustande der heftigsten Erregung. Aber was für einer Erregung? Einer seltsamen und unbegreiflichen! Ich möchte, um den Zustand dieses Menschen genauer bezeichnen zu können, einen biblischen Ausdruck gebrauchen und sagen, er war sich selbst »entrückt« und stand auf einer sonderbaren Stufe des inneren Schauens, die ihm einen Blick auf etwas Verborgenes eröffnete. Vielleicht erinnern Sie sich, daß sich in der Eremitage unweit des Rubenssaales eine kleine Darstellung des Jüngsten Gerichtes von einem mittelalterlichen Maler hängt, die außerordentlich detailreich und fein ausgeführt ist. In der Mitte des Bildes befindet sich eine emblematische Figur, die so gestellt ist, daß sie oben Gott Vater in seiner himmlischen Herrlichkeit sehen kann und unter sich in der Tiefe den Herrn der Finsternis, umgeben von widerlichen Ungeheuern, die die Sünder peinigen. So oft ich vor diesem Bilde stehe und die erwähnte Figur anschaue, erinnere ich mich unwillkürlich an Pawlin: so sehr schien mir sein seelischer Zustand der Lage jener emblematischen Figur zu gleichen. Pawlin litt, wenn ich mich so ausdrücken darf, qualvoll, aber triumphierend und voller Andacht. Er fiel nicht in Verzweiflung, weinte und schluchzte nicht, aber er verschloß sich auch nicht in finsteres, stolzes Schweigen, das viele für Charakterstärke halten. Im Gegenteil, er sah ein, wie tief er gefallen war und daß er noch tiefer gesunken wäre und ein anderes Wesen mit sich gezogen hätte. Er nahm alles, was über ihn hereingebrochen war, wie einen verdienten Rutenstreich eines Lehrers hin und sprach in einem für mich ganz unerwarteten Tone der Selbstverurteilung. Als er bei mir eingetreten war, setzte er sich unaufgefordert in meinem Empfangszimmer hin und ließ einige Minuten in tiefem Schweigen verstreichen. Er rieb nur seine auf den Knien liegenden Hände und ließ seine Blicke von Gegenstand zu Gegenstand wandern. Dann sah er mich plötzlich mit schwerem, gleichsam müdem Blicke an und fragte:

»Haben Sie es gehört?«

Ich antwortete bestätigend.

Er wiegte nachdenklich den Kopf und brachte leise hervor: »Es ist schrecklich!« Dann fügte er lebhafter, als habe er es jetzt erst bemerkt, hinzu: »Sie verzeihen, daß ich mich so ... hingesetzt habe ...«

»Aber bitte, Pawlin Petrowitsch!«

»Die Knie knicken mir ein ... Ich kann mich nicht beruhigen ... bis ich es nicht von ihr selbst gehört habe ... Ich will es bestätigt haben.«

»Nun, haben Sie sie gefragt?«

Er antwortete nicht, sondern senkte nur, zum Zeichen der Bejahung, schweigend den Kopf. Einen Augenblick später begann er geheimnisvoll flüsternd:

»Die Edelmütige! ... Ihre ganze Seele hat sie mir offenbart ... sie hat an meiner Brust geweint und um Vergebung gebeten ...«

»Sie haben vergeben?«

»Was sollte ich ihr vergeben? Indem sie mir ihre Seele offenbarte, öffnete sie in mir ein tiefes Schauen in mich selbst, und ich erschrak. Ihre Schuld flog wie eine leichte Lerche auf und verbarg sich unterm Himmel; aber meine Sünde krächzt unten wie ein plumper Rabe und hebt sich nicht von der Erde ... Ich ging gleich darauf zu meinem geistlichen Vater, er tröstete mich: ›Du hast das Gesetz gehalten, deine Frau ist aber untreu‹... Erlauben Sie, das sind Feigenblätter, ich kann mich mit ihnen nicht bedecken. Gott sieht, wo ich war, als ich mich in meinen Jahren mit ihrer Jugend verband. Ich war gewalttätig. Ich sehe jetzt, daß ich wie ein Fels gefallen und zersplittert bin ... Sie meinen, ich sei noch derselbe, der ich gestern und vorgestern gewesen bin? Nein, heute am Tage des Leides hat mir der Herr seine Gnade erwiesen: ich habe eingesehen, daß ich Staub bin, daß ich ganz aus Vergänglichkeit gebildet bin, daß die Herren aller Leidenschaften auf meinem Rücken säen und pflügen können: Stolz, Unreinheit, Wollust, Leidenschaft und Eifersucht und ... und ... die Neigung zum Mord ... Ach! Ach! Ach!«

Er sprang auf und fuhr fort, im Zimmer auf und abgehend:

»Verzeihen Sie mir ... Ich verdiene jetzt freilich keine Verzeihung, aber um Christi willen ... im Namen Christi ... verzeihen Sie! ... Ich spreche in einem fort und ... ich kann nicht schweigen ... Der Geist in meinem Innern ... drängt wie ungeklärter Wein und schlägt das Gewissen und ... und bewegt die Zunge im Munde. Sie sollen wissen, wenn mit mir etwas geschieht ... daß ich sie ins Verderben gebracht habe. Gerecht ist der Herr, wenn er mich straft: ich segne den, der meine Seele gekränkt hat, und ich werde alles zu ihrem Glücke tun.«

»Wie denken Sie sich das?«

»Ich ... ich will es so einrichten, ... daß ich nicht störe.«

»Was heißt das? ... Sterben?«

Er sah mich an und lächelte plötzlich ganz unerwartet. Es war ein äußerst seltsames Lächeln, das seinem stolzen Gesicht einen so gütigen und reizenden Ausdruck gab, wie ich ihn an ihm noch nie gesehen hatte. Er sagte: »Ich werde sterben und doch leben. Rettung ist not. Sie ist jetzt zu Hause. Gestatten Sie mir, daß ich bei Ihnen ein wenig schlafe.«

– Der Wein hatte sich geklärt, und der Geist drängte nicht mehr. – Er schien tief ruhig zu sein, und als ich ihn allein im Zimmer gelassen hatte, legte er sich sogleich auf den Diwan und schlief ein. Ich schlief noch, als Pawlin am Morgen aufstand, sich in der Küche wusch und fortging. Mein Diener folgte ihm aus Neugierde und sah, daß Pawlin in die Kirche ging.

14.

Als ich, damals noch ziemlich ungeduldig, morgens bei meiner betrübten Tante Anna Ljwowna erschien, war sie schon auf und saß recht graziös in einem tiefen Sessel; sie spielte die unschuldige Märtyrerin, weinte ein bißchen und rieb sich mit einem Tüchlein die Augen. Sie war gesprächig und verbreitete sich sogar über die unmoralische Gesellschaft, die ihren unvorsichtigen Dodja in unverdienten Verdacht gebracht und unter Mitwirkung einer ganz widerwärtigen Frauensperson zugrunde gerichtet habe.

Darauf brachte Anna Ljwowna lauter Unsinn vor und malte so phantastische Bilder, daß jeder unwillkürlich zur Überzeugung kommen mußte, daß all dies Lüge und Verleumdung sei.

Weder beim Kommen noch beim Gehen sah ich an diesem Tage Ljuba oder Pawlin, dessen Obliegenheiten an diesem unruhigen Tage unerfüllt blieben, und ich konnte mich bei niemand über ihn erkundigen. Auch den ganzen folgenden Tag hörte ich nicht das geringste von ihm, weshalb ich gegen Abend ohne Umstände hinging, um nach ihm zu fragen. Ich erfuhr folgendes: Pawlins Zimmer war schon seit gestern leer, seine ganze Habe lag unordentlich herum, wie nach einem Diebsbesuch. Weder Pawlin noch seine Frau waren irgendwo gesehen worden, und niemand konnte auch nur die geringste Auskunft über sie geben. Nur ich allein konnte bezeugen, daß Pawlin mir gesagt hatte, seine Frau sei jetzt zu Hause und er wolle sie von der Sünde befreien und auch seine Seele retten; aber was konnten alle diese Worte bedeuten? Man maß ihnen allerlei sinnbildliche Bedeutungen bei, unter denen eine nicht so ganz unwahrscheinlich erschien. »Die Frau ist jetzt zu Hause« – das könnte bedeuten, erklärte man, daß er sie umgebracht habe und sie sich »im ewigen Hause« befinde; aber daß er fortgegangen sei, um seine Seele zu retten, bedeutete, daß er irgendwohin in die Wüste gegangen sei. Wenn Sie wollen, lag hierin etwas so Glaubhaftes, daß schließlich alle an diese Kombination glaubten. Dazu kam noch, daß nach zwei Wochen oder noch etwas später bei Jekaterinenhof oder bei Tschekuschy der verweste Körper einer jungen Frau ans Ufer gespült worden war, deren Gesicht man nicht erkennen konnte, die aber feine Wäsche und ein schwarzes Seidenkleid trug ... das gleiche Kleid, in dem man die Schweizerin Ljuba zum letzten Male gesehen hatte. Es ist zwar richtig, daß die meisten schwarzen Seidenkleider einander gleichen, aber der Verdacht urteilt einmal nicht. Da sich weder Verwandte, noch Freunde zu der jungen Ertrunkenen bekannten, waren die Mieter Anna Ljwownas und sie selbst schließlich fest davon überzeugt, daß die Tote niemand anders als die Unglückliche Ljuba sei, die Frau eines grausamen und rachsüchtigen Raoul, des spurlos verschwundenen Türschweizers Pawlin Pjewunow.

Dieser Umstand blieb nicht ohne Folgen: als man die Umgekommene beerdigte, war Anna Ljwowna so gütig, zehn Rubel zum Sarge und zur Seelenmesse für Ljuba zu spenden. So wurden dank der christlichen Fürsorge Anna Ljwownas Totengebete für die Seele der vorzeitig umgekommenen Ljuba verrichtet, während man Pawlin vergaß. Und man vergaß ihn so gründlich, daß man sich seiner bis auf den heutigen Tag nicht mehr erinnerte, mit Ausnahme des einzigen Males, als man in einer Auktion die noch nicht gestohlenen Reste der Habe des »spurlos verschollenen Pjewunow« versteigerte.

Wo waren aber Pawlin und Ljuba hingeraten?

Dazu müssen wir zu dem Zeitpunkt zurückkehren, wo wir sie aus den Augen verloren haben.

15.

Nachdem Pawlin sich von mir verabschiedet hatte, ging er, von niemand bemerkt, zu seiner Frau. Als Ljuba ihren Mann erblickte, begann sie zu zittern. Sie hatte ihn noch nie so gütig gesehen, und deshalb erschien er so schrecklich.

Er zog sich schnell um, kleidete seine Frau an, nahm alles, was er für nötig fand, und führte Ljuba aus dem Hause Anna Ljwownas. Ljuba leistete keinen Widerstand, sie verstand nur das eine, daß man sie irgend wohin fortführe. Pawlin und Ljuba trafen auf einer Station hinter Petersburg mit Doditschka zusammen. Ljuba zeigte sich ihm nicht, aber Pawlin trat vor meinen Vetter, doch nicht mit dem Grimm des beleidigten Gatten, sondern mit der großen Demut des Christen, der Frieden mit sich selbst gemacht hat, und sagte ihm:

»Seien Sie gütig und großherzig und sagen Sie mir: haben Sie meine Frau geliebt?«

»Ja, was willst du denn?« antwortete Doditschka, der es sich noch nicht abgewöhnt hatte, seinen Vorrang über den vor ihm stehenden Lakai zu empfinden.

»Ich werde Ihnen gleich sagen, was ich will«, erwiderte Pawlin sanftmütig, »aber wollen Sie mir vorerst noch sagen, ob Sie sie auch jetzt noch lieben.«

»Ja, ich liebe sie, nun, und was willst du?«

»Das ist alles, was ich will … Auch sie liebt Sie, sie liebt Sie schrecklich … und sie hat es mir selbst gesagt.«

»Du hast sie danach gefragt?«

»Ja, ich habe sie danach gefragt, und sie hat mir alles gestanden und geweint … Was ist zu tun: ich bin vor Gott für sie schuldig.«

Doditschka traute seinen Ohren nicht und begriff nicht, was das heißen solle. Aber Pawlin ging jetzt in das anstoßende Zimmer, führte von dort seine verwirrte Frau an der Hand herein und sagte:

»Hier ist sie; sie ist nicht mehr meine Frau!«

»Was?« rief Doditschka, der nicht begriff, wo das hinaus sollte.

»Nach all dem lasse ich sie nach göttlichem Rechte von mir ziehen … Und da sie Sie mit so hingebender Liebe liebt, so nehmen und heiraten Sie sie!«

»Du bist verrückt geworden!« Doditschka erholte sich wieder. »Wie kann ich sie denn heiraten?«

»Weshalb nicht? Ist es für Sie vielleicht erniedrigend ... Das wäre unrecht. Ich würde ihr freilich nicht raten, Sie zu heiraten, weil ich weiß, was Sie für ein Mensch sind und daß sie mit Ihnen nicht glücklich sein wird. Aber sie weiß das selbst, und trotzdem hängt ihr Herz an Ihnen; so ist daran nichts zu ändern ... Sie sollte in ein Kloster gehen, aber da es sie zum Abgrund zieht, so mag es wenigstens ohne Sünde geschehen; und darum ... nehmen Sie sie zur Frau ...«

»Aber halt doch, Pawlin«, stammelte Doditschka, sich rechtfertigend. »Ich meine ja ... nicht deswegen ... sondern weil du noch lebst ...«

»Ja, ich lebe; und Gott weiß, wie lang ich mich noch hinfristen werde. Aber ich werde selbst ihrethalben nicht Hand an mich legen. Gestern habe ich noch daran gedacht, aber ...«

Bei diesen Worten schrie Ljuba auf, preßte die Hände vor ihr Gesicht und flüchtete sich in einen dunklen Winkel des Zimmers.

»Hm, sehen Sie!« sagte Pawlin und lächelte schmerzlich: »Sie liebt mich nicht, und doch ist es ihr leid um mich, aber Sie scheinen für sie nicht so viel übrig zu haben, obwohl sie Sie trotzdem liebt ... Wenn sie für mich den hundertsten Teil der Liebe hätte, mit der sie Sie liebt, so würde ich mich selbst in der Verbannung mit ihr im Paradiese wähnen ... Aber wozu schwatzen! ... Es ist ganz gleich. Wollen Sie sie jetzt nehmen und fortreisen und sie heiraten ... ich werde darauf acht geben ... und wenn Sie nicht tun, was ich Ihnen sage, so ...« Er beugte sich zu Dodjas Ohr nieder und fügte hinzu: »Zwingen Sie mich nicht zur Sünde: ich spreche jetzt zu Ihnen sanftmütig als Christ, sonst töte ich Sie aber; wo Sie auch sein werden, ich werde Sie finden und töten, und das für sie ... für die Frau ... für die Schutzlose ...«

Pawlin hatte entweder sehr entschlossen gesprochen, oder mein Vetter war ein ganz großer Feigling, auf jeden Fall war ihm mit einem Male alle Lust vergangen, sich zu weigern, Ljuba zu heiraten, und er erklärte sich mit allem vollkommen einverstanden. Es ist übrigens auch möglich, daß er sein Zugeständnis in der festen Absicht gab, es niemals zu erfüllen, um so mehr als er Ursache hatte, damit zu rechnen, daß es ihm möglich sein werde, sich vor Pawlin zu verbergen. Unter solchen Erwägungen wies er den Alten nur auf den Umstand hin, daß eine unverzügliche Eheschließung mit Ljuba unmöglich sei, da man die Frau eines noch lebenden Mannes nicht mit einem anderen Manne traue, aber Pawlin erwiderte:

»Nun, darüber machen Sie sich keine Sorgen, das ist meine Sache. Ich werde zur rechten Zeit sterben, und man wird sie mit Ihnen trauen.«

»Du wirst sterben?«

»Ja, ich werde sterben.«

›Er wird sterben, will mich aber töten‹, dachte Dodja. ›Armer Alter, wie diese einfachen Leute zuweilen lieben. Er tut mir sogar leid: er ist verrückt geworden.‹

16.

Damit gingen sie auseinander. Dodja glaubte sich natürlich endgültig von der ihm lästigen Frau Pawlins befreit, die er zwar nicht abgeneigt gewesen wäre, als seine Geliebte zu zeigen, aber nicht die mindeste Lust hatte zu heiraten. Dodja machte eine angenehme Reise. Er reiste ohne alle Eile und ohne sich um einen Termin oder eine Marschroute zu kümmern. Er hielt sich in mehreren am Wege liegenden Städten auf, empfing Besuche und besuchte selbst Personen, denen er von den Petersburger Freunden Anna Ljwownas empfohlen war; hier und dort hielt er sich sogar unter dem Vorwand von Müdigkeit und Krankheit ziemlich lange auf. Mit einem Wort, alles ging für unseren Reisenden glänzend, und so legte er beinahe den ganzen Weg zurück, als plötzlich vor ihm, bei der Überquerung des Ural, wie aus dem ewigen Schnee und Nebel heraus – die Stimme Pawlins ertönte! Und was für eines Pawlins: eines schrecklichen und unwiderstehlichen, eines sichtbaren und doch unsichtbaren, eines handelnden und dabei unwirklichen.

Wissen Sie: wenn man in einer Erzählung oder in einem Roman ein außergewöhnliches Ereignis liest, so sagt man sich immer: »Ach, liebster Autor, da haben Sie die Schleusen Ihrer Phantasie etwas zu weit geöffnet!« Aber im Leben, besonders in Rußland, ereignen sich hin und wieder Dinge, die viel wunderbarer sind, als alles Erdichtete, und dabei bleiben solche Seltsamkeiten häufig ganz unbemerkt.

Doditschka kam in ein Städtchen, das ich Ihnen nicht nennen will, da es sich für uns ja nicht um den Namen handelt. Hier hoffte mein lieber Vetter einige Personen zu finden, an die er Briefe mit hatte. Er wollte hier etwas ausruhen und sich etwas zugute tun und spielte deshalb in dem einzigen dort vorhandenen Stationsgasthofe den Kranken. Es war ihm schon à la Chlestakow gelungen, mit einer Nachbarin aus dem gegenüberliegenden Hause Blicke zu wechseln, mit einer Nachbarin, deren Gesicht er, um es kurz zu sagen, nicht gehörig hatte unterscheiden können, da sie sich nur kurz im Fenster eines Zimmers gezeigt hatte; dann tauchte plötzlich draußen vor demselben Fenster ein hoher, zerlumpter, grauhaariger Alter mit einem mächtigen Bart, in einem für Dodjas Begriffe unnatürlichen Hirschpelze auf und begann die Scheibe mit einem Handtuche abzureiben. Der Teufel mochte wissen, woher er gekommen war. Doditschka hatte ihn zwar flüchtig bemerkt, wie er vor dem Fenster auf einem zusammengekehrten Schneehaufen saß, aber er hatte ihn auf den ersten Blick eher für einen alten Bock als für einen Menschen gehalten. Plötzlich stand dieses Scheusal auf und fuhr mit seinen Pfoten an den Scheiben herum, als wollte es den guten Jüngling absichtlich der Möglichkeit berauben, sich an der Schönheit der Nachbarin zu ergötzen ... Der Alte hatte es auch wirklich erreicht, daß Dodja sein Gegenüber, das ihn so sehr interessierte, nicht mehr betrachten konnte; das war ihm im übrigen durchaus gleichgültig: er hatte an ihr rein instinktiv Gefallen gefunden, und es lag für ihn kein Hindernis vor, mit ihr eine flüchtige kleine Intrige zu beginnen, um so mehr als auch die Nachbarin sich wahrscheinlich (so weit er es beurteilen konnte) für ihn interessierte. Jedenfalls hatte Dodja Grund, so zu denken, da die fesselnde Unbekannte, als sie ihn bemerkt hatte, mehrere Male offensichtlich nicht ohne Absicht am Fenster vorbeigehuscht war. Ärgerlich war nur, daß sie etwas zu schnell vorbeihuschte, so daß Dodja ihr Gesicht nicht deutlich unterscheiden konnte. Natürlich reizte ihn jetzt die Neugier noch mehr, und er setzte sich mit dem festen Entschluß ans Fenster, nicht eher von seinem Platze aufzustehen, als bis er sie genau gesehen habe. Es ging gegen Abend; Dodja saß am Fenster und wartete immer noch darauf, ob sich sein interessantes vis-à-vis nicht noch einmal deutlicher am Fenster zeigen werde ... Das Schicksal war ihm günstig: drüben hinter dem Fenster glänzte ein schwaches Licht auf, und auf dem Tische erschien eine brennende Kerze; zwischen ihr und dem Fenster stand und bewegte sich die Silhouette einer Frauengestalt. Das war wieder eine sehr effektvolle, aber recht unbequeme Stellung. Welche Frau, die sich zu zeigen wünscht, setzt oder stellt sich zwischen ein dunkles Fenster und ein Licht, das sie von hinten her beleuchtet? Offenbar nur eine völlige Unschuld oder eine sehr erfahrene

Kokette, die ihre tückischen Künste an einem Unerfahrenen üben will. Dodja aber war doch kein Einfaltspinsel aus der Provinz, sondern hatte in Petersburg eine gute Schule bei den Frauen durchgemacht und hielt sich natürlich für einen erfahrenen Mann. Er zündete bei sich kein Licht an, so daß seine Nachbarin nicht sehen konnte, ob er sich für sie interessiere oder nicht. Wenn sie keine Kokette ist, sondern eine nachgiebige romantische Einfalt, so muß sie unbedingt in diese Falle gehen. Sie wird sich ärgern, wird unvorsichtig sein und in ihrem Zorn die Kerze in die Hand nehmen – dann kann er sie sehen. Ist sie aber gewandt und schlau, wie zum Beispiel in Petersburg diese Ljuba, von der er jetzt, Gott sei Dank, so weit weggerollt ist, dann um so besser: dann ist sie für ihre Schlauheit gründlich bestraft und kann seinetwegen bis morgen dasitzen, oder bis dieser graue Ziegenbock die Fensterläden schließt ... Wo steckt übrigens dieser graue Bock? ... Er ist auf einmal nicht zu sehen ... Kaum hatte aber der im Dunkeln sitzende Dodja an ihn gedacht, als er hörte, wie seine Zimmertür knarrte, und wie er sich umdrehte, stand der erwähnte bockähnliche Alte vor ihm. Er trug an den Füßen weiche Filzstiefel, war leise hereingekommen, ebenso leise an den Sessel Doditschkas herangetreten und so nahe hinter Doditschka stehen geblieben, daß, als mein Vetter sich umdrehte, er sich Gesicht an Gesicht mit dem geheimnisvollen Ankömmling befand. Dodja war wie alle frechen Menschen ein großer Feigling und erschrak unbeschreiblich. Mit versagender Stimme brachte er kaum hervor:

»Was wollen Sie?«

»Beunruhigen Sie sich nicht«, antwortete der geheimnisvolle Besucher mit einer Stimme, die durchaus nichts Schreckliches an sich hatte, bei der aber den feigen Dodja ein Schüttelfrost überlief. »Beunruhigen Sie sich nicht. Ich komme zu Ihnen mit einer kleinen Angelegenheit, die nicht mich betrifft ...«

»Pawlin! ... Du bist es?«

»Pßt! Gestatten Sie ... Wer ist das: Pawlin? Durchaus nicht. Sie irren sich. Ich bin nicht Pawlin, ich kenne gar keinen Pawlin, ich bin ein ganz anderer Mensch. Ich bin der Kleinbürger Spiridon Androssow, ein einfacher Kleinbürger ... ja, und ich habe auch meinen Paß bei mir ... einen guten, gültigen Paß mit dem Siegel und allem, was dazu gehört. Ich bin Spiridon Androssow, Handwerker, wandre des Gewerbes wegen und melde überall meinen Paß an: wenn ich an irgendeinen Ort komme, lasse ich sofort meinen Paß abstempeln ... vorsichtshalber; auch hier habe ich mich vor einer Woche angemeldet ...«

»Aber du bist es doch ... du bist doch Pawlin! Kenne ich dich denn nicht?«

»Durchaus nicht, ich bin Spiridon Androssow.«

»Was wollen Sie von mir?«

»Ich will gar nichts; aber ich bringe Ihnen ein Zettelchen, hier, wollen Sie es nehmen.«

»Von wem ist es?«

»Von einer Witwe ... ja, von einer jungen Witwe ... geruhen Sie es zu lesen, dann werden Sie selbst sehen, was es ist.«

Noch vor einem Augenblick war mein Vetter überzeugt gewesen, daß niemand anders als der verwilderte Pawlin vor ihm stand, aber als er diese verführerischen Worte von der Witwe und ihrem Zettel hörte, ließ er alles außer acht und zündete eilig eine Kerze an, um den Brief möglichst schnell zu lesen. Plötzlich ließ er ihn aber wieder sinken: nun war auch nicht der geringste Zweifel, daß der vor ihm stehende Mensch wirklich Pawlin Pjewunow war. Nur waren sein Kopf und sein Gesicht ganz mit grauen Haaren bewachsen, dazu stak er in einem halbasiatischen Kostüm, aber nichtsdestoweniger mußte jeder, der ihn kannte, sagen, daß es Pawlin in eigenster Person sei. Und in seinen Augen war deutlich zu lesen, daß er sich erkannt sah und wußte, daß es unmöglich war, ihn nicht zu erkennen. Mein Vetter wurde von alledem so fassungslos, daß er laut aufschrie: »Pawlin! Auf Ehre, du bist es, Pawlin, aber ...« Bei diesen Worten packte ihn aber der Eindringling so fest mit seinen knochigen Händen, daß der junge Geck zusammenknickte und stammelte: »Was ist denn das?« In seiner Verwirrung hob er das ihm entfallene Papier wieder auf; es war ein Auszug aus dem kirchlichen Totenregister, welcher besagte, daß vor anderthalb Monaten in irgendeiner Stadt der Kleinbürger Pawlin Petrow Pjewunow aus Zarskoje Ssjelo eines plötzlichen Todes gestorben und begraben worden und daß seiner Witwe Ljubow Andrejewa Pjewunowa hierüber dieser Schein samt Siegel und Unterschrift ausgestellt worden sei.

Das war also die Witwe! Niemand anders als die in Dodja verliebte Ljuba! Die Sache war schwierig und bös verknotet, und das Resultat war, daß Doditschka, noch ehe er seinen Bestimmungsort erreichte, die »Schweizerin Ljuba« heiratete. Er war ohne jeden Widerspruch darauf eingegangen, ja sogar mit einiger Freude. Was in ihm diese plötzliche

Wandlung bewirkt hatte, vermag ich nicht zu sagen, aber ich glaube, daß hier die immer größere Entfernung von zu Hause eine Rolle spielte und das im Maße der Entfernung immer stärker werdende Gefühl der Verwaistheit. Wahrscheinlich waren in ihm jetzt lebhafte Gefühle für die ihn zärtlich liebende Frau wach geworden; dazu kam wohl noch ihre Schönheit, die Romantik der Situation und vielleicht auch die drohende Forderung Pawlins. Mit einem Wort, dies alles zusammen oder im einzelnen bewog meinen Vetter, sich sogar über seine Trauung mit der Frau Pawlins zu freuen, und der Kleinbürger Spiridon Androssow wohnte ihrer Hochzeit bei und schrieb sich als Trauzeuge in das Kirchenbuch ein. – Ich hoffe, Sie werden mich nicht fragen, wie das möglich war, daß Pawlin sich selbst begraben und eine Bestätigung darüber für seine Witwe erhalten hatte. Dergleichen Dinge sind bei uns kein Märchen, sondern sie ereignen sich wirklich: in einer Herberge ist ein Reisender gestorben, Pawlin verständigt sich mit dem, den er dazu braucht, schiebt dem Toten seinen eigenen Paß in die Tasche und nimmt sich dessen Papiere – und damit ist die Sache erledigt. In der Gegend um Noworossijsk wurde dies einst ganz systematisch betrieben, so daß die Leute den Pässen nach bis zu hundertfünfzig Jahre alt wurden. Da stirbt ein siebzigjähriger Iwan, ein vierzigjähriger Pjotr nimmt seinen Paß, und so ist die Altersverlängerung geschehen ... Ich will aber fortfahren, oder besser gesagt, meine Geschichte zu Ende bringen.

17.

Die jungen Ehegatten ließen sich in dem winzigen Städtchen nieder, das ihnen zum Aufenthalt bestimmt war, und wußten nicht, womit sie die Zeit vertreiben und was sie anfangen sollten. Ljubas Anhänglichkeit vermochte Dodja nicht auf die Dauer zu beglücken, da er als junger Petersburger Weltmann das gesellschaftliche Leben liebte, und seine Seele nach starken Empfindungen dürstete. Er empfand kein Verlangen, oder hatte vielleicht auch nicht die Kraft, von seiner früheren Art des Zeitvertreibs abzustehen, und so fand er auch jetzt in dieser garstigen Lage unter verschiedenem Gesindel Leute, die seinem Geschmacke zusagten, trank mit ihnen gewöhnlichen Schnaps, spielte um Kleingeld Karten, schwindelte dabei auf jede Weise und wurde oftmals geprügelt und schließlich zu seinem großen Glück, das er aber selbst kaum einsah, bei einer Prügelei erschlagen, wegen eines Fünfzehnkopekenstückes, das er zu Unrecht aus dem Einsatz genommen hatte. Während dieses Lebens, das ungefähr zwei Jahre dauerte, trank Ljuba, was man den bitteren Kelch des grausamsten Leids nennt, aber sie wurde in diesem tiefen Kummer beständig durch Briefe und Geldsendungen von Spiridon Androssow unterstützt, der sie offenbar keinen Augenblick aus dem Gesicht verlor und über ihre Ruhe wachte. Er war irgendwo unweit in Dienst getreten und hatte sich dank seiner ausgezeichneten Ehrlichkeit, Verständigkeit und Zuverlässigkeit, die sich mit seinem Namenswechsel nicht geändert hatten, rasch Achtung erworben und auch Geld, von dem er beinahe nichts für sich verwendete, sondern alles für Ljuba sparte. Ich weiß nicht, wie Ljuba über diese Ersparnisse verfügte, die ihr ihr gewesener Mann schickte, aber man kann als sicher annehmen, daß, wenn nicht das ganze Geld, so doch mindestens den größten Teil davon ihr Mann, der nun ganz verbauerte und verkommene Doditschka vertrank und verspielte. Man erzählte, daß er Ljuba alles wegnahm, teils durch barsche Forderungen, teils sogar durch Schläge. Pawlin wußte dies alles so gut, als wenn er mit ihnen gelebt hätte, aber er brachte Ljubas Seele auch nicht für einen Augenblick in Verwirrung und nützte auch ihre Enttäuschung an Dodja nicht aus, um die beiden von einander zu trennen. Ganz im Gegenteil: Pawlin hielt Ljuba durch lange, herrliche Briefe aufrecht, die durch einen Zufall in meinen Besitz gekommen sind und die ich sorgfältig bewahre als ein seltenes und ausgezeichnetes Muster des einfachen, aber tiefen philosophisch-mystischen Denkens eines zwar nicht gebildeten, jedoch verständigen und willensstarken Menschen. Diese Briefe, die vom »sündigen Knecht Gottes« an die Genossin im Leid Ljubow gerichtet sind, tragen ein wenig den Charakter von Episteln; der Autor spricht in ihnen so, als hätte er schon alles überwunden: er hat gelitten, ist in Versuchung gewesen und kann nunmehr selbst den sich in Versuchung befindlichen Menschen helfen. In einigen Briefen, sogar in sehr vielen schreibt Pawlin kein Wort über Tagesfragen, sondern gibt ihr Ratschläge und redet ihr zu, geduldig, einsichtsvoll, gütig, unwandelbar treu und hingebungsvoll gegen den Mann, den sie gewählt hat, zu sein. Wenn man diese Briefe in chronologischer Ordnung liest, so wird man unwillkürlich aufmerksam auf den allmählich wachsenden religiösen Mystizismus. Anfangs leidet der Autor gleichsam unter dem Schicksal Ljubas mit und spricht über die Unentbehrlichkeit der Geduld, da von der Ungeduld alles noch bitterer werde; aber allmählich ändert sich dieses Motiv, und er beginnt ihr zuzureden, daß sie sich freuen müsse, wenn sie unglücklich sei, wie er sich auch selbst freut, ja, so freut, daß man sich anfangs unwillkürlich fragt, ob es nicht niedrige Schadenfreude ist, die sich der Seele des Autors bei dem offenbaren Unglück Ljubas, die ihn verraten hat, bemächtigt. Wenn man aber tiefer in die weiteren Briefe eindringt, so sieht man, daß ein anderes Gefühl die Feder des Verfassers führt, das Gefühl einer ganz sonderbaren, man kann geradezu sagen unirdischen Liebe, einer Liebe, die voller Sorge und Selbstverleugnung, dabei aber doch wieder streng ist. Pawlin lehrt Ljuba, zum Heil der anderen und zur Sühne der eigenen Verirrungen zu dulden, und obwohl er sie mit ziemlich alten Beweisgründen, die längst aus geistlichen Erbauungsbüchern bekannt sind, zu überzeugen sucht, entwickelt er diese Beweisgründe doch mit solcher Lebendigkeit und mit einer so unmittelbaren überzeugenden Beredsamkeit, daß er ihnen gleichsam neue Lebenskraft verleiht. Er ist ohne Zweifel um das Eine bemüht: um die *geistige Wiedergeburt* der zugrundegehenden Ljuba, und da er wohl aus ihren Antwortbriefen sieht, daß diese Wiedergeburt möglich ist, gebraucht er sogar in direkter Anrede das Wort »meine Tochter«. Der letzte Brief mit dieser Anrede beginnt mit einer ganz eigenartigen und rührenden Zärtlichkeit, die auch in dem im allgemeinen rauhen Ton der einzelnen Stellen nicht untergeht. In diesem Brief, den er mit »Spiridon Androssow« zeichnet, schreibt Pawlin: »Verzage nicht: nicht nur uns Schwachen, sondern auch dem heiligen Apostel Paulus ward der Engel Satans ins Fleisch gesetzt, aber er besiegte ihn, und auch du wirst ihn besiegen, denn er wird nicht lange mehr verweilen.«

Dieses »nicht lange« war die Prophezeiung eines Sehers, und Ljuba faßte es auch als solche auf, als einige Tage nach Empfang dieses Briefes von ihrem ersten, für die Welt verstorbenen Manne ihr zweiter Mann bei einer Prügelei erschlagen wurde und vor ihrer Türe, in die er in seiner Trunkenheit nicht mehr hatte geraten können, starb. Sie gab Pawlin gleich von diesem Ereignisse Nachricht, und er erschien auch unverzüglich bei ihr. Sie begruben gemeinsam Dodja, wie es sich gehört, und verschwanden unmittelbar darauf. Wohin? Das wußte niemand. Aber ich werde Ihnen auch das erzählen, was sonst niemand weiß.

Jenseits des Dnjeprs, hinter Kiew liegt mitten in einem dichten, dunklen Tannenwald ein kleines Frauenklösterchen. Es ist so arm und unansehnlich, daß man es nur das »*Klösterchen*« nennt. Dort lebte die

Nonne und spätere Asketin Ljudmilla. Sie starb vor einigen Jahren, nachdem sie lange vorher in noch gar nicht vorgeschrittenen Jahren von *Tränen blind geworden* war. Diese liebe, herzensreine Nonne mit den ausgeweinten Augen, der man des Aussehens halber runde Perlmutter-Scheibchen mit Heiligendarstellungen in die Augenhöhlen eingesetzt hatte, war ein wirklicher Engel an Sanftmut und Barmherzigkeit. Nicht nur die Schwestern dieser armen Stätte und die Pilger, die das Klösterchen besuchten, erinnern sich mit Rührung und mit Tränen an ihre Güte, sondern sogar die Juden in dem nahen Marktflecken. Es war von ihr nur bekannt, daß sie die Witwe eines Menschen aus sehr guter Familie gewesen und nach dem Verlust ihres Mannes ins Kloster eingetreten war. Ein geheimnisvoller Mensch, ein *Schweizer*, von dem niemand auch nur ein einziges Wort vernommen, hatte sie auf seinem eigenen Pferd von sehr weit hierher gebracht. Auf ihrem Grabhügel steht kein Denkstein, der auf ihre Herkunft hinweise, sondern nur ein einfaches Eichenkreuz mit der Inschrift: »Die Büßerin Ljudmilla, in der Welt die sündige Ljubow.« Dieses Kreuz errichtete ein Büßer, der nach dem Tode der Schwester Ljudmilla aus einem fernen, strengen Kloster, dessen Namen ich Ihnen nicht zu nennen brauche, gekommen war. Ich weiß nicht, ob es notwendig ist, Ihnen zu erklären, daß die Büßerin Ljudmilla, »in der Welt die sündige Ljubow«, niemand anders als unsere Schweizerin Ljuba war; der Büßer aber, der gekommen war, um das Kreuz auf ihrem Grabe zu errichten, war Pawlin, dessen Mönchsnamen ich nicht weiß. Sehen Sie, solche Geheimnisse und solche Charaktere leben hin und wieder hinter den Klostermauern!

Der Waldteufel

Angst hat große Augen
Sprichwort

1.

Meine Kindheit verlebte ich in Orjol. Wir wohnten im Hause Njemtschinows, unweit der »kleinen Kathedrale«. Ich kann mich jetzt nicht mehr entsinnen, wo dieses hohe, hölzerne Haus stand, aber ich erinnere mich noch an den weiten Blick, den man vom Garten aus hatte, und an eine tiefe Schlucht mit steilen Abhängen, die von roten Lehmschichten durchzogen wurden. Hinter der Schlucht breitete sich eine große Weide aus, auf der staatliche Magazine standen, bei denen im Sommer die Soldaten exerzierten. Ich sah jeden Tag, wie man sie drillte und schlug. Es war dies damals noch in Übung, aber ich konnte mich durchaus nicht daran gewöhnen und weinte, so oft ich es sah. Damit sich das nicht allzu oft wiederholte, führte mich meine Kinderfrau, Marina Borissowna, eine alte Moskauer Soldatenfrau, in den Stadtgarten spazieren. Hier setzten wir uns an das Ufer der seichten Oka und sahen den dort badenden und spielenden kleinen Kindern zu, die ich um ihre Freiheit tief beneidete.

Der Hauptvorzug ihrer zwanglosen Lage bestand in meinen Augen darin, daß sie weder Schuhe noch Wäsche anhatten. Sie hatten ihre Hemdchen ausgezogen und das Halsloch mit den Ärmeln zugebunden, so daß kleine Säcke entstanden, die die Kinder gegen die Strömung hielten, um darin winzige silberglänzende Fischchen zu fangen. Sie waren so klein, daß man sie nicht ausnehmen konnte, was als hinreichender Grund angesehen wurde, um sie ungereinigt zu kochen und zu essen.

Ich hatte niemals den Mut gehabt, ihren Geschmack kennen zu lernen, aber ihr Fang durch die kleinen Fischer erschien mir als der Gipfel des Glücks, das ein Knabe meines Alters erlangen konnte.

Meine Kinderfrau wußte übrigens gute Gründe dafür, daß eine solche Freiheit für mich ganz unziemlich wäre. Diese Beweisführungen schlossen immer damit, daß ich das Kind wohlgeborener Eltern sei, und daß jeder in der Stadt meinen Vater kenne.

»Im Dorfe«, sagte die Kinderfrau, »wäre es eine andere Sache. Dort bei den einfachen Bauern könnte ich es dir vielleicht auch erlauben, dich in solcher Freiheit zu belustigen.«

Gerade infolge dieser beschränkenden Erwägungen hatte das Dorf eine qualvoll starke Anziehungskraft für mich, und als meine Eltern ein kleines Gut im Kromschen Kreise kauften, kannte mein Entzücken keine Grenzen. Noch im gleichen Sommer siedelten wir aus dem großen Stadthause in das sehr behagliche, wenn auch kleine ländliche Haus mit einem Balkon und einem Strohdache über. Holz war im Kromschen Kreise schon damals teuer und selten. In der Gegend herrschen Steppen und Getreidefelder vor, und zudem ist sie gut von kleinen, aber klaren Flüßchen bewässert.

2.

Im Dorfe machte ich gleich zahlreiche und interessante Bekanntschaften mit den Bauern. Während Vater und Mutter mit der Einrichtung des neuen Haushalts beschäftigt waren, verlor ich keine Zeit und befreundete mich aufs engste mit den Burschen und Kindern, die die Pferde auf den ausgerodeten Plätzen weideten. Vor allem aber erwarb sich der alte Müller, Großvater Ilja meine Anhänglichkeit. Er war ein schon ergrauter Alter mit einem mächtigen schwarzen Schnurrbart, der mehr als alle anderen für Gespräche zugänglich war, weil er nicht zur Arbeit fortging, sondern mit einer Mistgabel auf dem Mühldamm auf und abmarschierte oder auf dem zitternden Stauwehr saß und nachdenklich zuhörte, ob die Mühlräder gleichmäßig klapperten, oder ob nicht irgendwo das Wasser unter dem Wehr durchsickere. Wurde ihm das Nichtstun langweilig, so schnitzte er auf Vorrat Ahornzähne für das Treibrad. Von den beschriebenen Beschäftigungen konnte man ihn aber leicht abbringen, und er ließ sich dann gern in Gespräche ein, die abgerissen und zusammenhangslos, aber voller Anspielungen waren, wobei man nicht wußte, ob er sich über seine Zuhörer oder über sich selber lustig machte.

Seinem Beruf als Müller zufolge unterhielt Großvater Ilja recht nahe Beziehungen zu dem Wassergeist, der den oberen und unteren Teich und unsere beiden Sümpfe regierte. Sein Hauptquartier aber hatte dieser Dämon unter dem Stauwehr unserer Mühle.

Großvater Ilja kannte ihn genau und sagte: »Mich liebt er. Selbst wenn er zornig über einen Mißstand heimkommt, tut er mir nichts zu leid. Wenn sich jemand anderes an meiner Stelle auf die Säcke legte, den würde er vom Sack hinunterstoßen und hinauswerfen, mich aber rührt er im Leben nicht an.«

Alle jüngeren Leute bestätigten mir, daß die beschriebenen Beziehungen zwischen dem Großvater Ilja und dem »Wasseralten« wirklich bestünden, nur waren sie durchaus nicht der Ansicht, daß der Wassergeist den Großvater liebte, vielmehr wußte Ilja als echter, rechter Müller das echte, rechte Müllerwort, dem sich der Wassergeist samt seinem ganzen Teufelspack genau so widerspruchslos fügen, wie die Schlangen und Kröten unterm Wehr und auf dem Damm.

Ich fing zwar mit den Kindern Eiteln und Gründlinge, die es in unserem schmalen, aber klaren Flüßchen Gostomlja in großer Menge gab, aber dem Ernst meines Charakters entsprechend hielt ich mich doch mehr an die Gesellschaft des Großvaters Ilja, dessen erfahrener Sinn mir eine ganze Welt voll geheimnisvollen Reizes enthüllte, von der ich als Stadtkind keine Ahnung gehabt hatte. Von Ilja hörte ich über den Hausgeist, der auf der Mühlwalze schlief, über den Wassergeist, der unter den Rädern eine wunderschöne, vornehme Behausung hatte, und über die Spinnhexe, die so scheu ist, daß sie sich vor jedem zudringlichen Blick in den staubigsten Winkeln verbirgt, bald in der Scheune, bald in der Getreidedarre, bald in der Stampfmühle. Am wenigsten wußte der Großvater von dem Waldgeist, weil der weit weg, beim Hofe Sseliwans hauste und nur manchmal zu uns ins dichte Weidengebüsch kam, um sich da eine neue Weidenpfeife zu schneiden und im Schatten am Setzteich darauf zu spielen. Großvater Ilja hatte übrigens in seinem ganzen abenteuerreichen Leben den Waldgeist nur ein einziges Mal zu Gesicht bekommen, und zwar am Nikolatage, an dem man bei uns die Kirchweih feiert. Der Waldgeist hatte sich Ilja als ganz friedliches Bäuerlein genähert und ihn um eine Prise Tabak gebeten. Als aber der Großvater ihm sagte: »Hol' dich der Teufel, – da schnupf'«, und seine Tabakdose aufmachte, konnte sich der Waldgeist nicht mehr beherrschen und benahm sich wie ein Schuljunge: er schlug mit der flachen Hand von unten gegen die Tabakdose, so daß der Tabak dem guten Müller in die Augen flog.

Alle diese lebendigen und interessanten Geschichten besaßen damals für mich volle Wahrscheinlichkeit, und ihr gedrängter bilderreicher Inhalt erfüllte meine Phantasie so, daß ich schier selbst zum Geisterseher geworden wäre. Als ich einmal mit großem Wagemut in die Stampfmühle hineinschaute, war mein Auge schon so fein und scharf, daß ich dort in einem staubigen Winkel die Spinnhexe sitzen sah. Als ich bei diesem Anblick, besinnungslos vor Schreck, davonlief, verriet mir mein anderer Sinn – das Gehör – die Anwesenheit des Waldgeistes. Ich kann mich nicht verbürgen, wo er gerade saß, wahrscheinlich auf einer hohen Weide, aber als ich vor der Spinnhexe davonlief, pfiff er mit aller Macht auf seiner grünen Pfeife und packte mich so fest am Fuß, daß mir der Absatz vom Stiefel abflog.

Außer Atem erzählte ich dies alles meinen Hausgenossen und mußte zum Lohne für meine Herzenseinfalt im Zimmer sitzen und die biblische Geschichte lesen, bis ein barfüßiger Knabe ins Nachbardorf zum alten Soldaten hinüberlief, der den vom Waldgeist an meinem Stiefel angerichteten Schaden kurieren konnte. Aber selbst das Lesen der biblischen Geschichte schützte mich nicht mehr vor dem Glauben an die Existenz dieser übernatürlichen Wesen, an die ich mich sozusagen durch Vermittlung des Großvaters Ilja gewöhnte. Ich kannte die biblische Geschichte genau und liebte sie und war auch jetzt bereit, sie zu lesen, aber trotzdem schien mir die liebliche Kinderwelt, in der diese Märchenwesen, von denen mir Großvater Ilja erzählte, lebten, unentbehrlich. Die Waldquellen würden verwaisen, raubte man ihnen die Genien, mit denen die Volksphantasie sie ausgestattet hat.

Zu den unangenehmen Folgen der Pfeife des Waldgeistes gehörte auch, daß Großvater Ilja wegen des Kollegs, das er mir über die Dämonologie gelesen hatte, von meinem Mütterchen einen Verweis erhielt und mir deshalb eine Zeitlang auswich und meine Ausbildung nicht fortsetzen wollte. Er stellte sich sogar, als wolle er mich von sich fortjagen.

»Geh nur weg von mir, geh zu deiner Kinderfrau!« sagte er, drehte mich um und gab mir mit seiner breiten schwieligen Hand einen Klaps aufs Gesäß.

Ich konnte aber schon stolz auf mein Alter sein und hielt eine solche Behandlung für unvereinbar damit. Ich war acht Jahre alt und brauchte durchaus nicht mehr zur Kinderfrau zu gehen. Das gab ich dem

Großvater zu fühlen, indem ich ihm eine Spülschale voll Kirschen, die zur Zubereitung von Fruchtschnaps gedient hatten, brachte.

Großvater Ilja liebte diese Früchte; er nahm sie an, wurde weich, streichelte mir mit seiner rauhen Hand den Kopf, und zwischen uns waren die zärtlichsten und besten Beziehungen hergestellt.

»Paß auf«, sagte Ilja, »du sollst den Bauern immer mehr als alles andere achten und ihm gern zuhören, aber was du vom Bauern hörst, darfst du nicht allen wiedererzählen. Sonst jag' ich dich fort!«

Seit der Zeit hielt ich alles, was ich vom Müller hörte, geheim und erfuhr dafür so viel Interessantes, daß ich mich schließlich nicht nur Nachts fürchtete, wenn alle Hausgeister, Waldteufel und Hexen zudringlich und frech wurden, sondern selbst am hellen Tag. Diese Furcht bemächtigte sich meiner deshalb, weil sich unser Haus und unsere ganze Gegend in der Gewalt eines ganz schrecklichen Räubers und blutgierigen Zauberers befanden, der sich Sseliwan nannte. Er hauste sieben Werst von uns am Kreuzweg, wo sich die große Postchaussee in zwei Straßen gabelte, in die neue, die nach Kiew führte, und in die alte mit der Pappelallee »Jekaterinscher Pflanzung«, die nach Fatjesch ging. Jetzt ist sie aufgegeben und liegt verödet da.

Etwa eine Werst hinter dem Kreuzweg lag ein schöner Eichenwald und dicht am Walde ein offenstehender, elender und halb baufälliger Gasthof, in dem, wie man sagte, nie jemand Aufenthalt nahm. Und das konnte man auch gut glauben, denn der Gasthof bot nicht die geringsten Bequemlichkeiten zur Unterkunft, außerdem lag er zu nahe an der Stadt Kromy, wo man selbst in jenen halbwilden Zeiten auf eine warme Stube, einen Samowar und auf Fladen zweiter Güte hoffen konnte. In diesem unheimlichen Gasthofe, der *immer leer* stand, hauste der »leere Gastwirt« Sseliwan, der schreckliche Mensch, dem niemand gern begegnete.

3.

Großvater Ilja erzählte mir über den »leeren Gastwirt« Sseliwan folgende Geschichte. Sseliwan war ein Kleinbürger aus Kromy; seine Eltern waren früh gestorben, und er hatte seine Knabenjahre bei einem Brezelbäcker verlebt und die Brezeln bei der Kneipe hinter dem Orjoler Schlagbaum verkauft. Er war ein gutartiger und gehorsamer Knabe, aber trotzdem redete man dem Bäcker stets zu, daß er mit Sseliwan vorsichtig sein müsse, da er ein feuerrotes Mal im Gesicht hatte, mit dem ein Mensch »nie ohne Grund gezeichnet ist«. Es gab auch Leute, die ein besonderes Sprichwort dafür wußten: »Gott zeichnet den Schelm.« Der Bäcker rühmte Sseliwans Eifer und Treue, aber alle anderen Leute, die ihm aufrichtig wohl wollten, sagten, daß ihn die wahre Klugheit zwingen müsse, vorsichtig gegen den Jungen zu sein und ihm nicht zu viel zu vertrauen – weil eben »Gott den Schelm zeichnet«. Wenn ein Mal auf sein Gesicht gesetzt ist, so doch nur, damit sich alle vertrauensseligen Menschen vor ihm in acht nehmen. Der Bäcker wollte hinter den klugen Leuten nicht zurückbleiben, aber Sseliwan war ein sehr guter Arbeiter. Er verkaufte die Brezeln richtig und schüttete jeden Abend vor seinem Herrn redlich den großen ledernen Geldsack mit den Fünfern und Groschen aus, die er von den durchfahrenden Bauern eingenommen hatte. Er trug aber das Mal nicht umsonst, nur wurde es, wie es immer so geht, erst später offenbar. Aus Orjol kam ein »ausgedienter Henker«, namens Borjka nach Kromy, und die Leute sagten ihm: »Borjka, du warst ein Henkersknecht, dein Leben bei uns sei bitter und schlecht.« Nun bemühten sich alle nach Kräften das Ihrige dazu beizutragen, daß diese Worte für den entlassenen Henker nicht in den Wind gesprochen seien. Als Borjka aus Orjol nach Kromy kam, brachte er eine Tochter, ein fünfzehnjähriges Mädchen mit, das im Zuchthause geboren war. Viele dachten freilich, sie wäre besser gar nicht geboren.

Sie kamen nach Kromy, um sich hier in die Gemeinde aufnehmen zu lassen. Das ist jetzt unverständlich, aber damals war es Brauch, daß den ausgedienten Henkern gestattet wurde, sich in die Einwohnerliste irgendeines Städtchens einzuschreiben, und das geschah einfach, ohne daß jemand nach seinem Wunsch oder Einverständnis gefragt worden wäre. So verhielt es sich auch mit Borjka: Der Gouverneur hatte befohlen, den alten Henker in Kromy aufzunehmen; man schrieb ihn ein, er kam in die Stadt, um hier zu leben, und brachte seine Tochter mit. Nun war auch in Kromy der Henker natürlich für niemand ein erwünschter Gast; alle ehrbaren Leute verabscheuten ihn, und keiner wollte ihm und seinem Töchterchen Wohnung geben. Um die Jahreszeit aber, als sie ankamen, war es schon sehr kalt.

Der Henker bat in einem Haus um Unterkunft, dann in einem anderen, aber schließlich hörte er zu bitten auf. Er sah, daß er in niemand auch nur eine Spur Mitleid erregte, und wußte, daß er dies auch vollauf verdient hatte.

»Aber das Kind«, dachte er, »das Kind hat doch keine Schuld an meinen Sünden – irgend jemand wird wohl mit dem Kinde Mitleid haben.«

Borjka ging wieder von Hof zu Hof und bat, wenn auch nicht ihn, so doch sein Töchterchen aufzunehmen ... Er schwor, daß er sogar niemals kommen werde, um es zu besuchen.

Aber auch diese Bitte war vergeblich.

Wer hatte Lust, mit dem Henker etwas zu tun zu haben?

Die unglücklichen Ankömmlinge gingen nun um das Städtchen herum und baten um Aufnahme im Zuchthause. Dort war man wenigstens vor der herbstlichen Feuchtigkeit und Kälte geschützt. Aber auch im Zuchthause nahm man sie nicht auf, weil die Zeit ihrer Strafgefangenschaft abgelaufen war und sie nun freie Leute waren. Es stand ihnen frei, unter einem beliebigen Zaun oder in einem beliebigen Graben zu sterben.

Man gab zwar dem Henker und seiner Tochter hin und wieder Almosen, natürlich nicht ihrethalben, sondern um Christi willen, aber ins Haus ließ man sie nirgends ein. Der Alte mit dem Kind fand keinen Zufluchtsort, und so nächtigten sie bald irgendwo unter Abhängen in Lehmgruben, bald in leeren Wächterhütten in Gemüsegärten. Ein magerer Hund, der mit ihnen aus Orjol gekommen war, teilte ihr hartes Los.

Es war ein großer, zottiger Köter, dessen Fell ganz verfilzt war. Niemand wußte, womit ihn seine bettelarmen Besitzer ernährten, aber endlich erriet man, daß er überhaupt keine Nahrung brauchte, weil er »keinen Bauch hatte«, d. h. es war nichts an ihm, als Haut und Knochen und gelbe verquälte Augen. »In der Mitte« hatte er aber nichts und brauchte deshalb auch keine Nahrung.

Großvater Ilja erzählte mir, daß man dies »auf die einfachste Manier« erzielen könne. Man gibt einem beliebigen Hund, solange er noch jung ist, flüssiges Zinn oder Blei zu saufen, dann ist er »ohne Bauch« und kann nicht mehr fressen. Selbstverständlich mußte man dazu unbedingt ein besonderes »Zauberwort« wissen. Und weil der Henker dieses Wort offenbar wußte, erschlugen Leute von strenger Gesittung seinen Hund. Das gehörte sich natürlich auch so, weil man der Zauberei keinen Vorschub leisten darf. Aber für die Bettler war es ein großes Unglück, da das Kind immer mit dem Hund schlief, der dem Kinde von der Wärme seines Felles mitteilte. Aber solcher Dummheiten halber darf man mit Zauberern natürlich kein Mitleid haben, und alle waren der Ansicht, daß der Hund zu recht vertilgt worden war. Den Zauberern soll es nicht gelingen, den Rechtgläubigen zu betrügen.

4.

Nach der Vertilgung des Hundes wärmte der Henker das Mädchen in den Zweighütten selber, aber er war schon alt, und zu seinem Glück hatte er die seine Kräfte übersteigende Sorge nicht mehr lange zu tragen. In einer frostigen Nacht spürte die Kleine, daß ihr Vater noch kälter war, als sie selbst, und es wurde ihr so schrecklich zumute, daß sie von ihm fortrückte und die Besinnung verlor. Bis zum Morgen verblieb sie in der Umarmung des Todes. Als es Tag wurde, schauten Leute, die zur Frühmesse gingen, aus Neugierde in die Hütte und sahen Vater und Tochter erstarrt daliegen. Die Kleine erwärmte man irgendwie wieder, und als sie den Vater mit seltsam starren Augen und wild gefletschten Zähnen daliegen sah, begriff sie das Geschehene und fing zu schluchzen an.

Den Alten begrub man hinter dem Kirchhof, da er verwerflich gelebt und ohne Beichte gestorben war, sein Töchterchen aber vergaß man ein wenig ... Allerdings für kurze Zeit, im ganzen vielleicht für einen Monat, aber als man sich einen Monat später an sie erinnerte, war sie nirgends zu finden.

Man konnte aber annehmen, daß die Waise in eine andere Stadt gelaufen war oder in den Dörfern um Almosen bettelte. Viel interessanter war, daß mit dem Verschwinden der Waise ein anderer seltsamer Umstand zusammenfiel: bevor man nämlich noch an das Mädchen dachte, bemerkte man, daß auch der Brezelbäcker Sseliwan spurlos verschwunden war.

Er verschwand so unerwartet und dazu so unüberlegt, wie es vor ihm sicher noch kein Flüchtling getan hatte. Sseliwan hatte entschieden von niemand etwas mitgenommen, selbst alle Brezeln, die man ihm zum Verkaufen mitgegeben hatte, lagen noch auf dem Brett, und ebenso unangetastet fand man auch das ganze Geld vor, das er für das Verkaufte eingenommen hatte; er selbst aber kehrte nicht mehr nach Hause zurück.

Die beiden Waisen galten volle drei Jahre als spurlos verschollen.

Da kam aber einmal der Kaufmann, dem der längst verödete Gasthof »Am Kreuzweg« gehörte, auf den Jahrmarkt gefahren und erzählte, daß ihm ein Unfall geschehen sei: auf dem Knüppelweg habe er so ungeschickt kutschiert, daß ihn das umgestürzte Fuhrwerk schier erdrückt hätte, aber ein unbekannter Landstreicher habe ihn gerettet.

Später aber erkannte er den Landstreicher, und es stellte sich heraus, daß es niemand anderes als Sseliwan war.

Der Kaufmann, den Sseliwan gerettet hatte, war keiner von denen, die gegen einen erwiesenen Dienst unempfänglich sind; um nicht dereinst beim Jüngsten Gericht wegen Undankbarkeit zur Rechenschaft gezogen zu werden, wollte er dem Landstreicher etwas Gutes tun.

»Ich will dich glücklich machen«, sagte er zu Sseliwan. »Ich habe am Kreuzweg einen leeren Gasthof; geh hin, werde dort Wirt und verkaufe Hafer und Heu. Mir zahlst du im ganzen hundert Rubel Pacht im Jahr.«

Sseliwan wußte, daß an der verödeten Straße, sieben Werst vom Städtchen entfernt, nicht der richtige Platz für einen Gasthof war und er dort keine Reisenden zu erwarten hatte; aber es war das erstemal, daß man ihm einen eigenen Winkel anbot, und so erklärte er sich einverstanden.

Der Kaufmann ließ ihn ein.

5.

Sseliwan kam mit einem kleinen, einrädrigen Mistwägelchen auf den Hof; auf dem Wägelchen befanden sich seine Habseligkeiten, und auf diesen lag, den Kopf zurückgelehnt, eine kranke Frau in elenden Lumpen.

Die Leute fragten Sseliwan: »Wer ist denn das?«

Er antwortete: »Das ist meine Frau.«

»Woher stammt sie denn?«

Sseliwan erwiderte kurz: »Aus Gottes Welt.«

»Was fehlt ihr?«

»An den Füßen leidet sie.«

»Woher kommt denn das?«

Sseliwan runzelte die Stirn und stieß hervor: »Von der irdischen Kälte.«

Weiter sprach er kein Wort, sondern hob den kranken Krüppel auf und trug ihn in die Hütte.

Sseliwan war weder gesprächig noch überhaupt ein angenehmer Gesellschafter. Er wich den Menschen aus und schien sie sogar zu fürchten. In der Stadt zeigte er sich auch nicht, und seine Frau sah niemand mehr seit der Zeit, als er sie auf dem Mistwägelchen hierhergebracht hatte. Aber seitdem dies geschehen war, waren schon viele Jahre verflossen – die damals jungen Leute fingen schon an alt zu werden, und der Hof am Kreuzweg wurde immer baufälliger und unwirtlicher, aber Sseliwan und der hilflose Krüppel lebten noch immer dort und zahlten sogar den Erben des Kaufmanns zum allgemeinen Erstaunen etwas für die Pacht.

Wo nahm nur dieser Kauz das Geld her, das er für seine eigenen Bedürfnisse brauchte und das er für den ganz verfallenen Hof zahlen mußte? Jeder wußte, daß *niemals* ein Durchreisender dort hineinschaute, und daß kein Fuhrmann dort seine Pferde fütterte; doch Sseliwan lebte zwar ärmlich, starb aber immerhin nicht vor Hunger.

Das war die Frage, die übrigens die Bauern in der Umgegend nicht sehr lange quälte. Bald wußten nämlich alle, daß Sseliwan es mit den unsauberen Mächten hielt ... Diesen unsauberen Mächten hatte er recht vorteilhafte, für gewöhnliche Menschen sogar unmögliche Geschäftchen zu verdanken.

Es ist bekannt, daß der Teufel und seine Gehilfen die größte Lust daran haben, den Menschen alles Üble anzutun; besondere Freude macht es ihnen aber, den Menschen die Seele so unerwartet zu nehmen, daß sie sich nicht mehr durch Buße entsündigen können. Wer von den Menschen diese Ränke unterstützt, dem erweist die gesamte unsaubere Gesellschaft, als da sind Waldteufel, Wassergeister und Hexen, gern verschiedene Gefälligkeiten, wenn auch unter sehr schweren Bedingungen. Der Gehilfe der Teufel muß ihnen selber in die Hölle folgen – früher oder später, aber unweigerlich. Sseliwan befand sich in dieser verhängnisvollen Lage. Um in seinem zerstörten Häuschen leben zu können, hatte er schon lange seine Seele gleich mehreren Teufeln auf einmal verkauft, die ihm seit der Zeit mit allen Mitteln Reisende auf den Hof trieben. Aber niemand kam aus seinem Hofe wieder heraus. Dies geschah auf die Weise, daß sich die Waldteufel mit den Hexen verabredeten und plötzlich bei einbrechender Nacht Stürme und Schneegestöber erhoben, in denen sich der Reisende verirrte und sich beeilte, sich vor den losgelassenen Elementen ganz gleich wo zu verbergen. Sseliwan warf dann sogleich seine Schlingen aus: er stellte ein Licht in sein Fensterchen, und auf dieses Licht kamen zu ihm Kaufleute mit dicken Geldkatzen, Adelige mit geheimen Schatullen im Wagen und Popen mit dreiklappigen Pelzmützen, die innen in ihrer ganzen Weite mit Geldscheinen ausgelegt sind. Das war seine Falle. Aus Sseliwans Tor kam keiner von denen, die hineingegangen waren, wieder heraus.

Was Sseliwan mit ihnen tat, wußte niemand.

Wenn Großvater Ilja in seiner Erzählung an diese Stelle kam, fuhr er bloß mit der Hand durch die Luft und erklärte eindringlich:

»Die Eule fliegt – der Uhu zieht – nichts ist zu sehen: Sturm und Schneetreiben und ... Mütterchen Nacht macht alles glatt.«

Um nicht in der Meinung Großvater Iljas zu sinken, stellte ich mich so, als verstünde ich, was das bedeutete: »die Eule fliegt, der Uhu zieht«, aber ich verstand nur das eine, daß Sseliwan ein Waldteufel sei, dem zu begegnen außerordentlich gefährlich war ... Möge Gott jeden davor behüten.

Im übrigen bemühte ich mich, die schrecklichen Erzählungen über Sseliwan durch Umfragen bei anderen Leuten nachzuprüfen, aber alle sagten mir genau das gleiche. Alle betrachteten Sseliwan als einen schrecklichen Waldteufel, und alle trugen mir, wie Großvater Ilja, aufs strengste auf, »zu Hause niemand etwas über Sseliwan zu sagen«. Auf den Rat des Müllers befolgte ich dieses Gebot der Bauern bis zu einem besonderen, schrecklichen Vorfall, als ich nämlich selbst in Sseliwans Klauen geriet.

6.

Im Winter, als man im Hause die Doppelfenster einhängte, konnte ich nicht mehr so oft wie bisher mit Großvater Ilja und den anderen Bauern zusammenkommen. Man ließ mich nicht in den Frost, sie aber hörten auch bei der Kälte nicht zu arbeiten auf, wobei sich mit einem von ihnen eine unangenehme Geschichte ereignete, die Sseliwan wieder auf die Szene brachte.

Ganz zu Anfang des Winters ging der Bauer Nikolai, ein Neffe Iljas, an seinem Namenstag nach Kromy auf Besuch und kehrte nicht mehr zurück. Zwei Wochen später fand man ihn am Saume von Sseliwans

Wald. Nikolai saß auf einem Baumstumpf, stützte sich mit dem Kinn auf einen Stock und hatte offensichtlich, als er sich ausruhte, nicht gemerkt, daß ihn das Schneegestöber bis über die Knie einschneite. Die Füchse hatten ihm schon Nase und Wangen abgenagt.

Offenbar war Nikolai vom Wege abgeirrt, war müde geworden und erfroren. Aber alle wußten, daß dies nicht so einfach und nicht ohne Sseliwans Schuld geschehen sei. Ich erfuhr es durch die Mädchen, die in unserem Hause sehr zahlreich waren und fast alle Annuschka heißen. Es gab da eine große Annuschka, eine kleine Annuschka, eine blatternarbige Annuschka und eine runde Annuschka und dann noch eine Annuschka mit dem Beinamen »die Flinke«. Diese letztere war bei uns eine Art Reporter und sorgte auch für das Feuilleton. Ihrem lebhaften und mutwilligen Charakter hatte sie auch ihren Rufnamen zu verdanken.

Nur zwei Mädchen hießen nicht Annuschka – nämlich Neonila und Nastja, die eine gewisse Sonderstellung einnahmen, weil sie in dem damaligen Orjoler Modenmagazin der Madame Morosowa eine besondere Erziehung erhalten hatten. Außerdem befanden sich noch drei Laufmädchen im Hause – Osjka, Mosjka und Rosjka. Der Taufname der einen war Matrjona, der anderen Rajissa, wie aber Osjka in Wirklichkeit hieß, weiß ich nicht mehr. Mosjka, Osjka und Rosjka waren noch minderjährig und wurden deshalb ziemlich wegwerfend behandelt. Sie liefen noch barfuß herum und hatten nicht das Recht, auf Stühlen zu sitzen, sondern mußten unten auf den Fußbänkchen kauern. Ihre Pflichten bestanden in allerlei erniedrigenden Obliegenheiten, wie Tassen spülen, Waschbecken hinaustragen, die Zimmerhündchen spazieren führen und schnelle Gänge für das Küchenpersonal ins Dorf machen. In den heutigen Gutsbesitzerhäusern kennt man einen solchen unnötigen Menschenüberfluß nicht mehr, aber damals erschien er unentbehrlich.

Selbstverständlich wußten alle unsere Mägde und Mädchen viel über den schrecklichen Sseliwan, bei dessen Hof der Bauer Nikolai erfroren war. Anläßlich dieses Vorfalls erinnerte man sich auch wieder an alle seine alten Schelmenstücke, die ich bisher noch nicht gekannt hatte. Jetzt kam es auch auf, daß der Kutscher Konstantin, als er einmal um Fleisch zu holen in die Stadt gefahren war, aus dem Fenster von Sseliwans Hütte kläglliches Stöhnen und die Worte gehört hatte: »Ach, mein Händchen schmerzt, ach, er schneidet mir die Finger ab!«

Ein Mädchen, die große Annuschka, erklärte das so, daß Sseliwan während eines großen Schneegestöbers einen ganzen herrschaftlichen

Kutschschlitten mit einer ganzen adeligen Familie zu sich gebracht hatte und den adeligen Kindern langsam Finger für Finger abschnitt. Diese furchtbare Barbarei erschreckte mich entsetzlich. Darauf hatte der Schuhmacher ein noch schrecklicheres und dazu unerklärliches Abenteuer. Als man ihn einmal in die Stadt schickte, um Leder zu kaufen, verspätete er sich ein wenig und machte sich erst am späten Abend auf den Heimweg. Bald erhob sich ein kleines Schneegestöber, was für Sseliwan ein Hauptvergnügen bedeutete. Er pflegte dann gleich aufzustehen und aufs Feld hinauszugehen, um im Nebel mit den Waldteufeln und Hexen nach Herzenslust zu kreisen. Der Schuhmacher wußte das und nahm sich in acht, aber das nützte ihm nichts. Sseliwan sprang direkt vor seiner Nase heraus und versperrte ihm den Weg … Das Pferd blieb stehen. Zu seinem Glück aber war der Schuhmacher von Natur aus kühn und sehr findig. Er trat anscheinend ganz freundlich an Sseliwan heran und sagte: »Guten Tag!« Aber gleichzeitig stach er ihn aus dem Ärmel heraus mit einer großen, spitzen Ahle mitten in den Bauch. Das ist nämlich der einzige Ort, wo man einen Zauberer tödlich verwunden kann. Sseliwan aber rettete sich dadurch, daß er sich unverzüglich in einen dicken Werstpfahl verwandelte, in dem das scharfe Instrument des Schusters so fest stecken blieb, daß er es durchaus nicht mehr herausziehen konnte und sich von ihm trennen mußte, während es ihm doch ganz unentbehrlich war.

Dieser letzte Vorfall war sogar eine kränkende Verhöhnung ehrenwerter Menschen und überzeugte alle davon, daß Sseliwan in der Tat nicht nur ein großer Übeltäter und hinterlistiger Zauberer, sondern auch ein frecher Kerl war, dem man kein Pardon geben durfte. Man beschloß, ihm eine strenge Lektion zu erteilen. Aber Sseliwan wußte Bescheid und lernte neue Listen. Er fing an, sich zu verwandeln, d. h. er wechselte bei der geringsten Gefahr, ja sogar bei jeder Begegnung seine menschliche Gestalt und verwandelte sich mit einemmal vor aller Augen in belebte oder unbelebte Gegenstände. Freilich hatte Sseliwan, dank der allgemeinen Erregung gegen ihn, trotz seiner großen Gewandtheit, doch auch ein wenig zu leiden. Ihn ganz auszurotten, wollte aber doch nicht gelingen. Der Kampf mit ihm nahm hin und wieder einen sogar etwas lächerlichen Charakter an, was alle noch mehr kränkte und aufbrachte. Nachdem z. B. der Schuhmacher aus aller Kraft nach ihm mit der Ahle gestochen, und Sseliwan sich nur dadurch gerettet hatte, daß es ihm gelungen war, sich in einen Werstpfahl zu verwandeln, sahen einige Menschen diese Ahle im richtigen Werstpfähle stecken. Sie versuchten sogar, sie herauszuziehen, aber die Ahle brach ab, und sie brachten dem Schuhmacher nur den zu nichts brauchbaren Holzgriff.

Sseliwan spazierte auch nach dieser Begebenheit im Walde umher, als hätte niemand nach ihm gestochen, und verwandelte sich in ein so echtes Wildschwein, daß er sogar mit Vergnügen Eicheln fraß, als ob ihm diese Frucht wirklich schmeckte. Am häufigsten jedoch flog er in Gestalt eines roten Hahns auf sein schwarzes, zerzaustes Dach hinauf und schrie von dort: »Kikeriki!« Alle wußten, daß es ihm nicht um das »Kikeriki« zu tun war, sondern daß er Ausschau hielt, ob nicht jemand komme, gegen den es sich lohnte den Waldteufel und die Hexe aufzuhetzen, damit sie einen schönen Sturm erheben und den Wanderer zu Tode zerren. Mit einem Wort, die Christenmenschen errieten alle seine Listen so gut, daß sie dem Übeltäter nie in die Falle gingen und sich sogar an Sseliwan für seine Hinterlist ordentlich rächten. Als er sich einmal in ein Wildschwein verwandelt hatte, begegnete er dem Schmied Ssawelij, der zu Fuß aus Kromy von einer Hochzeit heimkehrte; zwischen ihnen gab es einen offnen Kampf, in dem der Schmied aber Sieger blieb, weil er zu seinem Glück einen schweren Eichenprügel in der Hand hatte. Der Werwolf tat so, als schenke er dem Schmied nicht die geringste Aufmerksamkeit: er grunzte laut und kaute an seinen Eicheln. Der Schmied aber hatte sein Vorhaben scharfsinnig durchschaut: das Tier wollte ihn nämlich vorbeilassen, um ihn dann von hinten zu überfallen, umzuwerfen und samt den Eicheln zu fressen. Der Schmied entschloß sich, der Gefahr zuvorzukommen; er schwang seinen Knüppel hoch über dem Kopfe und ließ ihn mit solcher Wucht auf die Schnauze des Wildschweins niedersausen, daß es kläglich winselte, umfiel und nicht mehr aufstand. Als aber der Schmied eilig davonging, nahm Sseliwan gleich wieder sein menschliches Aussehen an und schaute dem Schmied von seinem Treppchen aus lange nach, offenbar in der unfreundlichsten Absicht.

Nach dieser schrecklichen Begegnung befiel den Schmied ein Schüttelfrost, vor dem er sich einzig dadurch rettete, daß er das Chininpulver, das man ihm aus dem Herrenhause zum Einnehmen schickte, zum Fenster hinaus in den Wind streute.

Der Schmied galt als sehr einsichtig und wußte, daß Chinin und alle andere Apotheken-Arznei gegen Zauber nichts ausrichten können. Er überstand also die Krankheit, band dann in einen rauhen Faden einen kleinen Knoten und ließ ihn im Misthaufen verfaulen. Damit war alles erledigt, denn sobald Knoten und Faden verfaulten, war auch Sseliwans Macht zu Ende. Und so geschah es auch. Sseliwan verwandelte sich nach diesem Vorfall nie mehr in ein Schwein; jedenfalls sah ihn niemand mehr in dieser unsauberen Gestalt.

Gegen den Schabernack Sseliwans in Gestalt eines roten Hahns war man noch erfolgreicher: wider ihn erhob sich der scheläugige Müllersknecht Ssawka, ein kühner Bursche, der am weitschauendsten und flinksten von allen handelte.

Als man ihn einmal in die Stadt auf den Markt schickte, ritt er ein sehr faules und eigensinniges Pferd. Ssawka kannte die Gemütsart seines Gauls und nahm heimlich auf alle Fälle ein tüchtiges Birkenscheit mit, mit dem er seinem melancholischen Buzephalus ein Souvenir in die Rippen zu schreiben gedachte. Etwas in der Art hatte er bereits getan und damit den Charakter seines Gauls soweit bezwungen, daß jener schließlich die Geduld verlor und ein wenig zu springen begann.

Sseliwan, der nicht erwartet hatte, daß Ssawka so gut bewaffnet war, flog bei seinem Herannahen sofort als Hahn aufs Dach, begann sich zu drehen, nach allen Seiten zu schauen und sein »Kikeriki« zu krähen. Ssawka bekam vor dem Zauberer keine Angst, sondern er sagte ihm vielmehr: »He, Bruder, du bist an den Unrechten geraten, du entkommst mir nicht!« Ohne lang nachzudenken, schleuderte er sein Scheit so geschickt nach ihm, daß der Hahn nicht einmal sein »Kikeriki« zu Ende krähen konnte und tot herunterfiel. Zum Unglück fiel er aber nicht auf die Straße, sondern auf den Hof, wo er nur die Erde zu berühren brauchte, um seine natürliche Menschengestalt wieder zu erhalten. Er wurde wieder Sseliwan, lief heraus und verfolgte Ssawka mit demselben Scheit in der Hand, mit dem ihn Ssawka traktiert hatte, als er als Hahn auf dem Dache krähte.

Wie Ssawka erzählt, war Sseliwan diesmal so wütend, daß er ihm nur knapp entrinnen konnte; aber Ssawka war ein erfindungsreicher Bursch und wußte einen vortrefflichen Streich. Er wußte, daß sein fauler Gaul mit einemmal seine Faulheit vergaß, wenn man ihn dem Hause, der Krippe zuwandte. Das tat er nun. Als Sseliwan, mit dem Scheit bewaffnet, gegen Ssawka losging, lenkte Ssawka das Pferd sofort auf den Heimweg und verschwand. Er galoppierte außer sich vor Angst nach Hause und erzählte erst am anderen Tag von der schrecklichen Geschichte, die sich mit ihm begeben hatte. Und Gott sei Dank, daß er zu sprechen anfing; man hatte schon gefürchtet, daß er auf immer stumm bleiben werde.

7.

An Stelle des erschreckten Ssawka wurde ein kühnerer Bote ausgesandt, der Kromy auch erreichte und wohlbehalten wieder zurückkehrte. Aber auch dieser erklärte, als er die Reise hinter sich hatte, daß er lieber in die Erde versinken wolle, als an Sseliwans Hof vorüberkommen. Auch die anderen fühlten das gleiche: die Furcht wurde allgemein; dafür wurde freilich Sseliwan von allen in verstärktem Maße beobachtet. Wo und in was er sich auch verwandelte, man entdeckte ihn immer und überall und suchte seine verderbliche Existenz in jeglicher Gestalt zu vernichten. Ob Sseliwan vor seinem Hof als Schaf oder Kalb erschien, man erkannte ihn sogleich und schlug ihn, und in keiner Gestalt gelang es ihm, sich zu verbergen. Als er einmal sogar in der Gestalt eines neuen, frisch geteerten Wagenrades auf die Straße hinausrollte und sich zum Trocknen in die Sonne legte, wurde auch diese List entdeckt, und kluge Leute zerschlugen es in kleine Stücke, so daß Achse und Speichen nach verschiedenen Richtungen auseinanderflogen.

Von all diesen Vorkommnissen, die die heroische Epopöe meiner Kindheit ausmachen, erhielt ich immer rechtzeitig schnelle und glaubwürdige Kunde. Zur Geschwindigkeit der Nachrichten trug viel bei, daß sich auf unserer Mühle stets ein wechselndes hergefahrenes Publikum befand, das zum Mahlen herkam. Während die Mühlsteine das mitgebrachte Korn mahlten, mahlte der Mund der Mahlgäste mit noch größerem Eifer allen möglichen Unsinn. Von dort brachten die Mädchen Mosjka und Rosjka alle interessanten Geschichten mit, die darauf in verbesserter Redaktion mir mitgeteilt wurden. Ich dachte dann nächtelang über sie nach und schuf für mich und Sseliwan die fesselndsten Situationen, da ich zu ihm, trotz der Dinge, die ich über ihn hörte, in der Tiefe meiner Seele eine starke, herzliche Zuneigung hegte. Ich glaubte fest daran, daß die Stunde kommen werde, in der ich mit Sseliwan auf eine ungewöhnliche Weise zusammentreffen müßte, und daß wir einander sogar noch viel mehr lieben würden, als ich den Großvater Ilja liebte, an dem mir mißfiel, daß eins seiner Augen, namentlich das linke, immer ein wenig lachte.

Ich konnte durchaus nicht länger glauben, daß Sseliwan seine übernatürlichen Wundertaten in böser Absicht tue; ich dachte sehr gerne an ihn, und sobald ich einschlief, erschien er mir gewöhnlich still und gütig und sogar etwas gekränkt im Traume. Ich hatte ihn noch nie gesehen und konnte mir sein Gesicht nach den entstellenden Beschreibungen der Erzähler nicht vorstellen, aber seine Augen sah ich, sobald ich meine eigenen zumachte: es waren große, sehr tiefe und gütige Augen. Während ich schlief, befand ich mich mit Sseliwan im besten Einvernehmen: vor uns öffneten sich im Walde viele verborgene Höhlen, wo wir viel Brot und Fleisch und warme Schafspelze für Kinder versteckt hatten, die wir hervorholten, schnell zu den uns wohlbekannten Hütten im Dorfe trugen und vors Dachfenster legten; wir klopften an, damit jemand herausschaue, und liefen selbst eilig davon.

Das waren die schönsten Traumbilder meines Lebens, und ich bedauerte immer, daß nach meinem Erwachen Sseliwan für mich wieder zu dem Räuber wurde, gegen den jeder brave Mensch alle Vorsichtsmaßregeln treffen mußte. Ich muß gestehen, daß auch ich nicht hinter den anderen zurückstehen wollte, und obwohl mich im Traume die wärmste Freundschaft mit Sseliwan verband, hielt ich es im Wachen doch nicht für überflüssig, mich sogar in der Ferne gegen ihn zu versichern.

Zu diesem Zweck erbat ich mir unter vielen Schmeicheleien und anderen Erniedrigungen von der Beschließerin den alten, sehr langen kaukasischen Dolch meines Vaters, den sie in der Vorratskammer aufbewahrte. Ich band ihn an die Schnüre, die ich vom Husarentschako meines Onkels herunternahm, und verbarg die Waffe meisterlich unter der Matratze am Kopfende meines Bettes. Wenn Sseliwan nachts in unserem Hause aufgetaucht wäre, hätte ich mich unverzüglich ihm entgegengestellt.

Weder Vater noch Mutter wußten etwas von diesem verborgenen Arsenal, und das war auch nötig, denn sonst hätte man mir den Dolch natürlich weggenommen, und Sseliwan hätte meinen ruhigen Schlaf stören können, denn ich fürchtete ihn trotzdem schrecklich. Inzwischen drang er auch schon bei uns ein, aber unsere flinken Mädchen hatten ihn gleich erkannt. Sseliwan erfrechte sich, in unserem Hause, in eine große rotbraune Ratte verwandelt, aufzutauchen. Anfangs lärmte er nur in den Nächten in der Vorratskammer, aber dann sprang er einmal in den hohen Lindenbottich hinunter, auf dessen Boden, von einem Sieb bedeckt, Würste und anderer Imbiß zum Empfang von Gästen aufbewahrt wurden. Sseliwan wollte uns damit eine ernste Unannehmlichkeit bereiten, wahrscheinlich zur Vergeltung für die Unannehmlichkeiten, die er von unseren Bauern zu ertragen hatte. In eine rotbraune Ratte verwandelt, sprang er in den Bottich, schob den Stein, der das Sieb beschwerte, zur Seite und fraß alle Würste; dafür konnte er aber aus dem hohen Bottich nicht mehr heraus. Allem Anschein nach konnte Sseliwan hier der verdienten Todesstrafe nicht mehr entrinnen, die sich die flinke Annuschka erboten hatte, gleich zu vollziehen. Sie erschien zu diesem Zweck mit einem Kessel kochenden Wassers und einer alten Gabel. Annuschka hatte den Plan, den Werwolf erst mit dem heißen Wasser zu verbrühen und dann auf die Gabel aufzuspießen, um ihn schließlich tot ins Unkraut den Raben zum Fraß hinauszuwerfen. Aber bei der Vollstreckung der Todesstrafe beging die runde Annuschka eine Ungeschicklichkeit. Sie goß das siedende Wasser auf die Hand der flinken Annuschka, die vor Schmerz die Gabel fallen ließ. Indessen biß die Ratte sie in den Finger, kletterte mit bewundernswerter Gewandtheit am Ärmel des Mädchens heraus und verschwand spurlos während des allgemeinen Schreckens, den sie unter den gesamten Anwesenden angerichtet hatte.

Meine Eltern, die auf dieses Ereignis mit Alltagsaugen blickten, schrieben den dummen Ausgang der Jagd der Ungeschicklichkeit unserer Annuschkas zu; aber wir, die wir die geheimen Triebfedern dieser Sache kannten, wußten, daß etwas Besseres nicht hatte herauskommen können, weil es keine einfache Ratte, sondern der Werwolf Sseliwan gewesen war. Indes wagten wir nicht, den Eltern davon zu erzählen. Als einfältiges Volk fürchteten wir Kritik und Spott über alles, was uns unzweifelhaft und offensichtlich erschien.

In keiner Gestalt aber konnte sich Sseliwan entschließen, die Schwelle des Vorzimmers zu überschreiten, weil er, wie mir schien, etwas von meinem Dolche erfahren hatte. Das war mir einesteils schmeichelhaft, aber doch auch wieder ärgerlich, weil die Reden und Gerüchte über ihn mich schon ermüdeten und in mir das leidenschaftliche Verlangen brannte, Sseliwan persönlich zu begegnen.

Dieser Wunsch verwandelte sich schließlich in eine Qual, in der der ganze lange Winter mit seinen endlosen Abenden verging. Aber mit den ersten Schmelzbächen des Frühlings trat ein Ereignis ein, das unsere ganze Lebensordnung in Verwirrung brachte und den gefährlichen Trieben unbeherrschter Leidenschaften Freiheit gab.

8.

Der Vorfall war unerwartet und traurig. Mitten während der Frühlingsschneeschmelze, wenn nach dem Volksausdruck »ein Stier in der Pfütze ersäuft«, kam vom weit entfernten Gute der Tante ein berittener Bote dahergesprengt mit der verhängnisvollen Nachricht von der schweren Erkrankung der Großmutter.

In dieser weglosen Jahreszeit war die weite Reise mit großer Gefahr verbunden; das hielt jedoch weder Vater noch Mutter davon ab, und sie machten sich unverzüglich auf den Weg. Man mußte hundert Werst fahren, die man nur in einem einfachen Wagen zurücklegen konnte, da es ganz unmöglich war, mit einer Kutsche zu fahren. Den Wagen begleiteten zwei Reiter mit langen Stangen in den Händen. Sie ritten voraus und untersuchten die Wegelöcher. Das Haus wurde der Fürsorge eines besonderen provisorischen Komitees anvertraut, zu dem verschiedene Personen mit verschiedenen Ämtern gehörten. Der großen Annuschka waren alle Personen weiblichen Geschlechts bis zu Mosjka und Rosjka abwärts unterstellt; die oberste Aufsicht über die Sitten oblag der Beschließerin Dementjewna. Unsere intellektuelle Leitung, die Entscheidung über die Einhaltung der Feiertage und der gewöhnlichen Tage war dem Diakonssohne Apollinarij Iwanowitsch anvertraut, der in seiner Eigenschaft als ein aus der Rhetorikklasse hinausgeworfener Seminarist bei meiner Person die Stelle eines Hauslehrers vertrat. Er lehrte mich lateinische Deklinationen und bereitete mich auch sonst vor, damit ich im nächsten Jahr in die erste Klasse des Orjoler Gymnasiums nicht als völlig Wilder eintrete, den die lateinische Grammatik Bjeljustins und die französische Lomonds in Verwunderung setzen müßten.

Apollinarij war ein weltlich gesinnter Jüngling und bereitete sich darauf vor, unter die »Beamteten« zu gehen, oder wie man jetzt sagt, Schreiber bei der Orjoler Gouvernementsverwaltung zu werden, wo schon sein Onkel im Dienst stand, der ein außerordentlich interessantes Amt inne hatte. Wenn nämlich ein Polizeivorsteher oder Kommissär auf dem Lande draußen irgendeine Anordnung unausgeführt ließ, so schickte man Apollinarijs Onkel auf Rechnung des Schuldigen mit einem »Eilpferd« zu ihm; er reiste, ohne Pferdegeld zu zahlen, erhielt außerdem von den Schuldigen Geschenke und Präsente und sah mancherlei

Städte und vielerlei Leute von verschiedenem Rang und verschiedenen Sitten. Mein Apollinarij hatte ebenfalls die Absicht, mit der Zeit eines solchen Glückes teilhaftig zu werden, und durfte viel mehr als sein Onkel darauf hoffen, da er über zwei große Talente verfügte, die in der weltlichen Laufbahn äußerst angenehm sein können: Apollinarij spielte zwei Lieder zur Gitarre: »Das Mädchen mähte Brennesseln« und ein zweites, viel schwierigeres: »An einem Abend trüb und herbstlich« und, was damals in der Provinz noch seltener war, er verstand es, den Damen herrliche Verse zu schreiben, weswegen er eigentlich auch aus dem Seminar davongejagt worden war.

Ungeachtet des Unterschieds unserer Jahre verkehrten wir miteinander wie Freunde und bewahrten, wie es wahren Freunden geziemt, treulich unsere gegenseitigen Geheimnisse. Dabei kamen freilich auf seinen Teil etwas weniger als auf meinen: meine ganzen Geheimnisse bestanden in dem unter meiner Matratze liegenden Dolch, während ich verpflichtet war, zwei mir anvertraute Geheimnisse in der Tiefe meines Herzens zu tragen: das erste betraf die im Schrank verborgene Pfeife, aus der Apollinarij abends sauersüßen, weißen Njeschiner Knaster in den Ofen hinein zu rauchen pflegte; das zweite aber war noch wichtiger, es handelte sich nämlich um Verse, die Apollinarij zu Ehren einer gewissen »leichtbeschwingten Pulcheria« geschrieben hatte.

Die Verse waren wohl sehr schlecht, aber Apollinarij sagte, daß man zu ihrer richtigen Beurteilung unbedingt sehen müßte, welchen Eindruck sie, gut und mit Gefühl vorgelesen, auf eine zarte und gefühlvolle Frau machen würden.

Das setzte eine große und für uns sogar unüberwindliche Schwierigkeit voraus, da es in unserem Hause keine kleinen Mädchen gab, den erwachsenen jungen Damen aber, die hin und wieder zu uns gefahren kamen, wagte Apollinarij nicht den Vorschlag zu machen, seine Zuhörerinnen zu sein, da er sehr schüchtern war und sich unter den uns bekannten jungen Damen große Spötterinnen befanden.

Die Not lehrte Apollinarij, einen Kompromiß zu erfinden, nämlich die auf die »leichtbeschwingte Pulcheria« geschriebene Ode unserem Mädchen Neonila vorzudeklamieren, die sich in dem Morosowschen Modemagazin allerhand geschliffene, städtische Manieren angeeignet hatte und, nach Ansicht Apollinarijs, die feinen Gefühle haben mußte, die unentbehrlich sind, um den Wert der Poesie zu schätzen.

Bei meiner Minderjährigkeit scheute ich mich, meinem Lehrer Ratschläge für seine poetischen Versuche zu erteilen, aber seine Absicht, die Verse der Näherin vorzudeklamieren, hielt ich für riskant. Ich urteilte natürlich nach meinem eigenen Maßstabe und meinte, daß wenn der jungen Neonila auch einige Gegenstände städtischer Bildung bekannt seien, die Sprache der hohen Poesie, in der sich Apollinarij an die von ihm besungene Pulcheria wandte, ihr doch kaum verständlich sein würde. Außerdem waren in der Ode an die »Leichtbeschwingte« Ausrufe wie: »Oh du Grausame«, oder »Entschwinde meinen Augen!« und dergleichen enthalten. Neonila hatte aber von Natur aus einen schüchternen und blöden Charakter, und ich fürchtete, daß sie das auf sich beziehen würde und bestimmt weinen und davonlaufen werde.

Am schlimmsten aber war, daß bei unserer strengen Hausordnung die vom Rhetoriker geplante poetische Probe ganz unmöglich war. Weder Zeit, noch Ort, noch die anderen Umstände waren dazu angetan, daß Neonila Apollinarijs Verse anhöre und sie als erste bewundere. Die Gesetzlosigkeit jedoch, die sich bei uns seit der Abreise der Eltern breit machte, veränderte alles, und der Rhetoriker wollte sich das zunutze machen. Jetzt vergaßen wir alle Unterschiede unserer Stellung und spielten jeden Abend Schwarzen Peter; Apollinarij rauchte seinen Njeschiner Knaster sogar in den Zimmern und setzte sich im Speisezimmer in den väterlichen Sessel, was mich ein wenig kränkte. Außerdem wurde einigemal auf seine Veranlassung »Blinde Kuh« gespielt, wobei ich und mein Bruder blaue Flecken davontrugen. Dann spielten wir Versteck, und einmal wurde sogar eine richtige Festivität mit einer großen Bewirtung abgehalten. Dies alles wurde anscheinend auf »Rechnung des Grafen Scheremetjew« gemacht, auf dessen Kosten um jene Zeit in Moskau viele unvorsichtige Schlemmer zechten, deren verderbliche Bahn nun auch wir, vom Rhetoriker verleitet, einschlugen. Ich weiß auch heute nicht, wer unserer Versammlung ganze Säckchen reifster Waldnüsse geliefert hatte, die aus den Mauslöchern gewonnen worden waren, wo sich bekanntlich nur die allerbesten Nüsse zu finden pflegen. Außer den Nüssen gab es noch drei Tüten aus grauem Papier mit gelben Pfefferschwämmen in Syrup, Sonnenblumenkernen und kandierten Birnen. Die letzteren waren sehr klebrig und ließen sich von den Händen nicht so schnell abwaschen.

Diese Frucht erfreute sich deshalb besonderer Aufmerksamkeit, und die Birnen kamen nur als Pfänder zur Verlosung. Mosjka, Osjka und

Rosjka erhielten in Anbetracht ihrer anerkannten Nichtigkeit überhaupt keine Birnen. Am Pfänderspiel nahmen nur Annuschka, ich und vor allem mein Lehrer Apollinarij teil, der sich als äußerst gewandt im Erfinden erwies. All das ging im Gastzimmer vor sich, wo sonst nur besonders geehrte Gäste saßen. Und hier, im Dunste des Vergnügungstaumels, fuhr in Apollinarij irgendein rasender Geist, und er dachte sich ein noch vermeßneres Unternehmen aus. Er wollte seine Ode in einer grandiosen, sogar schrecklichen Umgebung deklamieren, in der selbst die stärksten Nerven sich in äußerster Spannung befänden. Er begann uns allen zuzureden, nächsten Sonntag in Sseliwans Wald zu gehen, um dort Maiglöckchen zu pflücken. Als wir aber Abends schlafen gingen, eröffnete er mir, daß die Maiglöckchen nur ein Vorwand seien; der Hauptzweck aber sei, die Verse in einer recht schrecklichen Umgebung vorzulesen.

Auf der einen Seite wird die Furcht vor Sseliwan wirken, und auf der anderen – die Furcht vor den schrecklichen Versen ... Wie wird sich das machen, und wird man es überhaupt aushalten können?

Stellen Sie sich nun vor, daß wir uns dazu wirklich erkühnten.

In der gehobenen Stimmung, in der wir uns an jenem denkwürdigen Frühlingsabend befanden, kamen wir uns alle kühn vor und meinten, das verzweifelte Stück gefahrlos vollbringen zu können. In der Tat, es würden unserer viele sein, und außerdem würde ich natürlich meinen langen kaukasischen Dolch mitnehmen.

Ich muß gestehen, daß ich es sehr gerne gesehen hätte, wenn sich auch die anderen ihrer Kraft und Fähigkeit entsprechend bewaffnet hätten, aber ich fand bei niemand die nötige Aufmerksamkeit und Bereitwilligkeit. Apollinarij nahm nur die Pfeife und die Gitarre mit, während die Mädchen Dreifüße, Pfannen, Kessel mit Eiern und eiserne Töpfe mitführten. Im Topfe wollte man Weizengrütze mit Speck kochen und in der Pfanne Eierkuchen backen; in dieser Hinsicht waren die beiden Gegenstände vortrefflich, aber in Hinsicht auf die Verteidigung im Falle irgendwelcher Streiche Sseliwans bedeuteten sie entschieden nichts.

Übrigens war ich, offen gestanden, auch aus anderen Gründen mit meinen Kompagnons unzufrieden: ich vermißte in ihnen die Aufmerksamkeit Sseliwan gegenüber, von der ich durchdrungen war. Sie fürchteten ihn zwar, aber doch gewissermaßen leichtsinnig, sie wagten sogar, sich über ihn skeptisch lustig zu machen. Die eine Annuschka sagte, sie werde den Pirogenwalker mitnehmen und ihn damit totschlagen, die »flinke« Annuschka scherzte, daß sie ihn totbeißen werde; sie zeigte dabei ihre schneeweißen Zähne und biß mit ihnen ein Stückchen Draht ab. Das alles war recht unsolid, aber der Rhetoriker übertraf alle. Er leugnete Sseliwans Dasein gänzlich und sagte, er habe überhaupt nie existiert und sei einfach eine Ausgeburt der Phantasie wie Python, Zerberus und dergleichen.

Damals sah ich zum erstenmal, wie weit ein Mensch in der Verneinung gehen kann! Was war damals seine ganze Rhetorik wert, wenn sie ihm gestattete, die Wahrscheinlichkeit des ins Gebiet der Fabel gehörenden Python auf eine Stufe mit der Sseliwans zu stellen, dessen tatsächliche Existenz durch eine Menge offenbarer Begebenheiten bestätigt wurde.

Ich gab dieser Verführung nicht nach und bewahrte meinen Glauben an Sseliwan. Ja, ich war überdies fest überzeugt, daß der Rhetoriker für seinen Unglauben unbedingt bestraft werden würde.

Wenn man übrigens dieser philosophischen Seite nicht allzuviel Gewicht beilegte, so versprach der geplante Waldausflug sehr viel Vergnügen, und niemand wollte oder konnte sich dazu zwingen, auf andersgeartete Erlebnisse gefaßt zu sein. Indes zwang einen die Vernunft, in diesem verwünschten Walde, wo wir sozusagen im Rachen der Bestie sein würden, sehr auf der Hut zu sein. Alle dachten nur daran, wie lustig es sein würde, sich im Walde zu zerstreuen, den sonst alle zu betreten fürchteten, während wir keine Furcht hatten. Wir überlegten, wie wir den ganzen gefährlichen Wald mit Rufen und Schreien durchziehen und wie wir über Gruben und kleine Schluchten, in denen noch der letzte Schnee lag, springen würden; aber niemand dachte daran, ob dies alles auch gebilligt werden würde, wenn unsere höchste Obrigkeit zurückkehrte. Übrigens hatten wir die Absicht, aus den schönsten Maiglöckchen zwei große Sträuße für Mamas Toilettentisch zu binden und aus den überbleibenden ein duftendes Destillat herzustellen, das für den ganzen kommenden Sommer ein vorzügliches Schönheitswasser gegen Sonnenbrand abgeben würde.

9.

An dem ungeduldig erwarteten Sonntag ließen wir das Haus unter der Obhut der Beschließerin Dementjewna zurück und zogen nach Sseliwans Wald. Die ganze Gesellschaft ging zu Fuß und hielt sich auf den trockeneren hochgelegenen Wegrainen, wo schon das erste smaragdene Gras grünte, während auf der Straße der Train folgte, der aus einem mit einem alten falben Pferd bespannten Wägelchen bestand. Auf dem Fuhrwerk lagen Apollinarijs Gitarre und die für den Fall eines Unwetters mitgenommenen Mäntelchen der Mädchen. Ich lenkte das Pferd, und hinter mir saßen als Passagiere Rosjka und andere Mädchen, von denen das eine den Kessel mit den Eiern vorsichtig auf den Knien hielt, während das andere die allgemeine Aufsicht über die verschiedenen Gegenstände hatte, aber vor allem meinen gewaltigen Dolch mit der Hand stützte, den ich an der alten Husarenschnur meines Onkels über die Schulter hängen hatte, wo er von der einen Seite auf die andere baumelte, meine Bewegungen erheblich erschwerend und meine Aufmerksamkeit von der Leitung des Pferdes ablenkend.

Die Mädchen gingen auf dem Wegrain und sangen: »Pflüg' ich den Acker und sä' ich den Lein«; der Rhetoriker sang im Baß dazu die zweite Stimme.

Die Bauern, denen wir begegneten, grüßten uns und fragten:

»Wo wollt ihr hin?«

Die Annuschkas antworteten ihnen:

»Wir wollen Sseliwan gefangen nehmen.«

Die Bauern schüttelten die Köpfe und sagten:

»Ihr seid besessen!«

Wir befanden uns in der Tat wie in einem Dunst. Ein unbezwingliches Verlangen, zu laufen, zu singen, zu lachen und Unsinn zu treiben hatte uns ergriffen.

Indes begann mir die Fahrt auf der schlechten Straße unangenehm zu werden; der alte Falbe langweilte mich, und meine Freude, die Strickzügel in den Händen zu haben, erkaltete. Aber ganz nahe am Horizont blaute Sseliwans Wald, und alles lebte auf. Das Herz schlug und zitterte, wie einst bei Varus beim Betreten des Teutoburger Waldes. Und im gleichen Augenblick sprang aus einem aufgetauten Ackerrain ein Hase hervor, lief über den Weg und raste übers Feld.

»Pfui, daß dich der Kuckuck!« schrien ihm unsere Mädchen nach.

Sie wußten alle, daß die Begegnung mit einem Hasen zu nichts Gutem führt. Ich bekam ebenfalls Angst und langte nach meinem Dolche; während ich nun ganz von der Arbeit, ihn aus der verrosteten Scheide herauszuziehen, in Anspruch genommen war, merkte ich nicht, wie mir die Zügel aus der Hand glitten und wie ich plötzlich unter den umgestürzten Wagen geriet, den der Falbe, der nach dem Grase auf dem Wegrain strebte, regelrecht umgeworfen hatte, so daß alle vier Räder nach oben starrten, und ich mit Rosjka und unserm ganzen Mundvorrat darunter lag.

Das Unglück war in einem Augenblick geschehen, seine Folgen aber waren zahllos: Apollinarijs Gitarre war zertrümmert, und die zerschlagenen Eier liefen aus und verklebten mit ihrem Inhalt unsere Gesichter. Obendrein, begann Rosjka zu heulen.

Ich war maßlos bestürzt und bedrückt und so verwirrt, daß ich selbst wünschte, man möge uns lieber gar nicht befreien; aber ich hörte schon die Stimmen unserer Annuschkas, die sich um unsere Befreiung mühten und die Ursache unseres Sturzes auf eine für mich sehr günstige Weise erklärten. Ich und der Falbe seien ganz unbeteiligt; alles sei das Werk Sseliwans.

Das war seine erste List, um uns nicht in seinen Wald zu lassen. Indes erschreckte sie niemand sehr. Im Gegenteil, sie erfüllte alle mit heftigem Unwillen und verstärkte unsere Entschlossenheit, das Programm, das wir uns ausgedacht hatten, koste es was es wolle, durchzuführen.

Es war nur erst notwendig, den Wagen aufzuheben, uns wieder auf die Beine zu stellen, am Bach das unangenehme Eiklar von uns abzuwaschen und nachzusehen, was nach unserem Unfall noch heil geblieben war von den Sachen, die wir als Tagesproviant für unsere zahlreiche Gruppe mitgenommen hatten.

All das wurde auch irgendwie ausgeführt. Mich und Rosjka wusch man am Bach, der dicht an Sseliwans Wald vorbeilief, und als ich meine Augen aufschlug, erschien mir die Welt recht unansehnlich. Die rosa Kleider der Mädchen und mein neues Röckchen aus himmelblauem Kaschmir waren nun ganz unbrauchbar: der Schmutz und die Eier hatten sie ganz verdorben, und ohne Seife, die wir nicht mitgenommen hatten, konnte man sie nicht auswaschen. Der Kessel und die Pfanne waren zertrümmert, und vom Dreifuß waren alle Füßchen abgebrochen. Von Apollinarijs Gitarre war nur mehr der Griff mit den herumgewundenen Saiten übriggeblieben. Das Brot und der andere trockene Mundvorrat lagen im Schmutz. Zum mindesten drohte uns Hunger für den ganzen Tag, abgesehen von den übrigen Schrecken, die sich in der ganzen Umwelt fühlbar machten. Der Wind pfiff durch das Tal des Baches, und der schwarze Wald, den noch kein Grün schmückte, rauschte und winkte uns unheilverkündend mit seinen Zweigen.

Unsere Stimmung war erheblich gesunken, besonders die der Rosjka, die fror und weinte. Aber trotzdem entschlossen wir uns, in Sseliwans Reich einzudringen, möge kommen, was wolle.

Jedenfalls konnte sich dasselbe Abenteuer nicht ohne Abwechslung wiederholen.

10.

Alle bekreuzigten sich und traten in den Wald. Wir gingen zaghaft und unentschlossen, aber jeder verbarg seine Angst vor den anderen. Alle verabredeten, sich möglichst oft zuzurufen. Übrigens erwies sich das Zurufen als nicht sehr notwendig, weil niemand weit hineinging und alle sich wie zufällig am Waldrande zusammendrängten und längs des Waldsaums in einer Linie gingen. Apollinarij allein zeigte sich kühner als die anderen und drang etwas in das Dickicht ein: er bemühte sich, einen möglichst öden und unheimlichen Ort zu finden, wo die Deklamation einen recht schrecklichen Eindruck auf die Zuhörerinnen machen mußte; kaum war aber Apollinarij unseren Blicken entschwunden, als plötzlich der ganze Wald von seinem durchdringenden, rasenden Schrei widerhallte. Niemand vermochte sich vorzustellen, welche Gefahr Apollinarij begegnet war, aber alle ließen ihn im Stich und stürzten aus dem Wald auf die Lichtung und dann, ohne sich umzusehen, auf die Straße nach Hause. So liefen alle unsere Annuschkas und alle Mosjkas, und hinter ihnen jagte der Pädagog selber, der noch immer vor Entsetzen schrie; aber ich und mein kleiner Bruder blieben allein zurück.

Von unserer ganzen Gesellschaft war niemand dageblieben: nicht nur alle Menschen hatten uns im Stich gelassen, auch das Pferd war dem unmenschlichen Beispiel der Menschen gefolgt. Von ihrem Geschrei erschreckt, schüttelte es den Kopf, machte kehrt und lief sporenstreichs nach Hause, wobei es alles, was noch auf dem Wägelchen geblieben war, in Gruben und Wasserlachen verstreute. Das war kein Rückzug, sondern eine vollständige und ganz schimpfliche Flucht, die nicht nur vom Verlust des Trains begleitet war, sondern auch von der Einbuße jedes gesunden Menschenverstands; außerdem waren wir Kinder der Willkür des Schicksals preisgegeben.

Gott weiß, was uns alles in unserer schutzlosen Verwaistheit hätte zustoßen können, die um so gefährlicher war, als wir allein den Weg nach Hause nicht finden konnten, und unsere Fußbekleidung, die aus weichen bocklederenen Schuhen mit dünnen Randsohlen bestand, ganz ungeeignet war, um die vier Werst auf feuchten Wegen, auf denen vielerorts noch kalte Lachen standen, zurückzulegen. Bevor wir unsere schreckliche Lage noch ganz begriffen hatten, begann es, um unsere Not vollständig zu machen, überm Walde zu donnern, und von der entgegengesetzten Seite, vom Bache wehte es naßkalt her.

Wir blickten nach dem Hohlweg und sahen, daß von der Seite, wo unser Weg lag und wohin unser Gefolge so schmählich geflohen war, eine gewaltige Regenwolke mit dem ersten Frühlingsgewitter heranzog, bei dem sich die jungen Mädchen aus einem silbernen Löffelchen zu waschen pflegen, um weißer als Silber zu werden.

Als ich mich in dieser schrecklichen Lage sah, war ich nahe daran, zu weinen, während mein kleiner Bruder schon weinte. Er war ganz blau gefroren und zitterte vor Furcht und Kälte. Seinen Kopf hatte er unter einen Strauch gebeugt und betete inbrünstig zu Gott.

Anscheinend nahm Gott sein Kindergebet an, und uns ward unsichtbare Rettung gesandt. In dem Augenblick, als der Donner zu rollen begann und wir unseren letzten Mut verloren, wurde im Walde hinter den Büschen ein Knistern hörbar, und aus dem dichten Haselnußgezweig schaute uns das breite Gesicht eines uns unbekannten Bauern an. Das Gesicht erschien uns so schrecklich, daß wir aufschrien und Hals über Kopf auf das Flüßchen zu liefen.

Besinnungslos liefen wir über den Hohlweg, rutschten kopfüber vom nassen, abbröckelnden Ufer und standen plötzlich bis zu den Hüften im trüben Wasser, während unsere Füße bis zu den Knien im Schlammboden versanken.

Weiter konnten wir unmöglich laufen. Der Bach wurde für unseren kleinen Wuchs zu tief, und wir durften gar nicht hoffen, hinüberzukommen; zudem funkelten in seiner Strömung ganz schrecklich die Zickzacklinien der Blitze – sie flackerten und wanden sich wie feurige Schlangen und verkrochen sich dann gleichsam in die vorjährigen Algen.

Wir standen im Wasser, faßten einander an den Händen und blieben wie erstarrt stehen, während von oben schon die ersten schweren Regentropfen auf uns niederfielen. Diese Erstarrung bewahrte uns jedoch vor einer großen Gefahr, der wir nicht entronnen wären, wenn wir auch nur einen Schritt weiter in das Wasser gemacht hätten.

Wir hätten leicht ausgleiten und fallen können, aber zu unserem Glück umschlangen uns zwei schwarze, sehnige Hände, und derselbe Bauer, der so furchterregend aus dem Haseldickicht geschaut hatte, sagte freundlich:

»Ach, ihr dummen Kinderchen, wo seid ihr da hingeraten!«

Und damit hob er uns auf und trug uns durch den Bach.

Am anderen Ufer setzte er uns auf den Boden, nahm seinen kurzen Bauernkittel ab, der am Kragen mit einem runden Messingknopf zugeknöpft war, und rieb mit dem Kittel unsere nassen Füße ab.

Wir sahen ihn ganz verloren an und fühlten uns völlig in seiner Gewalt, aber wunderbarerweise hatten sich seine Gesichtszüge in unseren Augen rasch verändert. Wir sahen in ihnen nicht nur nichts Schreckliches mehr, sondern im Gegenteil, sein Gesicht erschien uns sehr gütig und freundlich.

Es war ein kräftiger, stämmiger Bauer mit angegrautem Haar und Schnurrbart; auch sein Kinnbart begann schon grau zu werden. Sein Blick war lebhaft, rasch und ernst, aber auf seinen Lippen lag etwas, was einem Lächeln glich.

Nachdem er mit seinem Kittel den Schmutz und den Schlamm von unseren Füßen soweit wie möglich entfernt hatte, lächelte er sogar wirklich und sagte wieder:

»Nun, ihr ... habt keine Angst ...«

Er sah sich um und fuhr fort:

»Macht nichts, gleich kommt ein Guß ... (Der Guß hatte schon angefangen.) Zu Fuß könnt ihr jetzt nicht mehr heimkommen, Kinderchen.«

Wir sagten nichts und weinten nur stumm.

»Macht nichts, macht nichts, heult nur nicht. Ich werde euch zu mir bringen!« sagte er und fuhr mit seiner Handfläche über das verweinte Gesicht des Bruders, was auf dessen Gesicht sogleich schmutzige Streifen erzeugte.

»Schau mal, wie schmutzig solche Bauernhände sind«, sagte unser Befreier und fuhr dem Bruder noch einmal mit der Hand übers Gesicht in anderer Richtung, wodurch der Schmutz nicht vermindert wurde, sondern nur eine Schattierung nach der anderen Seite hin bekam.

»Gehen könnt ihr nicht ... Ich würde euch schon führen, aber ihr könnt gar nicht gehen, und eure Schuhchen bleiben im Schmutz stecken.«

»Könnt ihr reiten?« begann der Bauer wieder.

Ich nahm meine ganze Kühnheit zusammen, um ein Wort hervorzubringen, und antwortete:

»Ich kann's.«

»Wenn du's kannst, ist's gut!« sagte er, und im Augenblick hatte er mich auf die eine Schulter gehoben und meinen Bruder auf die andere. Dann befahl er uns, einander hinter seinem Nacken mit den Händen zu umfassen, deckte uns selbst mit seinem Kittel zu und trug uns schnell und weit ausschreitend über den Schmutz, der unter seinen fest dahinstapfenden, mit großen Bastschuhen bekleideten Füßen klatschend nachgab.

Wir saßen, mit dem Kittel zugedeckt, auf seinen Schultern. Wir alle zusammen bildeten wohl eine riesengroße Figur, aber wir hatten es sehr bequem: der Kittel war vom Regen naß und hart wie Rinde geworden, und wir saßen darunter trocken und warm. Wir schaukelten auf den Schultern unseres Trägers wie auf einem Kamel und verfielen bald in einen eigentümlichen kataleptischen Zustand, aus dem wir bei der Quelle unseres Gutes erwachten. Für mich war dieser Zustand ein wirklicher, tiefer Schlaf, aus dem das Erwachen nicht mit einem Male erfolgte. Ich erinnere mich, wie uns derselbe Bauer aus seinem Kittel wickelte; alle unsere Annuschkas umringten ihn, alle rissen uns aus seinen Händen und schimpften ihn dabei aus irgendeinem Grunde unbarmherzig aus. Seinen Kittel, unter dem wir so gut behütet gewesen waren, warfen sie ihm mit der größten Verachtung vor die Füße. Außerdem drohten sie ihm noch mit der Ankunft meines Vaters und damit, daß sie gleich ins Dorf laufen und die Weiber und Männer mit den Dreschflegeln rufen und die Hunde auf ihn loslassen würden.

Ich konnte die Ursache dieser grausamen Ungerechtigkeit unmöglich verstehen, was auch nicht verwunderlich war, da sich die gesamte provisorische Hausregierung verschworen hatte, uns nicht zu entdecken, wer der Mensch gewesen war, dem wir unsere Rettung zu verdanken hatten.

»Ihr habt ihm nichts zu danken«, sagten uns unsere Beschützerinnen, »im Gegenteil, er selbst hat alles angestiftet.«

Bei diesen Worten erriet ich sogleich, daß unser Retter niemand anders war als *Sseliwan* selbst.

11.

So war es auch. In Anbetracht der Rückkehr der Eltern enthüllte man es uns am anderen Tage und nahm uns den Schwur ab, weder Vater noch Mutter etwas von der Geschichte, die sich mit uns ereignet hatte, zu erzählen.

In der damaligen Zeit, wo es Leibeigene gab, kam es hin und wieder vor, daß die Gutsbesitzerskinder zu der leibeigenen Dienerschaft die zärtlichsten Gefühle hegten und deren Geheimnisse treulich bewahrten. So war es auch bei uns. Wir verheimlichten sogar, soweit wir es konnten, vor den Eltern die Sünden und Vergehen »unserer Leute«. Solche Beziehungen werden in vielen Werken, die das Gutsbesitzermilieu jener Zeit schildern, erwähnt. Was mich anbelangt, so ist für mich diese Kinderfreundschaft mit unseren ehemaligen Leibeigenen eine ungemein freundliche und warme Erinnerung. Durch sie kannten wir alle Nöte und alle Sorgen des armseligen Lebens ihrer Verwandten und Freunde im Dorfe und lernten *Mitleid mit dem Volke haben*. Leider war dieses gute Volk selbst nicht immer gerecht und neigte manchmal aus ganz nichtigen Ursachen dazu, seinen Nächsten anzuschwärzen, unbekümmert um den Schaden für diesen Nächsten. So verfuhr das »Volk« auch mit Sseliwan, von dessen wahrem Charakter und dessen Sitten es gar nichts wissen wollte; die Leute verbreiteten vielmehr kühn und ohne Scheu, sich gegen die Gerechtigkeit zu versündigen, solche Gerüchte über ihn, die ihn für alle zu einem schrecklichen Waldteufel machten. Erstaunlicherweise erschien alles, was man über ihn erzählte, nicht nur wahrscheinlich, sondern hatte sogar gewisse sichtbare Anzeichen, nach denen man glauben mußte, daß Sseliwan in der Tat ein schlechter Mensch sei und daß in der Nähe seiner einsamen Behausung wirklich schreckliche Übeltaten geschähen.

Dasselbe geschah auch jetzt, als uns diejenigen ausschimpften, die die Pflicht gehabt hätten, uns zu schützen: sie schoben nicht nur die ganze Schuld auf Sseliwan, der uns vor dem Unwetter gerettet hatte, sondern unternahmen sogar einen neuen Angriff gegen ihn. Apollinarij und alle Annuschkas erzählten uns, daß er im Walde einen anmutigen Hügel entdeckt hatte, der ihm zur Deklamation geeignet schien, durch den Hohlweg, der mit welkem vorjährigem Laub verschüttet war, zu diesem Hügel lief und plötzlich über etwas Weiches stolperte. Dieses »Weiche« wandte sich unter Apollinarijs Fuß um und brachte ihn zu Fall; als er aufstehen wollte, sah er, daß es der Körper einer jungen Bauernfrau war. Er sah genau, daß der Körper mit einem sauberen, weißen rotgestickten Sarafan bekleidet war und ... aus der durchschnittenen Kehle ... Blut floß.

Bei diesem unverhofften Schreck konnte man sich natürlich wohl entsetzen und aufschreien – was er auch tat. Unverständlich und erstaunlich aber blieb folgendes: obwohl Apollinarij, wie ich schon erzählt habe, sich von den anderen entfernt hatte und allein über den Körper der Ermordeten gestolpert war, beteuerten und schworen alle unsere Annuschkas und Rosjkas, daß auch sie die Tote gesehen hätten ...

»Wären wir denn sonst so erschrocken?« sagten sie.

Ich bin bis heute davon überzeugt, daß sie nicht logen, sondern fest daran glaubten, in Sseliwans Wald eine ermordete Frau in reinlicher rotgestickter Bauerntracht, mit durchschnittener Kehle, aus der Blut strömte, gesehen zu haben ... Wie war das nur möglich?

Da ich hier nichts erfinde, sondern tatsächlich Geschehenes beschreibe, muß ich hier verweilen und beifügen, daß dies in unserem Hause für immer unaufgeklärt blieb. Niemand außer Apollinarij konnte die getötete und, nach seinen Worten, in einer Grube unter dem Laube liegende Frau gesehen haben, weil niemand außer Apollinarij dort gewesen war. Und doch schworen alle, daß auch sie sie wirklich gesehen hätten, als sei die tote Frau im gleichen Augenblick überall und vor jedermanns Augen erschienen. Hatte übrigens auch Apollinarij eine solche Frau wirklich gesehen? Es war kaum möglich, weil sich der Vorfall zur Zeit der ersten Schneeschmelze ereignete, als noch überall Schnee lag. Das Laub der Bäume lag seit dem Herbste unter dem Schnee, aber Apollinarij hatte den Körper in sauberer, weißer Tracht mit Stickerei gesehen, und das Blut strömte noch aus der Wunde ... So konnte es bestimmt nicht gewesen sein; aber alle schworen und bekreuzigten sich, daß sie die Frau genau so gesehen hätten, wie die Beschreibung lautete. Nachher fürchteten sich alle, nachts zu schlafen, und allen war es so unheimlich zumute, als wenn wir selbst das Verbrechen begangen hätten.

Bald war auch ich davon überzeugt, daß ich und mein Bruder die hingeschlachtete Frau gesehen hätten. Damit begann bei uns eine allgemeine Angst, die damit endigte, daß man die ganze Angelegenheit den Eltern eröffnete und daß der Vater einen Brief an den Polizeikommissär schrieb. Dieser kam dann auch mit einem furchtbar langen Säbel zu uns gefahren und unterzog jeden einzelnen von uns einem heimlichen Verhör in Vaters Arbeitszimmer. Apollinarij wurde vom Kommissär sogar zweimal vernommen, und das zweite Mal drang er so heftig in ihn, daß, als er herauskam, seine beiden Ohren feuerrot waren und eines sogar blutete.

Das haben wir ebenfalls alle gesehen.

Aber wie dem auch gewesen sein mag, jedenfalls brachten unsere Aussagen viel Leid über Sseliwan: man machte bei ihm eine Haussuchung, durchforschte den ganzen Wald und hielt ihn selber lange Zeit in Haft, fand jedoch bei ihm nichts Verdächtiges; ebensowenig fanden sich auch Spuren von der getöteten Frau, die wir gesehen hatten. Sseliwan kehrte wieder nach Hause zurück, aber in der allgemeinen Meinung nützte ihm das nicht: seit der Zeit wußten alle, daß er ein Übeltäter war, den man nur nicht erwischen konnte, und niemand wollte mit ihm auch nur das geringste zu tun haben. Mich brachte man, damit ich nicht dem verstärkten Einfluß des poetischen Elements unterläge, in eine »Adelspension«, wo ich mir in voller Ruhe die Fächer der allgemeinen Bildung anzueignen begann, bis die Weihnachtsfeiertage nahten, wo es mir beschieden war, auf der Heimfahrt an Sseliwans Hof vorbeizukommen und dort mit eigenen Augen große Schrecken zu sehen.

12.

Sseliwans schlimme Reputation gab mir ein großes Ansehen unter meinen Pensionskameraden, denen ich meine Kenntnisse über diesen entsetzlichen Menschen mitteilte. Von meinen Altersgenossen in der Pension hatte noch niemand so schreckliche Erlebnisse gehabt wie die, mit denen ich mich rühmen konnte, und nun stand es mir wieder bevor, bei Sseliwan vorbeizufahren, wozu sich keiner meiner Kameraden gefühllos oder gleichgültig verhielt. Im Gegenteil, die meisten von ihnen bedauerten mich und sagten ganz offen, daß sie nicht an meiner Stelle sein wollten; zwei oder drei Wagehälse beneideten mich aber und brüsteten sich damit, daß sie Sseliwan sehr gerne begegnen würden. Aber zwei von diesen waren als Aufschneider bekannt, und der dritte brauchte niemand zu fürchten, da seine Großmutter, wie er sagte, *in einem alten venezianischen Ringe einen »Sylvester-Stein«* besaß, dessen Besitzer »vor jedem Unglück gefeit war«.[1]

In unserer Familie gab es dagegen keine derartige Kostbarkeit; zudem konnte ich meine Weihnachtsreise nicht mit den Pferden meiner Eltern zurücklegen, sondern mußte mit denen der Tante fahren, die gerade vor den Feiertagen ihr Haus in Orjol für dreißigtausend Rubel verkauft hatte und nun zu uns fuhr, um sich in unserer Gegend ein Gut zu kaufen, das mein Vater schon lange für sie erhandelt hatte.

Zu meinem Ärger verzögerte sich die Abreise der Tante infolge irgendwelcher wichtiger geschäftlicher Umstände um volle zwei Tage, und so fuhren wir erst am Morgen vor dem ersten Feiertage aus Orjol ab.

Wir fuhren in einer geräumigen, mattengedeckten, dreispännigen Kibitka mit dem Kutscher Spiridon und dem jungen Lakai Boriska. In der Equipage befanden sich meine Tante, ich, mein Vetter, meine kleinen Cousinen und die Kinderfrau Ljubow Timofejewna.

Mit ordentlichen Pferden und auf einer guten Straße kann man unser Dörfchen von Orjol aus in fünf bis sechs Stunden erreichen. In zwei Stunden erreichten wir Kromy und machten dort bei einem uns bekannten Kaufmanne halt, um Tee zu trinken und die Pferde zu füttern. Dieser Aufenthalt war bei uns Usus, zudem erforderte ihn auch die Toilette meiner kleinen Cousine, die noch in den Windeln lag.

Das Wetter war schön, und es begann fast ein wenig zu tauen. Während wir aber die Pferde fütterten, begann es leicht zu frieren und dann zu »rauchen«, d.h. über die Erde fegte feiner Schnee.

Die Tante überlegte: soll man abwarten oder sich im Gegenteil beeilen und schneller fahren, um noch vor dem Unwetter nach Hause zu kommen.

Wir hatten noch etwas über zwanzig Werst zu fahren. Der Kutscher und der Lakai, die die Feiertage mit ihren Verwandten und Freunden begehen wollten, versicherten, daß wir wohlbehalten heimkommen

---

[1] Der »Sylvester-Stein« ist ein heller Saphir mit der Tönung einer Pfauenfeder, der in alter Zeit als heilsamer Talisman galt. Anmerkung Leskovs

würden, wenn wir nur nicht länger zögerten und möglichst schnell abführen.

Meine eigenen Wünsche und die der Tante entsprachen durchaus dem, was Spiridon und Boriska wollten. Niemand wollte die Feiertage in Kromy in einem fremden Hause verbringen. Außerdem war die Tante mißtrauisch und argwöhnisch und hatte eine sehr bedeutende Geldsumme in einer Mahagonischatulle bei sich, die in einem Futteral aus dickem grünem Fries steckte.

Mit diesem Kapital in einem fremden Hause zu übernachten erschien der Tante durchaus nicht ungefährlich, und sie entschloß sich, auf den Rat unserer treuen Diener zu hören.

Etwas nach drei Uhr war unsere Kibitka angespannt, und wir fuhren von Kromy in die Richtung zum Altgläubigen-Dorfe Koltschewo; aber kaum waren wir über das Eis des Kromaflusses gefahren, als wir fühlten, wie uns die Luft ausging, um aus voller Brust zu atmen. Die Pferde liefen schnell, wieherten und wiegten die Köpfe, ein sicheres Zeichen, daß auch sie den Luftmangel spürten. Indessen flog die Equipage besonders leicht dahin, als würde sie von hinten geschoben. Der Wind war uns im Rücken und jagte uns mit verstärkter Geschwindigkeit irgendeinem Ziele zu. Bald jedoch begann die ausgefahrene Wegspur zu »stottern«; auf der Straße lagen schon weiche Schneewehen, die immer häufiger wurden; bis schließlich von der früheren Spur nichts mehr zu sehen war.

Die Tante schaute beunruhigt hinaus, um den Kutscher zu fragen, ob wir auch noch bestimmt auf der Straße wären, fuhr aber gleich zurück, da sie von feinem kaltem Schneestaub überschüttet war, noch bevor sie unseren Leuten auf dem Schlittenbock etwas zurufen konnte. Der Schnee fiel in dichten Flocken, der Himmel hatte sich verfinstert, und wir waren in der Gewalt eines wirklichen Schneesturms.

13.

Nach Kromy zurückzufahren war ebenso gefährlich wie weiterzufahren. Hinter uns lag sogar als eine fast noch größere Gefahr der Fluß, in dessen Eis sich unterhalb der Stadt einige Löcher befanden, und wir konnten sie bei dem Schneegestöber leicht übersehen und unter das Eis geraten. Vor uns lag bis zu unserem Dörfchen ebene Steppe; erst auf der siebenten Werst kam Sseliwans Wald, der aber die Gefahr des Schneegestöbers nicht vergrößerte, da es im Walde sogar geschützter sein mußte. Außerdem ging die Fahrstraße nicht durch die Waldtiefe, sondern hielt sich an seinem Saum. Der Wald konnte also uns nur ein nützliches Zeichen dafür sein, daß wir die Hälfte des Weges nach Hause hinter uns haben, und der Kutscher Spiridon trieb daher die Pferde zu noch größerer Eile an.

Der Weg wurde immer schwieriger und verschneiter. Von dem früheren fröhlichen Knirschen unter den Schlittenkufen war nichts mehr zu hören, im Gegenteil, der Schlitten kroch nun durch die lockeren Schneewehen und begann von der einen Seite auf die andere zu schwanken.

Wir verloren unsere ruhige Zuversicht und erkundigten uns immer häufiger beim Kutscher und beim Lakai über unsere Lage. Sie gaben uns aber nur unbestimmte und ausweichende Antworten. Sie bemühten sich, uns von der Gefahrlosigkeit der Lage zu überzeugen, während sie offensichtlich selbst nicht davon überzeugt waren.

Nach einer halben Stunde rascher Fahrt, während der Spiridons Peitsche immer häufiger auf die Pferde niedersauste, wurden wir durch den Ausruf erfreut:

»Dort wird Sseliwans Wald sichtbar.«

»Ist er noch weit?« fragte die Tante.

»Nein, wir sind schon ganz nahe.«

Es mußte auch so sein, denn wir waren von Kromy schon eine Stunde unterwegs. Aber es verging noch eine gute halbe Stunde, wir hörten die Peitsche immer öfter auf die Rücken der Pferde klatschen, aber der Wald kam nicht.

»Was soll das bedeuten? Wo ist Sseliwans Wald?«

Vom Bock kam keine Antwort.

»Wo ist der Wald?« fragte die Tante wieder. »Sind wir schon durchgefahren?«

»Nein, wir sind noch nicht durchgefahren!« antwortete Spiridon dumpf, wie unter einem Kissen hervor.

»Aber was soll das bedeuten?«

Schweigen.

»Kommt her! Haltet! Haltet!«

Die Tante sah zum Schlittenfenster hinaus und schrie verzweifelt mit ganzer Kraft: »Halt!« Dann fiel sie in den Schlitten zurück, wohin ihr als eine Wolke Schneeflocken nachflogen, die dem Luftzug folgten und sich nicht sofort setzten, sondern in der Luft wie Mücken schwärmten.

Der Kutscher hielt die Pferde an und tat gut daran, da sie sich nur mühsam aufrecht hielten und vor Müdigkeit taumelten. Hätte man sie nicht in diesem Augenblick rasten lassen, so wären die armen Tiere wahrscheinlich umgefallen.

»Wo bist du?« fragte die Tante Boris, der vom Bocke gestiegen war.

Er war nicht zu erkennen. Vor uns stand kein Mensch, sondern eine Schneesäule. Boris hatte den Kragen aus Wolfspelz hochgeschlagen und mit irgendeinem Fetzen umgebunden. Alles war vom Schnee überschüttet und zu einem Klumpen zusammengeklebt.

Boris wußte nichts vom Wege und erwiderte schüchtern, daß wir uns anscheinend verirrt hätten.

»Ruf den Spiridon her!«

Rufen konnte man nicht. Der Sturm verstopfte einem den Mund und heulte und pfiff schrecklich über die Ebene.

Boriska kroch auf den Kutscherbock, um Spiridon mit der Hand zu zupfen, aber er brauchte lange, bis er wieder vor dem Schlage stand und erklärte:

»Spiridon ist nicht auf dem Bock.«

»Was? Nicht auf dem Bock? Wo ist er denn?«

»Ich weiß nicht. Er ist wohl abgestiegen, um den Weg zu suchen. Gestatten Sie, daß auch ich suchen gehe.«

»Oh Gott! Nein, es ist nicht nötig – geh nicht fort; sonst verlieren wir euch beide und erfrieren.«

Als ich und mein Vetter dieses Wort hörten, begannen wir zu weinen, aber in diesem Augenblick tauchte neben Boriska beim Schlitten eine andere, noch größere und schrecklichere Schneesäule auf.

Es war Spiridon, der sich in eine Reserve-Bastmatte eingehüllt hatte, die ganz mit Schnee bedeckt und vereist, seinen Kopf umstarrte.

»Wo hast du den Wald gesehen, Spiridon?«

»Ich habe ihn gesehen, gnädige Frau.«

»Wo ist er jetzt?«

»Auch jetzt ist er noch zu sehen.«

Die Tante wollte Ausschau halten, sah aber nichts, denn alles war finster. Spiridon versicherte, es komme daher, weil ihr Auge sich noch nicht an die Dunkelheit gewöhnt hätte; er habe den Wald schon längst dunkeln sehen und das wäre eben das Unglück: wir kämen nicht an ihn heran, sondern er entferne sich von uns.

»Sie können sagen, was Sie wollen, das macht alles Sseliwan. Er führt uns irgendwo hin.«

Als ich und mein Vetter hörten, daß wir zu einer so schrecklichen Zeit in die Hände des Bösewichts Sseliwan gefallen waren, fingen wir zu weinen an. Die Tante aber, die als Gutsfräulein aufgewachsen und dann Regimentsdame gewesen war, verlor nicht so leicht die Fassung, wie die Stadtdamen, die mit allerhand Unglück weniger vertraut sind. Die Tante hatte Erfahrung und Übung, und das rettete uns aus der Situation, die in der Tat sehr gefahrvoll war.

14.

Ich weiß nicht, ob die Tante an den bösen Zauber Sseliwans glaubte oder nicht, aber sie hatte vortrefflich begriffen, daß es für unsere Rettung das Wichtigste sei, unsere Pferde bei Kräften zu erhalten. Blieben die Pferde erschöpft stehen und wurde der Frost noch stärker, so wäre unser Verderben besiegelt. Der Sturm würde uns ersticken und der Frost umbringen. Behielten die Pferde aber nur so viel Kraft, um den Wagen Schritt für Schritt dahinzuschleppen, so durfte man die Hoffnung hegen, daß die Pferde, die dem Winde nach gingen, von selbst auf den Weg herauskommen und uns zu irgendeiner Behausung bringen würden. Und wenn es auch eine ungeheizte Hütte »auf Hühnerfüßchen« in einer Schlucht wäre, der Schneesturm könnte doch nicht so wütend hereinpeitschen, und auch dieses Schütteln wäre zu Ende, das bei jeder Anstrengung der Pferde, ihre müden Füße vorwärts zu setzen, fühlbar wurde ... Dort könnte man einschlafen. Ich und mein Vetter wollten so schrecklich gern schlafen. In dieser Beziehung war bloß die Kleine glücklich, die am Busen ihrer Amme im warmen Hasenpelz schlief, während man uns beide nicht schlafen ließ. Die Tante wußte, wie gefährlich es war, da der Schlafende noch schneller erfriert. Unsere Lage verschlimmerte sich mit jedem Augenblick, weil die Pferde kaum mehr vorwärtskamen und der Kutscher und der Lakai auf dem Bocke zu erstarren und undeutlich zu sprechen anfingen. Die Tante hörte auf, auf mich und den Vetter zu achten, und wir schliefen sofort aneinander geschmiegt ein. Ich sah sogar heitere Traumbilder: Sommer, unser

Garten, unsere Leute, Apollinarij, dann geht plötzlich alles auf jene Fahrt nach den Maiglöckchen und auf Sseliwan über, von dem ich halb etwas höre, halb nur träume ... Alles verwirrte sich, so daß ich nicht mehr auseinanderhalten konnte, was Traum war und was im Wachen geschah. Mit einem Male spüre ich die Kälte wieder, höre das Heulen des Windes und wie die Bastmatten schwer auf das Dach des Schlittens klopfen: aber gerade vor meinen Augen steht Sseliwan, den Kittel auf der einen Schulter, und hält in der gegen uns ausgestreckten Hand eine Laterne ... War dies ein Gesicht, ein Traum oder bloß Phantasie?

Es war weder Traum noch Phantasie, sondern dem Schicksal hatte es in der Tat gefallen, uns in dieser entsetzlichen Nacht in den entsetzlichen Hof Sseliwans zu bringen. Wir konnten an keinem anderen Orte Zuflucht finden, da es ringsum keine andere Behausung gab. Aber wir hatten die Schatulle der Tante bei uns, in der sich die dreißigtausend Rubel, ihr ganzes Vermögen, befanden. Wie sollte man mit einem so verführerischen Reichtum bei einem so verdächtigen Menschen wie Sseliwan bleiben?

Wir waren natürlich verloren. Im übrigen hatten wir nur die Wahl, ob wir lieber im Schneesturm erfrieren, oder unter dem Messer Sseliwans und seiner Spießgesellen fallen wollten.

15.

Ebenso wie das Auge im Dunkeln bei dem kurzen Aufleuchten des Blitzes mit einem Male eine Menge Gegenstände unterscheidet, so sah auch ich jetzt mit einem Male beim Scheine von Sseliwans Laterne, die uns beleuchtete, den Schrecken aller Insassen unserer Unglücksequipage. Der Kutscher und der Lakai fielen vor ihm schier auf die Knie und erstarrten in einer Verbeugung, und die Tante wich zurück, als wolle sie die Rückwand der Kibitka hinausdrücken. Die Amme preßte ihr Gesicht auf das Kind und schrumpfte auf einmal so zusammen, daß sie selbst nicht größer als das Kind war.

Sseliwan stand schweigend da, aber in seinem unschönen Gesicht sah ich keine Spur von Bosheit. Er schien mir jetzt nur ernster als damals, als er mich auf den Schultern trug. Er schaute uns an und fragte leise:

»Wollt ihr euch wärmen, wie?«

Die Tante erholte sich schneller als die anderen und erwiderte:
»Ja, wir sind ganz erstarrt. Rette uns.«
»Gott ist der Retter! Fahrt herein, die Hütte ist geheizt.«
Er stieg von der Schwelle herunter und leuchtete mit der Laterne in die Kibitka.
Zwischen der Dienerschaft, der Tante und Sseliwan wurden nun einzelne kurze Worte gewechselt, die unsererseits Mißtrauen und Furcht gegen den Wirt ausdrückten und seitens Sseliwans eine heimliche bäuerliche Ironie und vielleicht gleichfalls Mißtrauen.
Der Kutscher fragte: »Ist Futter für die Pferde da?«
Sseliwan erwiderte: »Wir werden suchen.«
Der Lakai Boris wollte erfahren, ob noch andere Reisende da seien.
»Komm herein, dann siehst du's«, antwortete Sseliwan.
Die Amme fragte: »Ist es nicht unheimlich, bei dir zu bleiben?«
Sseliwan antwortete:
»Wenn es unheimlich ist, so geh nicht herein.«
Die Tante gebot ihnen Einhalt und sagte einem jeden so leise wie möglich:
»Hört auf, widersprecht ihm nicht. Es hilft nichts. Weiterfahren können wir nicht, bleiben wir da, wenn Gott es so will.«
Während diese Worte gewechselt wurden, traten wir in einen Bretterverschlag, der von der geräumigen Hütte abgeteilt war. Allen voran ging die Tante hinein, ihr folgte Boris mit der Schatulle. Dann kamen ich, der Vetter und die Amme.
Die Schatulle wurde auf den Tisch gestellt, und auf sie stellte man einen blechernen, talgtriefenden Leuchter mit einem kleinen Stummel, der höchstens für eine Stunde reichen konnte.
Der praktische Sinn der Tante wandte sich sogleich diesem Gegenstande, d. h. der Kerze zu.
»Väterchen«, sagte sie zu Sseliwan, »bringe mir vor allem eine neue Kerze.«
»Hier ist die Kerze.«
»Nein, gib eine neue, ganze Kerze her!«
»Eine neue, ganze?« fragte Sseliwan wieder, sich mit der einen Hand auf den Tisch, mit der anderen auf die Schatulle stützend.
»Gib mir schnell eine neue, ganze Kerze!«
»Weshalb brauchst du eine ganze?«

»Das geht dich nichts an. Ich will mich noch nicht gleich schlafen legen. Vielleicht hört der Sturm auf, und wir fahren weiter.«

»Der Sturm hört nicht auf.«

»Nun einerlei, ich bezahle dir die Kerze.«

»Freilich würdest du die Kerze bezahlen, aber ich habe keine.«

»Such mal nach, Väterchen.«

»Es ist vergeblich etwas zu suchen, was ich nicht habe.«

In dieses Gespräch mischte sich unerwartet eine ganz schwache, dünne Stimme hinter dem Verschlage ein.

»Wir haben keine Kerzen, Mütterchen.«

»Wer spricht da?« fragte die Tante.

»Meine Frau.«

Die Gesichter der Tante und der Amme erhellten sich ein wenig. Die nahe Anwesenheit einer Frau hatte anscheinend etwas Beruhigendes.

»Sie ist krank, wie?«

»Krank.«

»Was fehlt ihr?«

»Sie kränkelt eben. – Legt euch hin, ich brauche das Licht für die Laterne. Muß die Pferde hereinführen.«

Und wie man auch auf Sseliwan einsprach, er beharrte dabei, daß er das Licht brauche und fertig. Er versprach, es wiederzubringen, inzwischen nahm er es aber mit und ging hinaus.

Ob Sseliwan sein Versprechen, das Licht zurückzubringen, ausführte, habe ich nicht mehr gesehen, weil mein Vetter und ich wieder schliefen. Aber etwas beunruhigte mich: durch den Schlaf hindurch hörte ich die Tante hin und wieder mit der Amme flüstern, wobei das Wort »Schatulle« am häufigsten fiel.

Offenbar wußten die Amme und die anderen Leute, daß sich im Kästchen große Kostbarkeiten verbargen, und alle hatten bemerkt, daß die Schatulle vom ersten Augenblick an die gierige Aufmerksamkeit unseres verdächtigen Wirtes auf sich gezogen hatte.

Die Tante, die über große Lebenserfahrung verfügte, sah die klare Notwendigkeit ein, sich den Umständen zu fügen, traf aber dafür sofort ihre der gefahrvollen Situation entsprechenden Maßnahmen.

Damit uns Sseliwan nicht abschlachten könne, wurde beschlossen, daß niemand einschlafen solle. Die Pferde sollten ausgespannt werden, aber im Kummet bleiben, und der Kutscher und der Lakai sollten beide im Schlitten sitzen: sie durften nicht getrennt werden, da Sseliwan sie sonst einzeln erschlagen würde und wir dann ganz schutzlos wären. Dann würde er natürlich auch uns töten und uns alle unter dem Fußboden einscharren, wo schon ohnedies eine Menge Opfer seiner Grausamkeit lagen. Bei uns in der Stube konnten der Kutscher und der Lakai nicht bleiben, weil Sseliwan die Schlingen am Kummet des Mittelpferdes abgeschnitten hätte, um es unmöglich zu machen, die Pferde anzuspannen, wie er überhaupt die ganze Troika seinen Spießgesellen, die vorerst noch irgendwo verborgen waren, ausgeliefert hätte. In diesem Falle hätte es für uns keine Rettung gegeben, während es sich leicht so fügen konnte, daß sich das Schneegestöber bald legen und der Kutscher einspannen würde. Boris sollte dann dreimal an die Wand klopfen, wir würden alle zur Türe stürzen, uns in den Schlitten setzen und davonfahren. Um beständig in Bereitschaft zu sein, sollte sich niemand von uns ausziehen.

Ich weiß nicht, ob für die Andern viel oder wenig Zeit verfloß, für uns schlafende Jungens war sie aber in einem Augenblick verflogen, der mit einem schrecklichen Erwachen endete.

16.

Ich wachte auf, weil mir das Atmen unerträglich schwer wurde. Ich schlug die Augen auf, sah aber nichts, da es um mich herum dunkel war; nur irgendwo in der Entfernung schimmerte ein grauer Fleck, der das Fenster bezeichnete. Als ich aber beim Schein von Sseliwans Laterne mit einem Male alle Gesichter der bei dieser schrecklichen Szene Anwesenden sah, erinnerte ich mich sofort wieder an alles: wer ich war, wo ich war und weshalb ich hier war, an meine Lieben im väterlichen Hause – und alles und alle taten mir so leid, und es wurde mir so schmerzlich und schrecklich zumute, daß ich aufschreien wollte. Das war aber unmöglich. Meine Lippen waren fest von einer menschlichen Hand verschlossen, und dicht an meinem Ohr flüsterte die zitternde Stimme der Tante:

»Keinen Laut, sei still, keinen Laut! Sonst sind wir verloren, man bricht zu uns herein.«

Ich erkannte die Stimme der Tante und drückte ihr die Hand zum Zeichen, daß ich ihr Verlangen begriffen hatte.

Hinter der Türe, die nach dem Flur ging, war ein Geräusch hörbar: jemand setzte dort leise Fuß vor Fuß und tastete mit den Händen an der Wand ... Offenbar suchte der Bösewicht die Türe und konnte sie nicht finden.

Die Tante drückte uns an sich und flüsterte, daß Gott uns noch retten könne, denn sie habe die Türe verbarrikadiert. Im selben Augenblick, vielleicht gerade weil wir uns durch unser Flüstern und Zittern verraten hatten, lief jemand hinter dem Bretterverschlag, wo die Stube war und woher beim Gespräch über die Kerze Sseliwans Frau hereingerufen hatte, hinaus und geriet dort mit dem zusammen, der sich leise an unsere Türe heranschlich. Nun versuchten sie beide, zu uns hereinzubrechen. Die Tür barst, und zu unseren Füßen kollerten der Tisch, die Bänke und die Koffer, mit denen die Tante sie versperrt hatte. In der weit aufgerissenen Türe tauchte Boriskas Gesicht auf, dessen Hals die mächtigen Hände Sseliwans umklammert hielten ...

Als die Tante dies sah, schrie sie Sseliwan an und stürzte zu Boris.

»Mütterchen! – Gott hat uns gerettet!« röchelte Boris.

Sseliwan löste seine Hände und blieb stehen.

»Schnell, schnell, fort von hier!« sagte die Tante. »Wo sind unsere Pferde?«

»Die Pferde stehen vor der Türe, Mütterchen. Ich wollte Sie eben herausrufen ... Aber dieser Räuber ... Gott hat uns gerettet, Mütterchen!« flüsterte Boris hastig. Dann nahm er mich und meinen Vetter bei der Hand und raffte alles zusammen, was ihm in die Hände fiel. Wir alle stürzten zur Tür und sprangen in den Schlitten, der, so schnell die Pferde laufen konnten, im Galopp davonfuhr. Sseliwan war anscheinend furchtbar verstört und blickte uns nach. Offenbar wußte er, daß dies nicht ohne Folgen bleiben werde.

Draußen wurde es hell, und vor uns im Osten brannte das rote, frostige Morgenrot des Weihnachtstages.

17.

Wir fuhren bis zu unserem Hause nicht länger als eine halbe Stunde und sprachen die ganze Zeit unaufhörlich über die Schrecken, die wir erlebt hatten. Die Tante, die Amme, der Kutscher und Boris, alle überboten einander und bekreuzigten sich unaufhörlich, Gott für unsere wunderbare Rettung dankend. Die Tante erzählte, daß sie die ganze Nacht nicht geschlafen hätte, weil sie gehört habe, wie jemand einige Male an die Türe gekommen sei und versucht habe, sie zu öffnen. Das hatte sie auch veranlaßt, vor dem Eingang alles aufzutürmen, was ihr in die Hände fiel. Ebenso hatte sie hinter der Bretterwand bei Sseliwan ein verdächtiges Flüstern gehört, und es war ihr vorgekommen, als habe drüben jemand mehrmals leise die Türe nach dem Flur geöffnet und sich vorsichtig an der Klinke unserer Türe zu schaffen gemacht. Das alles hatte auch die Amme gehört, obwohl sie, wie sie selbst sagte, einige Male eingeschlafen war. Der Kutscher und Boris aber hatten mehr als alle gesehen. Spiridon fürchtete für die Pferde und ging keinen Augenblick von ihnen weg, aber Boris trat einige Male vor unsere Tür, und so oft er es tat, kam im selben Moment auch Sseliwan aus seiner Türe heraus. Als sich vor Morgengrauen der Sturm legte, spannten der Kutscher und Boris leise die Pferde an, führten sie leise heraus und öffneten selber das Tor. Aber als Boris wieder leise vor unsere Türe gekommen war, um uns zu holen, sah Sseliwan, daß die Beute seinen Händen entglitt; er warf sich auf Boris und begann ihn zu würgen. Gott sei Dank, glückte es ihm nicht, und nun wird er nicht mehr mit dem bloßen Verdacht davonkommen, wie bisher: seine schlimmen Absichten waren allzu klar, und alles hatte sich nicht unter vier Augen mit seinem Opfer abgespielt, sondern vor sechs Zeugen, von denen die Tante allein infolge ihrer Bedeutung so viel wie mehrere andere bedeutete: sie galt nämlich in der ganzen Stadt als kluge Frau, empfing bei sich, obwohl sie gar nicht besonders reich war, den Gouverneur, und unser damaliger Polizeikommissär hatte ihr sein Familienglück zu verdanken. Auf ein Wort von ihr würde er sich natürlich gleich daran machen, die Sache auf frischer Spur zu untersuchen, und Sseliwan würde der Schlinge nicht entgehen, die er um unsern Hals hatte werfen wollen.

Die Umstände selber fügten sich anscheinend so, daß alles zusammentraf, um an Sseliwan für uns Rache zu nehmen und ihn für seinen bestialischen Anschlag auf unser Leben und Eigentum zu bestrafen.

Als wir uns unserem Hause näherten, begegneten wir hinter der Quelle am Berge einem berittenen Burschen, der, als er uns erblickte, die größte Freude zeigte, mit den Beinen an den Flanken seines Pferdes strampelte, schon aus der Ferne seine Mütze abnahm, mit strahlendem Gesicht zu uns heransprengte und der Tante zu berichten begann, in welche Unruhe wir alle zu Hause gestürzt hätten.

Es stellte sich heraus, daß Vater, Mutter und alle Hausgenossen die Nacht ebenfalls nicht geschlafen hatten. Man erwartete uns unaufhörlich, und seitdem am Abend der Schneesturm zu toben begonnen hatte, waren alle in großer Unruhe gewesen, ob wir nicht vom Wege abgekommen wären, oder ob uns nicht ein anderes Unglück zugestoßen sei: auf der schlechten Straße hätte die Deichselstange brechen, oder wir hätten von Wölfen überfallen werden können … Der Vater hatte uns einige berittene Leute mit Laternen entgegengeschickt, aber der Sturm hatte ihnen die Laternen aus der Hand gerissen und ausgelöscht. Weder Leute noch Pferde konnten das Haus verlassen. Ein Mann trabt sehr lange, und immer scheint es ihm, als reite er gegen den Wind; plötzlich bleibt das Pferd stehen und geht nicht mehr von der Stelle. Der Reiter treibt es an, obwohl ihm selbst der Wind beinahe den Atem nimmt, aber das Pferd will nicht weiter. Er steigt herunter, um das verzagte Tier am Zügel zu nehmen und es zu führen, und entdeckt zu seinem Erstaunen, daß sein Pferd mit der Stirn gegen die Wand des Pferdestalls oder der Scheune steht … Nur einer von den Kundschaftern kam etwas weiter und hatte ein wirkliches Abenteuer; und zwar war es der Sattler Prochor. Man hatte ihm ein Vorreiterpferd gegeben, das das Gebiß zwischen die Zähne zu nehmen pflegte, so daß das Eisen seine Lippen nicht berührte, wodurch es gegen jeden Zügelruck unempfindlich wurde. Es trug Prochor mitten in die Hölle des Schneetreibens hinein und sprengte so lange, mit den Hinterbeinen ausschlagend und den Kopf zu den Vorderbeinen gebeugt, bis der Sattler schließlich bei einer derartigen Volte über seinen Kopf flog und mit seinem ganzen Körper mitten in einen seltsamen Haufen lebender Menschen fuhr, die ihm übrigens im ersten Augenblick durchaus nicht freundschaftlich begegneten; im Gegenteil, der eine von ihnen versetzte ihm einen Faustschlag auf den Kopf, der andere gab ihm die Korrektur dazu in den Rücken, und der dritte begann ihn mit den Füßen zu treten und mit einem kalten, metallischen, für das Gefühl äußerst unangenehmen Gegenstand zu stoßen.

Prochor kannte sich aus, er begriff, daß er es mit besonderen Wesen zu tun hatte, und schrie wie rasend auf.

Der Schrecken gab seiner Stimme wahrscheinlich eine ganz besondere Kraft, und er wurde unverzüglich gehört. Zu seiner Rettung erschien drei Schritte von ihm entfernt ein Lichtschein. Es war das Licht, das man in das Fenster unserer Küche gestellt hatte, vor deren Wand der

Polizeikommissär, der Schriftführer, der Ordonnanzsoldat und der Kutscher Zuflucht gefunden hatten, samt dem ganz in einem Schneehaufen versunkenen Dreigespann.

Sie waren ebenfalls vom Weg abgekommen, und als sie an unsere Küchenmauer gerieten, hatten sie geglaubt, sich irgendwo bei einem Heuschober auf einer Wiese zu befinden.

Man grub sie aus dem Schnee und brachte die einen in die Küche, die anderen ins Haus, wo der Kommissär Tee trank und sich anschickte, in die Stadt zu fahren, noch bevor die Seinigen aufwachten und sich nach einer derartigen Sturmnacht über seine Abwesenheit beunruhigten.

»Das ist ja vortrefflich«, sagte die Tante. »Wir brauchen jetzt niemand notwendiger als den Polizeikommissär.«

»Ja, er ist ein tüchtiger Herr. Der wird dem Sseliwaschka ordentlich einheizen!« fielen unsere Leute ein. Wir fuhren im Galopp weiter und langten vor unserem Hause an, während die Troika des Kommissärs noch vor unserer Freitreppe stand.

Nun wird man alles dem Polizeikommissär erzählen, und binnen einer halben Stunde wird der Räuber Sseliwan in seinen Händen sein.

18.

Mein Vater und der Kommissär waren überrascht von dem, was wir unterwegs und vor allem im Räuberhause Sseliwans durchgemacht hatten, der uns hatte töten und unsere Sachen und unser Geld sich aneignen wollen.

Übrigens, das Geld! Bei seiner Erwähnung schrie die Tante sofort auf:

»O Gott! Wo ist meine Schatulle?«

In der Tat, wo war die Schatulle mit den darin liegenden Tausenden?

Denken Sie sich nur: sie war nicht da! Ja ja, sie war weder in den Zimmern unter den hereingetragenen Sachen, noch im Schlitten zu finden ... mit einem Wort, nirgends ... Offenbar war die Schatulle dort zurückgeblieben und befand sich jetzt in den Händen Sseliwans ... Oder ... vielleicht hatte er sie sogar noch in der Nacht gestohlen. Er hat es sehr gut machen können: als Hauswirt mußte er alle Risse in seinem elenden Hause kennen, und deren gab es wahrlich nicht wenig. Er konnte auch ein versenkbares Dielenbrett haben, oder ein herausnehmbares Brettchen in der Wand.

Kaum hatte der in der Verfolgung von Verbrechern erfahrene Kommissär die Vermutung vom herausnehmbaren Brettchen ausgesprochen, das Sseliwan nachts leise entfernen konnte, um durch die entstandene Öffnung die Schatulle herauszuholen, als die Tante mit den Händen ihr Gesicht bedeckte und in den Sessel fiel.

In der Sorge um ihre Schatulle hatte sie sie in einen Winkel unter die Bank an der Bretterwand gestellt, die unsere nächtliche Unterkunft von dem Teil der Stube trennte, in dem Sseliwan selbst und seine Frau geblieben waren ...

»Nun, so ist es auch!« rief der Kommissär, der sich über die Richtigkeit seiner klugen Vermutungen freute. »Sie haben ihm selbst die Schatulle hingestellt! ... Aber trotz alledem bin ich erstaunt, daß weder Sie, noch Ihre Leute, daß niemand sie mitgenommen hat, als es Zeit wurde, abzufahren.«

»Ja, Gott, wir befanden uns alle in einer derartigen Angst!« stöhnte die Tante.

»Das ist richtig«, sagte der Kommissär, »ich glaube Ihnen, daß Sie erschrocken waren, aber trotzdem ... die große Summe ... das schöne Geld. Ich eile sofort, ich eile gleich hin ... Er hat sie bestimmt schon irgendwo versteckt, aber er wird mir nicht entgehen! Unser Glück ist es, daß alle ihn als Dieb kennen und nicht leiden mögen. So wird ihn auch niemand bei sich verbergen ... Übrigens ... er hat jetzt Geld in Händen ... Er kann es mit jemand teilen ... Man muß sich sputen ... Die Leute sind ja Spitzbuben ... Leben Sie wohl, ich fahre. Und Sie, beruhigen Sie sich, nehmen Sie Tropfen ... Ich kenne die Natur dieses Diebsgesindels und versichere Ihnen, daß man ihn fangen wird.«

Der Kommissär schnallte sich seinen Säbel um, als plötzlich unter den Leuten im Vorzimmer eine ungewöhnliche Bewegung entstand und ... über die Schwelle des Gastzimmers, in dem wir uns alle befanden, trat schwer atmend Sseliwan, die Schatulle der Tante in den Händen.

Alle sprangen von ihren Plätzen auf und blieben wie angenagelt stehen ...

»Sie haben das Kästchen vergessen, nehmen Sie es«, brachte Sseliwan dumpf hervor.

Mehr konnte er nicht sagen, weil er vom schnellen Laufen ganz atemlos war, und vielleicht auch infolge einer heftigen inneren Bewegung.

Er stellte die Schatulle auf den Tisch, setzte sich unaufgefordert auf einen Stuhl und ließ den Kopf und die Hände sinken.

19.

Die Schatulle war unversehrt. Die Tante nahm das Schlüsselchen von ihrem Halse, sperrte sie auf und rief:

»Alles, ganz wie es war!«

»Unversehrt«, sagte Sseliwan leise. »Ich bin immer hinter Ihnen hergelaufen – wollte Sie einholen ... hab' es nicht fertig gebracht. Verzeihen Sie, daß ich vor Ihnen dasitze ... bin außer Atem.«

Der Vater ging als erster auf ihn zu, umarmte ihn und küßte ihn auf den Scheitel.

Sseliwan rührte sich nicht.

Die Tante nahm zwei Hundertrubelscheine aus der Schatulle und wollte sie ihm in die Hand drücken.

»Nimm, was man dir gibt«, sagte der Kommissär.

»Wofür? Braucht's nicht.«

»Weil du das bei dir vergessene Geld ehrlich aufbewahrt und abgeliefert hast.«

»Aber wieso denn? Soll man denn nicht ehrlich sein?«

»Nun, du bist ein guter Mensch ... du hast fremdes Gut nicht unterschlagen wollen.«

»Fremdes Gut unterschlagen!« Sseliwan schüttelte den Kopf und fügte hinzu: »Ich brauche kein fremdes Gut.«

»Aber du bist doch arm, nimm das zur Aufbesserung«, redete ihm die Tante freundlich zu.

»Nimm nur, nimm!« suchte ihn mein Vater zu überreden. »Du hast ein Recht darauf.«

»Was für ein Recht?«

Man unterrichtete ihn vom Gesetz, nach dem jeder, der etwas Verlorenes findet und wieder zurückbringt, Anrecht auf den dritten Teil des Wertes hat.

»Was ist das für ein Gesetz«, erwiderte er und schob von neuem die Hand der Tante mit den Geldscheinen weg.

»Durch fremdes Unglück wird man nicht reich! ... Braucht's nicht – Leben Sie wohl.«

Er stand von seinem Platze auf, um auf seinen vielgescholtenen Hof zurückzukehren, aber der Vater ließ ihn nicht fort: er nahm ihn in sein Arbeitszimmer mit und schloß sich dort mit ihm ein; nach einer Stunde ließ er den Schlitten anspannen und ihn nach Hause bringen.

Einen Tag später wußten alle in der Stadt und in der Umgegend von diesem Ereignis, und zwei Tage später fuhren der Vater und die Tante nach Kromy. Sie machten bei Sseliwan Station, tranken in seiner Hütte Tee und ließen seiner Frau einen warmen Pelz zurück. Auf dem Rückwege fuhren sie wieder zu ihm und brachten ihm noch Geschenke: Tee, Zucker und Mehl.

Er nahm alles höflich, aber ungern an und sagte:

»Wofür? Jetzt kehren schon seit drei Tagen in einem fort bei mir Leute ein. Wir haben Verdienst gehabt ... und haben Kohlsuppe gekocht. Sie fürchten uns jetzt nicht mehr, wie sie uns bisher gefürchtet haben.«

Als man mich nach den Feiertagen in die Pension zurückbrachte, hatte ich ein Paket für Sseliwan bei mir; ich trank bei ihm Tee, sah ihm in einem fort ins Gesicht und dachte:

»Was er für ein prächtiges und gütiges Gesicht hat! Weshalb ist er mir und den andern so lange als ein Waldteufel erschienen?«

Dieser Gedanke verfolgte mich und ließ mir keine Ruhe ... Es war doch derselbe Mensch, der allen so schrecklich vorgekommen war, den alle für einen Zauberer und Bösewicht gehalten hatten. Und es hatte so lange den Anschein, als beschäftige er sich nur damit, Übeltaten auszusinnen und anzustiften. Weshalb war er auf einmal so gut und freundlich geworden?

20.

Ich hatte in meiner Kindheit das große Glück, daß ich meine ersten Religionsstunden von einem ausgezeichneten Christen erhielt. Es war der Orjoler Geistliche Ostromyslenskij, ein guter Freund meines Vaters und ein Freund aller Kinder, die er Wahrheit und Barmherzigkeit zu lehren wußte. Meinen Kameraden erzählte ich nichts davon, was wir in der Christnacht bei Sseliwan erlebt hatten, weil dabei nichts für meine Tapferkeit Rühmliches geschehen war; im Gegenteil, sie hätten über meine Furcht lachen können, aber ich eröffnete alle meine Abenteuer und Zweifel dem P. Jefim.

Er streichelte mich mit der Hand und sagte:

»Du bist sehr glücklich, deine Seele war in der Christnacht wie eine Krippe für das Heilige Kind, das auf die Erde kam, um für die Unglücklichen zu leiden. Christus hat das Dunkel erhellt, das deinen Sinn trübte infolge des hohlen Geredes der unverständigen Menschen. Der Waldteufel war nicht Sseliwan, sondern ihr selber, euer Argwohn gegen ihn, der es niemand erlaubte, sein gutes Gewissen zu erkennen. Sein Gesicht erschien euch finster, weil euer Auge finster war. Wache darüber, daß du ein andermal nicht so blind seist.«

Das war ein verständiger und vortrefflicher Rat. In den weiteren Jahren meines Lebens wurde ich mit Sseliwan näher bekannt und hatte das Glück zu sehen, wie er für alle ein lieber und geachteter Mensch wurde. Auf dem neuen Gute, das die Tante gekauft hatte, befand sich ein guter Gasthof an einer Landstraße mit lebhaftem Verkehr. Diesen Hof bot nun die Tante Sseliwan unter günstigen Bedingungen an, er schlug ein und blieb bis zu seinem Lebensende auf dem Hofe. Hier gingen meine weit zurückliegenden Kinderträume in Erfüllung: Ich wurde nicht nur mit Sseliwan nahe bekannt, sondern wir hegten Freundschaft zueinander und volles Vertrauen. Ich sah, wie sich seine Lage zum Besseren wandte, wie bei ihm der Friede einkehrte und er sich allmählich auch ein Vermögen erwarb, wie alle, die Sseliwan begegneten, statt der früheren finsteren Mienen Freude zeigten. Und es kam wirklich so, daß, als sich die Augen der Menschen um ihn aufheiterten, auch sein eigenes Gesicht heiter wurde.

Von den Leuten der Tante konnte Sseliwan den Lakai Borissuschka, den er in jener denkwürdigen Christnacht beinahe erwürgt hätte, am wenigsten leiden.

Manchmal machte man sich noch über diese Geschichte lustig. Die Geschehnisse jener Nacht wurden auf die Weise erklärt, daß ebenso wie alle den Verdacht hegten, daß Sseliwan die Tante berauben wollte, auch Sseliwan selbst den bestimmten Argwohn hatte, der Kutscher und der Lakai wären absichtlich auf seinen Hof gefahren, um hier der Tante in der Nacht das Geld zu stehlen und dann alles auf die bequemste Weise auf den verdächtigen Sseliwan abzuwälzen.

Das Mißtrauen und der Argwohn auf der einen Seite riefen Mißtrauen und Argwohn auf der anderen Seite hervor, und allen schien es, als seien sie Feinde und hätten Grund, einander für Leute zu halten, die zu allem Schlimmen geneigt sind.

So erzeugt immer das Böse wieder Böses und wird nur durch das Gute besiegt, das nach dem Worte des Evangeliums unsere Augen und unser Herz reinigt.

21.

Es bleibt mir nur noch zu erklären, warum Sseliwan, nachdem er den Brezelbäcker verlassen hatte, so mürrisch und verschlossen geworden war. Was hatte ihn damals derart verdrossen und abgestoßen?

Mein Vater, der diesem guten Menschen geneigt war, dachte trotzdem, daß Sseliwan irgend ein *Geheimnis* haben müsse, das er hartnäckig verberge.

So war es auch. Sseliwan enthüllte sein Geheimnis einzig und allein meiner Tante, und auch das erst, als er einige Jahre auf ihrem Gute gelebt hatte und nachdem seine immer kränkelnde Frau gestorben war.

Als ich schon als Jüngling wieder einmal meine Tante besuchte und wir Sseliwans gedachten, der vor kurzem gestorben war, erzählte mir die Tante sein Geheimnis.

Es bestand darin, daß Sseliwan in seiner Herzensgüte gerührt war vom bitteren Los der hilflosen Waise des entlassenen und in der Stadt gestorbenen Henkers. Niemand wollte die Kleine, als das Kind eines verachteten Menschen, bei sich aufnehmen. Sseliwan war arm und konnte sich auch nicht entschließen, die Tochter des Henkers im Städtchen, in dem jeder sie und ihn kannte, bei sich zu behalten. Er mußte vor allem ihre Herkunft verbergen, an der sie doch unschuldig war. Andernfalls wäre sie den schweren Vorwürfen der Menschen, die nichts von Milde und Gerechtigkeit wissen, nicht entgangen. Sseliwan verbarg sie, weil er immer fürchtete, man könnte sie erkennen und beleidigen, und diese Verschlossenheit und Unruhe teilten sich seinem ganzen Wesen mit und gaben ihm zum Teil sein Gepräge.

So war jeder, der Sseliwan »Waldteufel« nannte, in einem noch viel größeren Maße ein »Waldteufel« für ihn.

Biographie

1831	*4./16. Februar:* Nikolai Semjonowitsch Leskow wird in Gorochowo im Gouvernement Orjol als Sohn eines geadelten Beamten geboren.
1846	Er verlässt das Gymnasium in Orjol ohne einen Abschluss.
1847	Nach dem finanziellen Ruin der Familie beginnt er als Kanzleibeamter beim Kriminalgericht von Orjol zu arbeiten.
1850	Er wechselt zur Verwaltungsbehörde nach Kiew. Dort erweitert er durch die Unterstützung eines Onkels seine Kenntnisse in den Wissenschaften und Künsten.
1853	Ehe mit Olga Smirnowa, daraus gehen ein Sohn und eine Tochter hervor.
1857	Er scheidet bei der Behörde aus und tritt in den Dienst einer englischen Handelsfirma, in deren Auftrag er große Teile Russlands bereist. Die vielfältigen Eindrücke dieser Reisen finden Niederschlag in seinen späteren Werken.
1860	Leskow kündigt seine Stellung, verlässt seine Frau und lässt sich als Journalist in St. Petersburg nieder. Erst dort beginnt er seine schriftstellerische Tätigkeit.
1862	Er ist aufgrund eines missverstandenen Zeitungsartikels, in dem er sich zu den gehäuften Brandstiftungen in St. Petersburg äußert, heftigen Anfeindungen ausgesetzt. Über mehrere Jahre wird er als Reaktionär abgestempelt, wodurch ihm die künstlerische Anerkennung seiner Werke lange Zeit versagt bleibt. Reisen durch Osteuropa und Frankreich.
1863	»Amur v lapoto Úkach« (»Liebe in Bastschuhen«). »Ovcebyk« (»Der Schafochs«, München 1926).
1865	»Ledi Makbet Mcenskogo Uezda« (»Die Lady Macbeth des Mzensker Landkreises«, München 1921).
1866	»Voitel'nica« (»Die Kampfnatur«, München 1925).
1872	In seiner Romanchronik »Soborjane« stellt er als erster russischer Schriftsteller Geistliche als Hauptfiguren in einer größeren Prosadichtung dar.
1873	»Zapečatlennyj Angel« (»Der versiegelte Engel und andere Geschichten«, München 1922).
1874	Er erhält eine Stellung im Kultusministerium.

	»Pavlin« (»Pawlin«, München 1922).
1879	»Čertogon« (»Eine Teufelsaustreibung und andere Geschichten«, München 1921).
1881	»Der stählerne Floh« (»Levša«, München 1921).
1883	Er wird aus seiner Stellung wegen kritischer Äußerungen über Kirche und Staat entlassen. Danach widmet er sich ganz der Schriftstellerei.
1895	*21. Februar/5. März:* Er stirbt in St. Petersburg an einem chronischen Herzleiden, nach andere Quellen an einer Krebserkrankung, und wird auf dem Petersburger Wolkowo-Friedhof beigesetzt.

Erzählungen aus dem Biedermeier

Biedermeier - das klingt in heutigen Ohren nach langweiligem Spießertum, nach geschmacklosen rosa Teetässchen in Wohnzimmern, die aussehen wie Puppenstuben und in denen es irgendwie nach »Omma« riecht.

Zu Recht. Aber nicht nur.

Biedermeier ist auch die Zeit einer zarten Literatur der Flucht ins Idyll, des Rückzuges ins private Glück und der Tugenden. Die Menschen im Europa nach Napoleon hatten die Nase voll von großen neuen Ideen, das aufstrebende Bürgertum forderte und entwickelte eine eigene Kunst und Kultur für sich, die unabhängig von feudaler Großmannssucht bestehen sollte.

Georg Büchner Lenz **Karl Gutzkow** Wally, die Zweiflerin **Annette von Droste-Hülshoff** Die Judenbuche **Friedrich Hebbel** Matteo **Jeremias Gotthelf** Elsi, die seltsame Magd **Georg Weerth** Fragment eines Romans **Franz Grillparzer** Der arme Spielmann **Eduard Mörike** Mozart auf der Reise nach Prag **Berthold Auerbach** Der Viereckig oder die amerikanische Kiste

ISBN 978-3-8430-1884-5, 444 Seiten, 29,80 €

Erzählungen aus dem Biedermeier II

Annette von Droste-Hülshoff Ledwina **Franz Grillparzer** Das Kloster bei Sendomir **Friedrich Hebbel** Schnock **Eduard Mörike** Der Schatz **Georg Weerth** Leben und Taten des berühmten Ritters Schnapphahnski **Jeremias Gotthelf** Das Erdbeerimareili **Berthold Auerbach** Lucifer

ISBN 978-3-8430-1885-2, 440 Seiten, 29,80 €

Erzählungen aus dem Biedermeier III

Eduard Mörike Lucie Gelmeroth **Annette von Droste-Hülshoff** Westfälische Schilderungen **Annette von Droste-Hülshoff** Bei uns zulande auf dem Lande **Berthold Auerbach** Brosi und Moni **Jeremias Gotthelf** Die schwarze Spinne **Friedrich Hebbel** Anna **Friedrich Hebbel** Die Kuh **Jeremias Gotthelf** Barthli der Korber **Berthold Auerbach** Barfüßele

ISBN 978-3-8430-1886-9, 452 Seiten, 29,80 €